闲中岁月

张坤铃 著

海峡出版发行集团
海峡文艺出版社

图书在版编目(CIP)数据

闲中岁月/张坤铃著.--福州:海峡文艺出版社,
2020.11(2024.3重印)
ISBN 978-7-5550-2429-3

Ⅰ.①闲… Ⅱ.①张… Ⅲ.①散文集-中国
-当代 Ⅳ.①I267

中国版本图书馆 CIP 数据核字(2020)第 219054 号

闲中岁月

张坤铃 著

出 版 人 林 滨
责任编辑 莫 茜
出版发行 海峡文艺出版社
经 销 福建新华发行(集团)有限责任公司
社 址 福州市东水路 76 号 14 层
发 行 部 0591-87536797
印 刷 三河市兴博印务有限公司
厂 址 河北省廊坊市三河市杨庄镇大窝头村西
开 本 787 毫米×1092 毫米 1/16
字 数 220 千字
印 张 17
版 次 2020 年 11 月第 1 版
印 次 2024 年 3 月第 2 次印刷
书 号 ISBN 978-7-5550-2429-3
定 价 86.00 元

如发现印装质量问题,请寄承印厂调换

序

　　正值瓜果飘香时节，在柘荣，我与坤铃不期而遇，久未谋面却彼此欣然。他热情地邀我为其散文集《闲中岁月》写序，我一口应承。认真品读他的多年心血之作后，我感悟颇多。

　　集子共分五个部分，每一部分都用导语提纲挈领地引出他的内心向往和期待，赋予诗画意境，让人品趣顿生，情愿心随作者盎然前行，走进过去，走进故土，走进亲情人情。字里行间恳恳之意随风来今，大可慨之为"不虚此行"！

　　当下，我以为在"出书"这个问题上，人们的审美意象往往不那么"清纯"，多以图文并茂色彩纷呈吸引人，少了质朴和寓理率真。仅凭坤铃的守正，便是此书价值所在。

　　人情是故乡，坤铃是个乡情亲情十分浓郁的人，他的作品绝大部分赞美的是他热爱的家乡事家乡人。让我特别感动的是，他在英山工作过，光是描绘英山人文风物的文章竟有十三篇之多。四十年前我曾经在英山乡的田头洋小学和荣华厝初中班当过代课老师，心心念念间在这里找到了许多共鸣，欣赏与品读中不禁多了些钦佩，由衷感激他为这方山水留住了美好。当人们为着摆脱贫穷，发展经济社会而极尽思治时，还有这么一个人用文字作脚步去丈量这片热土，重拾曾经的美好，留住了真正意义上的乡愁，这份守候尤为可贵。

写文章其实就是在讲故事，故事精彩了就是一篇好作品。这一点恰恰也是坤铃的强项，书中不少篇幅里的人物之所以鲜活灵动，我以为跟故事叙述得好有关。比如《古渡口》一文就特别令人难忘，在营造的孤寂与悲苦心境里，娓娓道出男女主人公的不幸人生，是散文更像小说，情节曲折动人。尤其结尾那段镜头感很强，让读者身陷情景之中而久久不能自拔，叹惋人物命运，还有散不去的淡淡的忧伤。《八成》这篇也一样，读来似曾相识，在真实的语境中，不自觉地超越了文字本身的谋篇要旨，道出了普通百姓对"神圣"的朴素崇尚，读出了《聊斋》味，让人对世间的真、善、美和至性至情有了更多的感触。

带你走进诗和远方，也是坤铃大部分作品的写作初衷，篇幅或长或短皆怀此意，文字优美、诗性见功，值得称道。总之，《闲中岁月》充满正能量，一个很努力、很上进，有情怀、有梦想的坤铃也跃然纸上。

是为序。

李步舒

目　录

闲云潭影日悠悠

寻常一样窗前月

寄语英山风日道

村庄到处如知己

残梦犹闻乡音近

闲云潭影日悠悠

生本平淡，活着也平淡，带着一份无波无澜的平常，一点点走过五十三个春秋。回首散淡清浅的日子，悠闲的彩云影子依在岁月的眉弯，曼妙了如梭光阴。若你懂得，请你轻轻收藏……

百丈听雨

最初认识百丈，是在朋友的微信中，那些唯美得有些失真的画面，一下子揪住我的视觉，触动近距离与百丈对话的兴趣。也许是孤陋寡闻，我始终没有将百丈与飞云湖连在一起，更没有将它与时尚体育扯到一块。在我的感性思维中，百丈应该处在群山怀抱之中，四面悬崖峭壁，似乎离水有些远，与星星走得更近一些。

前往百丈的想法，如春天的小草，在我的心头滋长，却由于各种俗务缠身，走进百丈的行程一拖再拖。周末我刚晨练回到家，看到妻子一副整装待发的样子，我倒有些迷糊，不知道妻子是不是又想来个说走就走的旅行。妻子没有正面回应，只是微笑催促我。来不及问行程，也不想查看天气情况，草草吃过早饭，便踏上了前往百丈的旅程。车刚过寿宁斜滩，滂沱大雨就从天而降，坐在车里的妻子这时有些犹豫了，我却一点儿也不在乎，既然春雨邀我赴约，听雨千年百丈，也许会有意想不到的收获。

当车行驶在百丈的路上，雨已经变得格外温柔了。它如丝绸般起伏飘动滑过车窗，雨滴如断了线的珍珠打在路边的树叶上。远处一片片翠绿被似烟的白雾笼罩着，多了一层神秘的面纱，朦胧得似有似无，那雾里的树，如丛丛剪影，雾里的人，透着灵秀的仙气。不知什么时候，一缕阳光如顽皮的小孩，悄悄从车窗的缝隙中挤入，懒洋洋钻进我的怀里，挠醒我迷糊的双眼。恰在此时，车稳稳停在百丈的镇政府门口。

"一夜春雨叶铺路。"我来不及整理行囊，径直走在百丈的街上，不知雨后的落叶，是否因昨夜的残酒而浓睡，就这么百无聊赖躺在路上。两岸青山挽着飞云湖，一如恋人缠绵相拥，湖边的百丈恍如沉浸在春梦中的慵懒少女，俏皮中透露些许的羞涩，似乎空气中还飘满了少女的体香，让我有些把持不住。街上行人稀疏，偶尔行驶而过的车辆，与行人一样不紧不慢。这里没有市的喧嚣，也少了城的界线，在静与慢的交融中，成了心灵的世外桃源。

"俯仰两青空，舟行明镜中。蓬莱定不远，正要一帆风。"当年南宋诗人陆游赴任闽东，途经四百里长轴画卷的飞云江，眼前诗画风光滞缓诗人步履，抚慰诗人疲倦的心灵。飞云江曾经深邃的峡谷，幽蓝的长潭，汤汤的溪滩，诡异的巨石，连同南来北往的舟楫，熙熙攘攘的脚步，深深埋进小镇的人文交织记忆里，沉睡在飞云湖的怀抱中。在小镇展览馆里，我的视线被一帧帧珍贵照片所吸引，透过黑白编织的时空隧道，千年百丈如春天飘飞的细雨，夹着前世今生，以如剑如戟一般冷峻的姿势，在大珠小珠委婉悦耳声中，从容淡定落满飞云湖的玉盘，也轻轻敲打着我敏感的心。

"百丈百滩，一滩一丈。迢迢罗阳，如在天上。"作为百丈的过客，这种感觉于我并不强烈，倒是从中知道小镇名字的由来，也解开萦绕心中的一个结。百丈的飞云湖，可以让人以平和的心态和湖面对话。一个人和一丈滩说话，一个人和百丈滩说话，每一滴湖水都拉长耳朵谛听。清澄碧绿的湖面下，沉睡的千年百丈就是一位孤独的王，铺满湖底的百个滩就是殿堂之上的文武朝臣，洗耳恭听王者的心声，那来自灵魂深处的歌唱，风一样抚摸过千年时光。

站在湖边，我渴望下一场猝不及防的雨。我想，在百丈听雨，应该就像在一座山头等雾，当时间滑进脚下的飞云湖，周身体味到一种从未有过的轻松。漫步湖边栈道，突然感觉到百丈这座遗世独立的小镇，离尘嚣有些远，离心灵却很近。寂静爬满百丈的峨眉，随便找个地方，你都能听得到自己的心跳和呼吸，听得见梦想在心里开花的声音。

百丈适合手捧诗卷，听风月有声，看长袖飞舞。百丈适合听雨发呆，静静坐在湖边，与时光结伴而行。湖面白鹭飞翔，湖水轻吻岸边，屏息静听这来自大自然的天籁之音，那是天空对飞云湖深情的呢喃，是恋人久别重逢的娓娓倾诉，与其说听雨是一种浪漫情调的舒展，倒不如说是我去百丈进行一场逃离。

有风从湖面徐徐而来，风中我仿佛看见百丈踏着涟漪，迈着轻巧的步伐，撩起尘雾般哗啦啦的声响，那声音像雨滴轻敲飞云湖一样美妙。雨后的百丈，群山披上一层黛绿，阳光有些夸张，将湿湿甜甜的空气揉出可心的香气，慢慢在我的心肺间游走。突然，一个奇怪的念头一闪而过，人生如果起雾时，何不去百丈听一首雨与湖的交响曲。

"对湖听细雨，分枕梦青山。"面对百丈，你会忘却俗得无味，雅得轻狂的日子。在这里你无须揣着糊涂装明白，也无须揣着明白装糊涂。正如百丈，行走千年一路珍惜，自己永远是自己的主角，从不在别人的戏剧里充当配角，不管时间演绎多少喜怒哀乐与悲欢离合，她都演出自己最美的模样。

草场秋韵

当窗外的阳光，用柔和的双手将颜色涂抹山川；当晨起的秋风，迈开丝丝凉意的脚步；当心灵的呼唤，越过狮山柘水，我在重阳节这天与心灵来个约会。背上简易的行囊，坐在汽车成就的文明里，穿越高度与纬度交织的世界，任凭窗外的色彩模糊我的视线，季节的香味沾满衣裳，我用颤巍的双脚丈量这块熟悉而又陌生的土地。

"古台摇落后，秋日望乡心。"秋天是一个思念的季节，也是一个诗意盎然的季节。站在草场之巅，节令与心境在这一刻竟是如此吻合，那种久违的登高望远，遍插茱萸的思乡情绪，将整个内心挤得满满的。回望脚下起伏的山峦，车流与人流穿梭不息，阳光、草甸、凉风绘就了一幅和谐的秋景图。这里没有年龄、性别的门槛，也没有职业、身份的装饰，大自然总是那么慷慨，用它博大的胸怀，让喜悦者寻找别样的快乐，让忧伤者忘却哀愁，与其说它是个天然氧吧，不如说它是一个心灵的疗养所。无怪乎，不论来者带着何种心境与表情，返回时轻松与笑意写满每一张脸庞。

其实，草场我来过几回，虽然每一次都有不同的感触，但相同的是对草的向往与陶醉。轻轻踩在细软的草甸上，生怕一不小心弄疼它，远望它如羞涩的处子，充满诱惑与幻想。一阵秋风悄悄从眼前拂过，那种"风吹草低见牛羊"的草原意境，一下子在你的视线里铺开，让你产生"不知何处是他乡."的错觉。平心静气地坐在草甸的岩石上，闭上双眼听土地与草甸的私语，让身心随风在每个山包肆意飘荡，身处此情此景，有时真的怀疑自己的灵魂是否游离于肉体之外。

草场的美无处不在，尤其是天高云淡的秋天。远处层林尽染的山峦，如一双巨手将草场紧紧拥在怀里，漫山遍野的草，犹如一块黄色的地毯，将山包遮挡得严严实实，让你看不出一点土地的肌肤。那一块块突兀而起的石头，随意而又大胆地点缀其中，仿佛是大自然留给后人的一道道考题，让你不得不感慨造物的神奇。置身草场，远处山峦亭亭玉立的绿色的树，近处随风摇曳的黄色的草，还有身着各种颜色服饰的人群穿流其中，将草场点缀成一幅五彩斑斓的流动画卷。

草场的美在于秋风乍起的清晨，氤氲的雾气如白色的丝巾，把草场装进童话的世界里。看晶莹的露珠在草尖上跳舞，雀跃的鸟儿在晨风中歌唱时，蓦然发现季节的魔手，已将"山包草场俱染黄"了。当朝阳洒下最初的一缕阳光，草场就像一位"犹抱琵琶半遮面"的慵懒少妇，那山脊上由游人踩出的一条条登山路，多像少妇梳妆打扮时在头上梳理出的纹路，而那换上黄妆的草，似乎经过一夜秋风的梳理，显得更加整齐划一。此时的草场品读如诗，细看如画，让你觉得自己仿佛走进了王维的诗篇里。

草场的美还在于秋天的傍晚，夕阳披着晚霞的盛装，装点了草场的梦，几朵白云在湛蓝的天空悠闲散步，草场迎来寂静轻松的时光。躲在草丛里的虫儿，放开嗓子在浅吟低唱，风用略带凉意的嘴唇亲吻草场恋人，连矗立山巅的鸳鸯石，也放下严肃的神态。此时的草场静得让你有点窒息，小涧在静静流淌，不知名的夜鸟那呼朋引伴的叫声，不仅增添了一份"鸟鸣山更幽"的寂静，似乎也在催促我回归，等不及的长庚星，早早为我点亮了天灯。

路上，我一直在苦苦思考一个问题：鸳鸯头草场如何而来？为何又取名鸳鸯头草场？现在我终于明白了，其实根本不必深究这些问题，大凡一个风景名胜之地，秀丽风光仅仅是它的外在自然美，而真正丰富其内在精神美的，往往就是它的不朽传说与深厚的人文底蕴吧。这正如鸳鸯头草场，也许是爱情的坚守，才滋润了这一方草场，也许是草场的幽美，才成就了这一段爱情传说，又或许是前人"只羡鸳鸯不羡仙"的闲适家居理念与情怀吧！

如果说科尔沁草原是大家闺秀的话，那么鸳鸯头草场就是养在深闺的小家碧玉。与其说鸳鸯头草场是大自然赐给柘荣人民的一份丰厚礼物，不如说是上苍对这块土地的子民呵护自然的回馈。我想，"野火烧不尽，春风吹又生"写的不仅仅是草的顽强与坚韧的品质，也是反映柘荣人民追求生态养生、人与自然和谐的一种精神境界吧！

古道悠悠忆乔岳

　　明嘉靖三十九年的春天，在新峰（现柘荣县楮坪乡仙岭村）村外的石砌小径上，一位银发飘飘，身着长衫，手拄木拐，慈眉善目的长者，踽踽而行。他时而用手中木拐轻敲石板，时而扶着木拐远眺曲径通幽的小径沉思。就在当晚，这位长者带着八十九年的忙碌与夙愿，悄然离开这片生他养他的土地，他就是明朝慈善家郑宗远。

　　四百多年后的某个春日午后，我驱车前往沙井的古渡口，走在乔岳（郑宗远号乔岳）曾经捐资建造的古道上，感慨犹如溪面上淡淡的烟雾，时不时地漫过心坎。渡口边上的居馆，商旅往来的热闹场景，早已随着时光的流逝，活在后人茶余饭后的闲谈里。几堵明清月光打磨过的断垣残壁上爬满了青苔，遗址上丛生的杂草，正以风的速度，展示生命的另一层含义。我试图用脚步读懂乔岳当年的情怀，但飘浮而又沾满世俗气息的脚步，始终让我徘徊在古道的尽头，乔岳那种"千金散尽还复来"的豁达人生观，以及超然于世俗之外的价值观，如一块沉重的巨石，压得我喘不过气来。

　　据说，当年乔岳建好渡口后，为了让过往商旅有个遮阳歇脚等摆渡的地方，便在渡口上方的古道旁种下两棵榕树。历经四百多年的风风雨雨，如今的它如一把巨伞，用纵横交错的虬枝，默默收藏岁月的沧桑。我站在古榕树下，午后的阳光一如顽皮的小孩，时而在树梢跳跃，时而在青石板上歇息。脚下溪水轻轻亲吻岸边的礁石，而后又欢快地唱着歌，迈着追思的步伐，去寻找自己的下一个归宿。几棵与榕树整整缠绵四百多年的枯藤，也许是疲倦了，也许是悟出情感的真谛，多了一份韶华褪去后的从容与淡定，静静依偎在古榕怀里。

坐在岸边凸起的岩石上，看着眼前这幅"枯藤老树昏鸦，小桥流水人家"的画面，突然真想骑着瘦马，在古道上迎着西风，伴随夕阳唱晚，走向乔岳的天涯。恍惚中，我似乎看到溪面上悠闲摇着桨，嘴里哼着小调的老艄公阿一的身影。听老一辈人说，阿一从十五岁开始接过摆渡的活计，直到七十五岁，才恋恋不舍告别渡口。六十年来，不管寒风酷暑，也不分白天黑夜，他用一生的坚守，延续与传承了乔岳的精神，以瘦弱的身躯，用船在天堑之间，架起一座"善"的桥梁。他一生摆渡的何止是一具具鲜活的肉体，不也有一颗颗从善向善的心吗？

其实，这条古道于我而言并不陌生。生我养我家乡就坐落在古道上，古道曾经的繁华与热闹，至今还在我记忆深处跳跃。记得20世纪80年代初期，我在柘荣一中就读，每半个月就要往返一趟古道。那时，由于家里兄弟多，家庭经济十分困难，一双解放鞋要计算着穿，为了避免走路磨破鞋，常常赤脚走路。稚嫩的双脚踩在太阳炙烤后的青石板上，有一种火燎的感觉，虽然这种感觉并不好受，但沿途怡人的风景，足以弥补那份缺憾。走累了就坐在青石板上歇会儿，渴了就喝口路边的泉水，困了就靠着暗桥的廊檐眯上几眼，饿了就到榴坪买一块光饼充饥……那时，并不知道这条古道就是乔岳所建，只是在懵懂的内心深处，多了一份深深的敬畏。

后来，有幸又到了楮坪乡工作，并且挂马蹄岩和湾里村。这期间与其说是因工作需要重走这条古道，还不如说是内心深处那段剪不断、理还乱的情缘在作祟，因而隔三岔五与同事一道，从大路下沿着古道走回楮坪。

随着农村路网建设不断完善，这条承载四百多年厚重历史的古道，也卸下肩负的重任，并在时间与效率的双重作用下，渐渐淡出后人的视野。如今萋萋芳草淹没匆匆步履，涓涓细流冲淡了时间的经纬度，唯有仙岭后人，一如既往地秉承乔岳的那份执着，每年由村里长者组织劳力，沿古道除草清淤。我想，仙岭后人清理的不仅是一条古道，也是一条四百多年来的心灵驿道，无怪乎，在这片生生不息的慈善土壤里，会结下累累的硕果。

"多思不若养志，多言不若宁静，多才不若蓄德。"这是乔岳一生的真实写照，也是他留给后人宝贵的精神财富。今天，当我漫步幽幽古道，回味他一生扶困济贫修路架桥的事迹，从中我明白一个道理：慈善没有年龄地域的界限，也没有学历高低之别，更没有贫富贵贱之分，只要有爱心，人间何处无春风！

岁月无声

　　"莫忘阳尾林中梦，富春溪雨步行时。"三十年梦起的地方，总在记忆里时隐时现，从未因时光的流逝而淡忘。当年两眼对视的那一刻，朴素得让人心疼，却不知竟演绎了此后精彩的三年；当时看似无意触碰秀发的举动，竟换来了此后缠绵悱恻的时光。当所有的记忆都变成蜉蝣被风轻轻吹走时，突然发觉，这个梦经历的时间太久了。

　　三十三年前的秋天，一纸录取通知书改变我的命运，也改变我的人生走向。当年怀揣一份山鸡变凤凰的憧憬，在乡人羡慕的眼神里，从赤脚与穿鞋的嬗变中，少不更事的我带着父母的期盼，走进了福安师范的校门，度过了三年难忘与焦虑的岁月。那时，父亲因癌症刚走，贫困与失落如岁月的阴霾，笼罩在我师范生活的三年时光中，在我最为孤独无助时，你如一缕明媚的阳光，照亮我心灵的旅途，让我从封闭的围城中慢慢走出，并与你结下了这段难解之缘。

　　当年不知道是寂寞，还是两颗心需要温暖，抑或什么都不是，只是好奇促成这剪不断，理还乱的情缘。也许是年少的无知袒护了年少的无畏，三年来将周边诧异的眼神当作最温情的鼓舞，用不知疲倦的双脚丈量感情的长度，用手拉手的热度衡量情感的温度。所以，这一切决定了你我不属于老师眼里的好学生，也注定了我们不是同学心中的好同窗。尤其是我始终融入不了这个群体，总把福安师范当成青葱岁月里的一个驿站，把自己当成一个步履蹒跚的过客，从没想过能在青涩的年华留下一些什么。

三年后，我逃也似的离开了这个地方，行囊里除了几本破书，最值钱的就是花三年时光换来的一纸毕业证书，还有一颗被焐热过又被冰雪浇透过的心。在以后三十年的岁月里，前十五年忙碌在教学一线，总想为自己证明一些什么，到头来除了学生还算质朴的评价外，剩下便是酸甜苦辣的生活积淀。后十五年，从爬格子的乐趣与苦恼中，渐渐找到自己的坐标，时间也在工作岗位的变化中，悄无声息地在我的指尖流逝了。

三十年后的今天，一个同学聚会的电话，拉长我迟缓的步履。顶着炎炎烈日，穿梭于阳头的大街小巷，目之所及已找不到当年的旧模样。"物是人非事事休，欲语泪先流。"忽然发现没有泪水可流，那份足足收藏三十年的牵挂，是那样微不足道又是那样幼稚可笑。由于毕业后从未涉足母校，所以来前特地向同学打听过，听闻母校早就改为中学了，心理上虽然有所准备，但真的站在这块土地上时，迷惘与困惑还是一起涌上心头。

当年那条石铺大道已被水泥路代替，那栋最适合谈情说爱的图书楼，连同教学楼，随着记忆走向远方。倒是当年的宿舍楼与萋萋芳草为伴，似乎在默默等待曾经的过客，还有那栋对于五音不全的我而言，是那样的恐惧与害怕的琴房，如今琴声不在，脚步已远，琴房如飘零的老妪，哪怕再涂脂抹粉，青春早已定格在他年的窗棂。那座听雨黄昏后的食堂，因为时间这把杀猪刀而变得老气横秋……我默数着曾经的点滴，却依然无法找回那份最纯真的感情。

也许当年朦胧的情感容不得阳光的暴晒，也许未经风雨的初恋无法抵挡时间的诱惑，也许情与缘的命题根本就不需要任何理由，但我却执着相信曾经的那份纯真一定遗失在校门口纵横交错的阡陌，牵手的背影一定留在茉莉的田畴，笑与泪的嬉闹一定深埋在校园后面的树林里。

时间的流逝可以抚平伤口，正如风的走向可以改变流沙的路径。曾记否，太姥山巅梨花带雨的不舍，赛江之畔看渔帆点点的无奈，赛岐中学面对明月朗照的无语，英山擦肩而过的感慨……也许冥冥之中注定你我今生有缘无分。不必追问谁对谁错，如佛所说，前生五百次的凝眸才换来今生的一次擦肩。感谢岁月的垂青，让我不曾孤单，也让我在岁月的历练中学会放下。

在会展酒店的大厅，第一眼竟然认不出你。不知是记忆的顽皮，还是时间的无情，距离竟可以抹平涟漪的棱角，冲淡曾经温情的话语。哪怕同学的善意玩笑，也似乎在说你我之外的故事，彼此心照不宣，但都明白曾经的过往早已成为岁月的云烟。我想，散也好，聚也罢，那只是漫长人生的些许点缀，只要过程精彩，又何必在乎结果。当有一天，你我老得只能靠回忆过日子时，就把曾经的过往当成别人的故事，心平气和讲述给我们的子孙听，也算是对这段往事的最好交代。

"平生忆念消磨尽，昨夜因何入梦来。"我想，如果你我当年真的走到一起，生活会是怎样的一番情景，是十指相扣看风轻云淡，还是无言相对数繁星点点？其实，这假设于你我已不重要了。蓦然回首，已经人到中年，些许华发已在挥手间，悄然爬上了双鬓。微笑告别过往，在余后无语的岁月长河中，将一切情绪调整到静音模式，将浅笑抒写在红尘烟雨处，静心阅万千风景，品岁月醇香。人生如此，夫复何求！

雨落黄昏

"一往情深深几许，深山夕照深秋雨。"从熟悉的小城出发，跟随黄昏腼腆的秋雨一路往外走，衣襟飘过秋风细雨的山林，车穿行于少涧耕读的山水田亩，思念如秋风入喉，秋雨含幽，轻轻挥去窗外迷离的风景，我的心和上黄柏的容颜紧紧相依。

当车停村口，打开车门的瞬间，清新的芬芳随着泥土的飘香扑面而来，那深秋的意蕴仿佛诗歌般凝练优雅，还透着一股纳兰淡淡的心绪。站在村口，眼前一段护村城墙将两座相望的小山包紧紧连在一起，两棵隔墙相望的红豆杉，一如村庄的卫士，生长在村庄的记忆中，它们是村庄的诗，也是村庄的远方。

我常想，有城墙守护的村庄，墙里墙外一定长满很多故事。这些故事犹如脚下的野草，绿了山野，美了生活，活了梦想。如今，城墙爬满了藤蔓的话语，怎么也抵挡不住村庄的豪情，那眼前通往山外青山的路，比祖祖辈辈留下的嘱托还要深远。

"雨里鸡鸣一两家，竹溪村路板桥斜。"走进村庄，雨中鸡鸣声从村居飘出，虽然没有竹溪相伴，也少了板桥点缀，但笼罩在烟柳雨朦中的村庄如一滴墨在宣纸上洇染开来，处处充满诗词的味道。

"自在飞花轻似梦，无边丝雨细如愁。"这样的季节，我与妻子怀着戴望舒的怨愁，并肩撑一把雨伞，穿行于幽深小巷，流连于黛瓦粉墙，默数脚下青青的石板，雨滴顺着伞檐轻轻敲打着落叶，水滴溅起淌成丁香般的诗行。

泉流一鉴开，朝暮携瓶汲，上映碧苔寒，下嶙明月湿。站在寒泉洌井旁，耳边似乎还回荡着少涧的行吟声，那声音穿透历史的时空，一如笔架奇峰飘忽不定的云雾，又似"带环流水"的故事，滋养了这方土地的信仰与品格。隐隐约约中，似乎看到游氏先人迎着春夏秋冬，用脚步丈量黄柏的土地，用信仰感知灵魂的洗礼，他们在灵与肉的修行中，种下了这方土地繁衍生息的文脉。

雨后黄昏，村庄有些孤冷，从一扇扇虚掩着的门扉里，总有似曾相识的味道，冲击着我敏感的神经。偶尔擦肩而过的村民，总也步履匆匆。沿着游氏宗祠的墙边缓缓而过，两旁仿古装饰的墙面，目之所及的情景，无不镌刻着游朴的记忆。走在这块土地上，我终于明白，尘染与疲惫的心灵总会在这里得到疗养和安歇的原因了。

信步走在游氏宗祠的广场上，宗祠拒绝我这不速之客的造访，两扇厚重的大门挡住我的视线。但我似乎听到，村民坐在秋后宗祠门槛，唱一曲民俗小调，情暖左邻右舍的笑声。似乎又看到，山里的孩子坐在陈年的宗祠里，纯情地聆听教鞭下的山外青山楼外楼的历史诉说和沿着这条山岭淌过的风雨与阳光，悲欢与离合。

秋雨还在沙沙演奏，它奏黄了田野，奏红了枫树，奏出满川秋色，也奏活了宗祠前的一池秋水。徘徊池塘边，我看懂村庄更深的风景，听到村庄古老的风声，那些远去的荒凉记忆和荒凉中的细节，似乎并未在生活中远去。黄昏的秋雨里，村庄正用游朴的诗章，煮着一壶不急不慢的时光。

走在林中栈道，雨滴踏着易安的婉约，拉长思念的影子；鸟儿拽着时间的尾巴，叫响归巢的步履；落叶带着陶潜的淡泊，踏上归根的旅程。雨落黄昏，林子很潮，空气很鲜，灵魂很静。脚下蜿蜒的栈道如臂弯将村庄搂抱怀里，林中飘落的每一滴雨点都含在林下黄柏舒展的叶片上，秋雨中和土壤连在一起，和村庄的明天连在一起。

休问黄柏旧宾客，柏峰秋雨告太初。深秋的夜来得有点急，秋雨刚滴落黄昏，炊烟便拉严了夜幕。穿过如黛的夜色，穿过如织的雨帘，许我这位黄柏旧宾客坐在你的小屋，一杯清茶，一本书，一曲音乐，心里存着一怀温暖，让心朝着阳光的方向静静想你。

别了，溪门里

听说溪门里兴建饮水工程，为了留住心中那份最初最美的记忆，便早早打算再到溪门里走走。其实，溪门里距县城并不远，只是自己常因一些俗务缠身，始终未成行，心里总留有一种遗憾。说真的并非没有时间，而是自己一直固执追求"情景交融"的心境与意境的完美融合，否则，内心总会无来由产生一种暴殄天物的负疚感。

成行那天，恰好又是深秋的周末。在我的潜意识里，对秋天有着别样的情结，这情结来自于骨子里，来自于父辈耕耘的土地里。我想，不仅因为秋天是收获的季节，主要源于它的那份成熟与深沉。它不像春天的单纯，也不似夏天的狂热，更不像冬天的冷漠。它犹如人到中年一样，经历了世事的洗礼，多了一份淡定与从容。你看那每一片枯黄的落叶，沉淀了不仅是沧桑的过往，还散发出睿智的气息，难怪古人会发出"一叶知秋"的感慨。

站在三福桥上，深秋的阳光如红酥手，捏遍我周身的每一根神经。在秋眼迷离中，远眺藏在深闺的溪门里，那高耸的钢筋混凝土怪物，遮挡住了视线，层层叠叠的山峦，披着绿色的霓裳，在阳光的映照下，如犹抱琵琶半遮面的慵懒少妇，让人滋生无限的念想。为了一睹它的芳容，我如赴初恋的约会，驱车沿着现代文明成就的印迹，从一个谷底颠簸至另一谷底，当前方的泥泞阻断车轮的激情，我徒步溯溪流而上。

峰回溪转，空谷葱茏。伴随声声鸟鸣，在我眼前豁然呈现另一番风景。两岸青山高耸入云，原始灌木丛林恣意挥洒生命的色泽，涓涓细流在这里似乎也想停下脚步歇息。一弯秋水如一面绿色染过的镜子，静静横在溪面，水面上知名和不知名的小花瓣，不经意点缀其间。小溪如一位待嫁的窈窕淑女，碧绿的溪水是它的嫁衣，瓣瓣落花是它幸福的泪滴，在这里落花有意，流水一样多情，落花与流水缠缠绵绵，演绎前世今生的未了情缘。

"秋来溪门桃花水，不辨仙源何处寻。"溪床沿山势蜿蜒而上，重重叠叠的山峦将小溪藏进深闺中，让你无法辨清仙源来自何处。我独自走在灌木丛生的小径上，萧瑟的落叶在秋风吹拂下如翩然而至的蝴蝶，阳光透过密密的树叶，将余晖洒在身上，一股别有风韵的诗情画意，突然在我的心头荡漾。驻足凸起的岩石上，那夹杂在丛林中的一两株枫叶，似火，似霞，似血，烧灼着溪门里的秋天。还有那几株突兀在崖壁上的青松，散发出一股君临天下的英雄气概。在这里不需要太多的装饰，看到的、听到的、闻到的、感受到的没有丝毫凄凉的景象，反倒给人一种暖暖的感觉。

"清泉自爱江湖去，流出红墙便不还。"这是清朝著名诗人查慎行的诗句。而溪门里的溪水，似乎没有了出红墙的欲望与冲动，与其说它是一位与世无争的隐者，不如说它是这一方山水的守望者，它宁愿坐等日出日落，听月语星言，也不向往江湖的汹涌澎湃，哪怕现代文明的触角惊扰它的一帘幽梦，它依然在每个清晨黄昏，与乍起的秋风共舞，用自己的执着与清澈，荡涤世间红尘的浮躁与狂热。

溪门里，选择这样的季节与你告别，内心深处有一种说不出的酸楚，我忍不住用颤动的双手，轻轻伸进你晶莹剔透的肌肤里，想用你处子般透彻心扉的纯净，安抚我这颗疲惫的灵魂。每一次站在野性与原生态交织的山野，情感总会被一种没来由的乡愁别绪淹没，总会不由自主发出近乡情怯的浅吟低唱。看着一块块被文明吞噬的净土，一条条清澈洁净的溪流流干最后的一滴泪水，我却只能无助地在风中吟诵"子在川上曰，逝者如斯夫"。

溪门里，我真的不知道该为你庆幸，还是为你悲伤。面对你，我就如看见一位叛逆的女子背起行囊，在一曲《凤求凰》的伴奏下，在每个红拂掠过的寂静夜晚，茕茕孑立。不知你是在顾盼这方山水，还是在回味曾经孤云野鹤的逍遥日子，也许失去的未必都是最珍贵的，但留下的至少可以抚慰那份渐行渐远的乡愁，不至于等到有一天老了，找不着回家的路。

闲中岁月

"闲中觅伴书为上，身外无求睡最安。"在现实生活中，打发岁月之"闲时"，情趣不同，方式也不一样：有人爱好垂钓，一坐便是半晌；有人喜欢游玩，呼朋引伴出行；有人兴趣推杯换盏，经常吆五喝六；有人甘居麻雀室，天昏地暗砌城墙；有人迷恋网络，游戏人生乐此不疲；有人坚守孤独，俯案苦读修身养性；也有人无所事事，胡思乱想打发日子……总之，芸芸众生，千姿百态。

我是凡夫俗子，自然摆脱不了世俗的纠缠，也多少打上芸芸众生的烙印。对于文字既敏感又恐惧，总想有一天能与文字撇清关系，做一个隔岸观火的清道夫，奈何工作还要继续，生活还得一天一天过，所以也只能将就做一个寂寞的写者，每天孤独爬着方格，孤芳自赏一路风景。常莫名被文字的美感所陶醉，以至于愿景总被现实打回骨感的原型。为了让无所适从的生活充实一点，也为了留住仅有的一点虚荣，还有那吊二两"才子"的称呼，所以一直在这条路上痛并快乐着。

这几年，习惯了深夜用烟茶折磨神经，用文字饥饿细胞。在烟茶与文字交错的十字路口，迷失缘由感染了一种自虐情绪。床铺似乎不再是最好的选择，生物钟在反反复复的折腾中，早起成了一种习惯。每天迎着第一缕晨光，将天边的云彩一寸一寸牵入光阴和心房，那些曾经散开的故事，

21

闲云潭影日悠悠

如指尖下的琉璃，铺满触景的晨曦，眼前翠微的煦暖，都被精雕细琢成水色处的初芳。迈着踉跄的步履，像酒醉的风光牵引着时光的笔墨，起转浓淡之间，总是轻轻缠绕着往日的情思，那些细语散句，一如斑白的发丝，一点点悄然爬上两鬓间。

人一旦浮浮沉沉的事情经历过了，生离死别的事情接触多了，自然看淡了前程后路。蓦然发现，闲中的日子蜷在一杯温吞吞的水里，把所有的时间浸泡发白。而我却带着一份无波无澜的平常，手里拽着始终不忍抛弃的文字，徘徊在门楣之外。门里，是一片起起落落的睡梦，但却没有自己。五十多年的时光似乎静了，也老了，有时想找一片草地，晒一晒太阳；想找一片太阳，晾一晾自己；想找找自己，看还能不能把文字裁成一件御寒的衣裳。有时也想给闲中岁月一个微笑的理由，给自己一个取暖的方式，用风的执念求索，以莲的姿态恬淡，将岁月羽化成一片葳蕤的花丛。

每天踩着时间的步点上班，第一件事便是独坐窗前，望着远处云雾缭绕的山峦，听着耳边缓缓流淌如山泉般的音乐响起，就这样将自己沉静在一片闲适中。眼睛游离在东狮山上，灵魂沉浸在一阕词章里，感受宋词微香的淡然，感受"结庐在人境，而无车马喧"的片刻宁静。其实，每个人到了上有老下有小的年纪，谁也逃离不了生活中千丝万缕琐事的牵绊。岁月的烟火常划过心底的柔软，又落进透风的唇齿，曾经挂在轩窗的那片梦想，被风染透浸凉。闲中岁月，在等了又等，念了又念的时光里渐次蹉跎，而那个深埋心中的执念，始终如天边的月，未曾改变半分初衷。

一念起，万水千山；一念灭，沧海桑田。也许正是一念起，使我对生活工作过的山水，有了一茶一饭温暖的感怀，多了悲喜诸事修行的感悟；也许正是一念未灭，哪怕历经沧海桑田，依然初心不改，情怀依旧。我们生活在喧嚣的世界，有着各自的烦恼和幸福，常常走着走着就忘记了自己的心声，看着看着就错过了人生的风景。如今时光苍老了容颜，岁月蹉跎了腰身，心倒也静了，清了，闲了，但却发现情更浓了，爱也多了，懂得在闲适的心境中，与花草相遇，与日月倾心，懂得珍惜每一个山高水长。

当年多少荒唐事，如今都成下酒菜。到了将荒唐事当成下酒菜的时候，也到了揪不住时光，衔不了岁月的年龄。当有一天，穿越忘川，涉过万水的文字，定格在那片枯黄的落叶上，那些在时间的经卷里，用文字刻录的流年，也只剩下了拈花一笑。闲中的日子，偶尔提笔写写散文，感受着字里行间的温度，听心与文字的呼吸，虽然浅了岁月，却丰盈了心境，这应该是一种优雅与自在的幸福，至少可以算是一种精神的自我疗养。

走过五十以后的眼睛看见了，走过五十以后的手指触到了，在自己手心里紧紧攥了五十多年的文字，妥帖安放于如花信笺，让它香染自己的情怀，让它唯美岁月的章节。不要再看自己的脚步有多长，也不要再看自己的影子有多短，在无人过问的舞台上且歌且吟，展示独角戏的寂寞，不在乎是否有掌声响起，也不在乎是否有鲜花装点，只让文字在我的伤口静静幽居。

蹚过时光的水湄，虽然某些感动依然在心，但已缺失最初的激越；虽然某些牵念依然如旧，但再也不会挂在嘴边了。人到中年，逐渐有了一种不同的价值观，原来心心念念的事情竟然不再那么重要了，而一直被忽略的事情却开始前来呼唤自己，就像那草叶间的风声，那山峦起伏的呼吸，还有那夜里一地的月光。

库村读石

南浦溪

在百丈吃完午饭，热情好客的友人又领着我与妻子马不停蹄地赶往南浦溪。一路上车仿若穿行于绿色走廊，沿途临崖怒放的杜鹃，总在不经意间飘进眼帘，不仅点缀了风景，也灿烂了心情。当车缓缓停在南浦溪景区停车场，知性的细雨，以最优雅的姿势迎接我这位不速之客。

站在停车场，看着黑压压的如织人潮，一向喜欢清静的我，沸腾的热情一下子跌到了冰点。本想逃离南浦溪，但一方面实在不好意思拂了友人一片心意，另一方面是随遇而安的心理作祟，只好跟随如流人潮前往。由于景区尚在建设中，车如蜗牛在艰难蠕动，中途我们只得停车步行。

说心里话，南浦溪的瀑布，对于从大山深处走出来的我而言，并没有太大的吸引力，沿着山腰而建的玻璃栈道，与山的气势有点不太协调，在我看来不仅略显小家子气，还有一点哗众取宠的味道。倒是离景区门口不远的一床溪石，让我的眼前豁然开朗，原本失落的心情，也随之烟消云散。对于大自然的鬼斧神工，除了敬畏感慨，似乎这一刻所有的语言，都显得苍白乏味。

我徜徉流连于溪岸，手抚温热的石头，一幅幅似真亦幻的画面，在我脑中融会。那由一层一层石片堆积而成的平坦溪床，也许是王母娘娘宴请众仙，酒酣耳热之时，不小心遗落人间的千层糕；也许是哪位贪玩的仙女，陶醉于这一方山水，找不着回家的路，流下的伤心泪水；也许是七仙女曾在这里沐浴聚会，曲终仙散之后，忘记了熄灭燃烧的蜡烛而留下；也许是美丽狐女与情郎，最终被棒打鸳鸯无法牵手，只得将情感与泪水埋进溪里……

这些酣睡的石头曾经被水拥抱，由于人类的欲望，如今被水放弃了，从而露出了自己的心脏与头发。石头静静躺在溪床里，缓缓细流装饰它的梦，晶莹雨珠是它的眼睛，它的额头成了蝴蝶与蜻蜓嬉戏的乐园，溪流唱着它曾经唱过的歌，就算有鱼儿轻轻游过，它也不愿将前世诉说。千年之后，我与妻子牵手从它的身边经过，悄悄一瞥，却让它禁不住泪眼婆娑。

坐在岸边，望着犬牙交错、形态各异的石头，我想它们打坐上千年，就是想彼此牵手，静待花开岁月。也许溪流的骨头，时间的遗骸，把它们的疲惫化成等待的姿势，你看它们时而相拥，时而崎岖，时而平缓，每一块石头都成了溪流的须弥座，每一块石头里都写满深深浅浅的禅意。是它们痛饮了岁月，麻醉了光阴，还是人类尘俗的脚步，唤醒它坚守的寂寞？

当我挥手告别南浦溪，看着一拨又一拨游客，走了来，来了走，那些长枪短炮恨不得南浦溪的石头开花。面对此情此景，心中涌起一个彻悟，通透我的思绪。我以为再明秀的山水对于游客来说，也只是一处普通的取景胜地，走马观花的一通拍照之后匆忙离开，奔赴下一个场景，没有灵魂的不是山水，而是我们那颗浮躁的心。

库村读石

从南浦溪返程途中，我静静靠着车窗，任随思绪飘飞。眼前一直不断变幻着南浦溪的石头，可我想触摸它的时候，它似乎又离我很远，远在千年的梦里。当我回望南浦溪的时候，看到它幽蓝的眼神正把我的背影吞噬，我赶紧关上车窗，逃离了南浦溪。

也许是时间尚早，友人提议我们再到库村走走。南浦溪到库村就几公里的路程，村庄处在返程的路边，不需要绕道而行，那就出路由路。不一会儿工夫，车已停在库村的桥头，走下车时一种似曾相识之感迎面扑来，桥下库水溪汩汩西流，临溪依山而建的木房一字排开，每座房子均有一条直通库水溪的石阶，这种格局与我老家极为相似，无怪乎如此养眼。

库村分为包宅和吴宅两个村落，中间以世英门为界，始建于晚唐，至今已有 1200 多年历史。唐元和七年，包全从会稽山一路跋山涉水，最后举家迁居库村。唐乾宁四年，谏议大夫吴畦也举家迁往这里，两人相继归隐白云山下，过着阡陌交通鸡犬相闻的孤云野鹤般生活，不仅成就了一座有形的"鹅卵石城堡"，也开启一股无形的耕读传家之风。也许两人在对的时间选择对的地方，才能让彼此的心灵在百年之后相遇。

我一直在村中寻找，想解开心中的迷雾，但我的思维却迷失在曲径幽深的小巷。村里的房子均为前院后宅，鹅卵石砌成的一人高围墙将房子围得严严实实的，围墙爬满了藤状植物，古朴的木质门扉挡不住风雨的倾诉，蜷缩在破落的岁月里。纵横交错的鹅卵石小巷，一如不规则的项链将房子串成村庄。漫步小巷，知趣的天空飘着蒙蒙细雨，村庄在宁静中透露出淡淡的朦胧与诗意，靠在微微湿凉的墙边，总渴望小巷的转角处闪过丁香花与油纸伞的背影。

也许"已是黄昏独自愁"，也许"躲进山脚成一统"。此时的库村是否与千年前一样，少了丝竹乱耳，没了案牍劳形，似乎刚从千年沉睡中醒来，正迎合春风伸展懒腰。知时节的细雨轻吻它的脸颊，带着甜味的花儿点缀它的腰身，它从白云山扯下一片薄雾，裁成待嫁的一袭婚纱，让人产生无限遐想。不甘寂寞的鸟儿，踏着库水溪的节拍，将村庄拉进醇香的醉意里，一阵微风吹过，掀起村庄娇嗔的媚态，让我乱了心扉，添了惆怅。

穿梭于古戏台，流连于清限井，徘徊于宗祠牌坊，最后我的心被鹅卵石绊住。不知是鹅卵石延续村庄的梦，还是村庄诗化了鹅卵石。面对犹如迷宫的村庄，精湛技艺与自然生态在这里深度融合，隔着库水溪的繁华，似乎离村庄很远，那时不时飘来的商业气息，没有让村庄迷失方向，它依然悠闲散淡活着，不仅活出了精彩，也温暖了一片乡愁。

"三世回眸两相忘，几成追忆几成痴。"在这样细雨呢喃的季节，也许是前世的未了情，或许是今生注定的缘分，就这么不经意邂逅了村庄。那一面面鹅卵石砌成的墙壁，像一本本打开的书卷，每一块鹅卵石都是村庄鲜活的字眼，写满村庄的前世今生。那一扇扇木质门扉里都长满故事，每个故事都被月光浸泡过，充满唐诗宋词的味道。

我想，没人陪的时候，可以到库村听一段经典越剧，用旋律排解寂寞的心思，让心情慢慢敞亮；心伤的时候，可以到库村小巷走走，与鹅卵石对话，与库水溪交流，学会在沉默中自我疗养；孤独的时候，可以靠着库村的墙壁，对着鹅卵石发呆。千年的库村就是遗落深山的一个梦，千年以来与星星石头相伴，它留给后人的何止是浪漫，还有繁华过后安放心灵的原乡。

山海关遐想

　　"山一程，水一程，身向榆关那畔行，夜深千帐灯。风一更，雪一更，聒碎乡心梦不成，故园无此声。"每每读到纳兰性德的《长相思》时，心中对山海关就多了一份憧憬。由于机缘巧合，今年初夏有幸走进了山海关。当我站在东北与华北交界的山海关，北方微微的凉意，总让我对季节产生些许的怀疑。徘徊在渤海湾沙滩上，风唱着高扬的曲调，没来由扰乱我多愁善感的思绪，连同渤海湾均匀的呼吸声，轻轻敲在我脆弱而又敏感的心坎上。

　　"平沙古堠孤烟色，落日危楼暮角声。"咀嚼这副不知名的对联，放眼蜿蜒起伏的燕山山脉，蓦然发现，自己曾经无数次在脑海里勾勒的一马平川的北方，在这里竟然全被颠覆了。原来一路走来，那些看似平坦的土地，以及点缀土地上的零星小山包，在迷惑我视线的同时，又何尝不是想给我一个意外的惊喜。我的视线游离于山海之间，聆听山与海的交响，注目山与海的缠绵。在这里，山是海的情人，海以博大胸怀接纳山的豪放，山以雄壮气魄容纳海的任性，它们共同演绎了山海关的威势和险固。

　　"两京锁钥无双地，万里长城第一关。"走在条砖铺就的城墙上，我放慢了尘世的脚步，生怕一不留神，踩疼历史的脊梁。靠在城墙边，闭上双眼，静静感受从历史深处传来的声音，那声音里既有陈圆圆的哀怨，也有吴梅村的讥讽叹息，还有吴三桂背负"冲冠一怒为红颜"的无奈……每一声都融入山海关的血脉，镌刻在"天下第一关"的苍劲笔锋里，钻入古朴雄壮城楼的骨髓中，回响在北方辽阔的大地上，它穿透烟雾缭绕的历史尘埃，依稀让人触摸到当年这块血染土地的点滴过往。

"重关称第一，扼险倚雄边。地势长城接，天空沧海连。"二千多年前，秦始皇带着一统天下的傲气，率领浩浩荡荡的队伍东巡到此，为了寻求长生不老药，他派方士从这里出海寻仙，虽然不见仙踪药影，却从此翻开人类与海洋的篇章；手抚温热的城砖，我仿佛听到孟姜女凄婉的哭声，那嘤嘤的啜泣声，不仅击倒了八百里长城，也揉碎了无数男儿的心。不论是当年意气风发的李世民东征高丽，还是明朝大将徐达率领数万官兵建关设卫，抑或袁崇焕抗阻清军炮轰努尔哈赤，这里发生的每一个故事，无不是男人的热血写成，也蘸满无数女人的泪水。

作为长城的起点，山海关注定成为兵家必争之地，也成了手握重兵者的政治筹码，它的每一转折，无不牵动历史的神经。当年吴三桂在威远城下的惊天一拜，不仅拜倒了李自成刚刚建立的政权大厦，也拜倒了明朝遗老心中最后的一根救命稻草。当吴三桂以"全家白骨成灰土"的代价，打开山海关紧闭的城门，清兵的铁蹄不仅踏碎李自成的皇帝梦，也将吴三桂送上口诛笔伐的风口浪尖。清兵舞动的刀光剑影，顷刻间将大石河变成明朝沉没的泥潭，八旗兵披着血色的战袍，带着胜利者的姿态，见证了明清王朝的更迭。

一段历史的尘封，预示着另一段历史的开启。当八国联军的一把火，将"山海关，关山海"的老龙头烧成一片焦土，那昂首甩出的燕脉长城像一组摆设的排箫，再也发不出百年和平的天籁之声；当日寇的铁蹄，踏过雄奇险要的山海关，榆关那清脆的一声枪响，从此拉开了长城抗战的序幕……历史总有许多惊人的相似之处，重温古老厚重的山海关历史，就是让后人忘记仇恨，铭记历史，奋发图强。

当夕阳收敛起最后的一抹色彩，历经沧桑岁月洗礼的山海关，在此刻显得如此的凝重与苍老，作为一位风雨中岿然耸立的历史证人，一尊不会被风化的历史变迁的巨碑，它留给我们的何止是一处风景。此时，海潮在我的脚下轻轻涌动，浮云在我的头顶漫卷舒游，海风在我的耳边喃喃私语。我用沉重的脚步丈量历史的年轮，用不舍的眼神默数城墙上的一砖一瓦，我想把它的辉煌与阵痛装入思想的行囊，在余生慢慢回味品尝。

我想，物质的长城再牢固，终有被攻破的一天，唯有筑牢精神的长城，才会屹立于不败之地。国家如此，人何尝又不是这样！

走过思溪 ▌

　　一个非常偶然的机缘，我与同事一起走进了思溪，那是枫叶羞涩硕果压枝的金秋时节。也许是这个极富诗情画意的地名让我产生了游览的冲动，也许是案牍劳形让我有一种寄情山水的欲望，就这样我与思溪有了一面之缘，用匆匆的步履解读思溪血脉里流淌着的文化气息，以及宁静淡泊的意境。

　　思溪因"溪"而得名，因"思"而显得质朴凝重。六百多年前，俞氏祖先从山东举家迁徙至此，或许是齐鲁大地崇儒善文环境的熏陶，或许是远离故土，依溪而望，渺渺无期的思念的煎熬，或许是一方水土养育的一种情愫，俞氏先祖在思溪村尾栽了一棵樟树，六百年来的风雨洗礼，六百年来的沧海桑田，这棵老樟树如一把擎天大伞，牢牢地植根于这片沃土，犹如俞氏后代在这片土地繁衍生息。如今，老樟树已成为俞氏后人心中的"神"。每逢传统佳节，总有村民烧香敬奉，这并非单纯意义上的信仰问题，还应包含有思溪人对先辈的无尽思念与缅怀。村中部分上年纪的老人，有事没事总喜欢到樟树底下坐坐，或唠唠家常，或聊聊农事，或回忆过往，或品评人生……在思溪人的眼里，樟树俨然是个有灵性、有思想的智者和长者。

　　沿溪而上，一座石拱廊桥静卧溪上。伫立桥上，凝神屏息，依稀还能听到远去的脚步声，淡定与从容犹如桥上的石板，经久不息。桥两边有木质凳子供父老乡亲农闲饭后歇憩，也为过往行人留下一个思索的空间。桥左面有一尊大禹塑像，也许是思溪也曾溪水泛滥殃及群众，所以村民供奉大禹神像，祈求风调雨顺，盼望来年好收成。

走下石拱廊桥，导游带着我们像走迷宫似的穿堂过巷。一样石板铺就的狭窄小巷，青砖砌成的墙体，整个村的房屋均以徽式建筑为主，青瓦白墙，飞檐翘角，房屋布局基本相同，只是大小有别而已。每栋房屋从大门进入，门楣上附有石雕一对，大都以莲花、松柏为主，寄托祥和吉利之意。我们选择游览俞氏主屋。拾阶而上，跨入第一道大门，迎面而来的是一扇木质正门。平日里正门紧闭，只有贵人到来时才打开。住户进出均走偏门，按照男左女右自由出入。进了偏门，绕过天井就到正厅。天井两旁各有一间厢房，大都用来放置农具。厢房的窗户以木质为主，每扇窗户都雕刻有花、鸟、虫、鱼或八仙等图案，各具形态，栩栩如生，让人目不暇接。穿过大厅就到了后堂。后堂也有一个天井，天井正中放置一口大水缸，缸里装满水。据俞氏老人说，缸里装满水寓意为财源不断，又可作为镇宅之用，一旦发生火灾，缸里的水还可以用来灭火消防。天井两旁各有厢房两间，主要用于存储贵重物品。走过后厅堂的走廊便到了侧房。侧房楼上的房间往往是大户人家小姐的闺房，闺房外有一廊椅，由于大户人家的小姐不能抛头露面的缘故，大多数时间她们就坐在廊椅上眺望，遐想外面的世界。廊椅下有一个10平方米左右的小天井，专供小姐歇息，有时也用来抛绣球用。如今，站在空洞洞而又略显阴冷的思溪旧宅里，漫过的是风花雪月物是人非的绵绵思绪，穿过的是历史与现实交相叠印的沧桑与伤感，眼前飘飞的是绣球飞落的惊喜与惆怅。也许爱情在思溪人的眼里，正如门前这流淌不息的小溪，只要溪水不绝，鱼儿在哪里都是一样生息；也许女人一生浪漫，还抵不过绣球飞落时那一刻的惊悸，毕竟心跳的感觉总是最让人难以释怀。

"中国最美乡村之一""中国儒商第一村",这是后人对思溪的评价,也是思溪人引以为豪的根源所在。但思溪人最爱提及的却是这里曾是《聊斋》《青衣》等电视剧的拍摄地。导游带我们实地参观了《聊斋》的拍摄古屋,屋里除了一套演员服装、几把太师椅外,正厅还挂着一块电视剧组赠送的牌匾。导游神秘地告诉我们,你们可别小看这座古屋,这座房子曾经走出过两位进士,民国时期婺源第一位清华大学生便出自这里。不过后来不知是什么原因,这屋子的后代都弃政从商了。经商后,他们曾经富甲一方,从这屋子的规模与华丽可以想象出主人那时的意气风发。

游览完思溪,同行在一旁大呼上当,他们有一种名不符其实的受骗之感。是啊,思溪,一个僻静的乡村,只因冠上"中国最美乡村"和"中国儒商第一村"的雅号,才有许许多多人慕名而来。奇峻险与这儿的山无缘,净清绿的水与其他乡村别无两样,无怪乎在乡镇待了十几年的同行,看到此景全然熟视无睹,自然也就产生了排斥意识。作为一个曾经的大户后代,我记忆中的深深庭院与此景倒有几分相像。站在俞氏祖屋里,不由得浮想联翩,手摸精致的木雕,穿透物是人非的时空,几分伤感惆怅挤压得我透不过气来。

思溪厚重的文化渊源,深深植根于这片土地,弥漫在每一处山脚旮旯,它朴实得犹如门前潺潺的溪水,不论时光如何流逝,岁月如何变迁,它始终以站立的姿势,守护和释放自己特有的魅力,在每一位过客心中留下一份纯真、一缕阳光。

桃花雨

眼下，正是"人间四月芳菲尽，山寺桃花始盛开"的季节。我想，洋坪的桃园一定桃花娇艳，桃枝妖娆。去往桃园的那天，春风拂面，春雨姗姗。

因为雨，心中忐忑；也因为雨，心中多了一份期待。一夜春雨，淋湿了虔诚向往的花朵，许许多多的回忆片段如同雨浇开的花香，温馨着深藏的梦，一如我此刻的心境，任那悠悠飘荡的花香与春风将我熏醉。

站在坡上，眼前朦胧地闪动一株，两株……桃花，轻轻柔柔，仿佛在飘动着，迷恋着。数不清的桃花凝霞敷锦，景色极为壮观。桃花湿漉漉地沾了水，红的因水色愈红，白的因水色更透亮。碧绿的枝条静静地在那里舒展着，嫩叶薄薄亮亮，仿佛手指轻轻一揉，就会化成一汪碧水。

远处一位撑着雨伞的女子，在桃树下徘徊，时而拾起凋落的花瓣，时而对花自拍。我突然想起《红楼梦》中黛玉葬花的情景。"花飞花谢花满天，红消香断有谁怜？试看春残花渐落，便是红颜老死时。一朝春尽红颜老，花落人亡两不知。"一曲《葬花吟》勾起多少伤感的叹息。

桃花，绽放在淅淅沥沥的春雨中，娇美在"桃之夭夭，灼灼其华。之子于归，宜其室家"的《诗经》里。桃花和雨，静静地依偎，轻轻地飘飞，一如唐朝诗人崔护的《题都城南庄》。

当年，博陵名士崔护去长安参加科举考试，应举进士不第，便去都城南门外郊游散心。在桃园邂逅了绛娘，两人暗自倾心。一年后的春天，崔护看着桃花触景生情，再次去城南寻找绛娘，可是大门却上了锁。崔护怏怏若有所失，提笔在大门上写下了"去年今日此门中，人面桃花相映红。人面不知何处去，桃花依旧笑春风"的千古绝句。当绛娘回家看到门上的题诗，以为与崔护无缘再见，遂相思成疾，一病不起。而崔护也因心中惦念，几天后又来到了城南。没想到，心中思念已久的姑娘却因自己躺在了病榻之上，顿时失声痛哭，绛娘在昏迷中听到崔护的哭声，竟醒了过来，俩人最终结为连理，这场与桃花有关的姻缘终于画上了圆满的句号。

虽然我不知道这个故事有多少是真的，又多少是虚构的，但我深知，有时柔弱的文字可以抒写心中的纠结，拉近残酷现实的距离。有时看似错过的风景，只要执着依然可以为你守候。正如崔护与绛娘的桃花，终冲破千帆望尽的思念，留下弱水三千的痴迷。古往今来，一出出桃花缘、桃花觞、桃花泪，让桃花显得那么与众不同。

笔下的文字，无论是喧嚣或是平静，清新还是绚烂，相信都是心上开出的缤纷花朵，都是季节轮回的感悟。徜徉桃园，满眼是绿，满眼是花，满眼是蓬勃的生命。洋坪的春天是真实的，没有半点虚假和做作，迎春花在篱墙吹着喇叭，鸟儿在枝头跳跃，小草像毛毛虫一样性急，憋着脸也要把地皮拱起，透出一点点缝隙，向外张望。踩在松软的土地上，我有如释重负之感，回望留下的串串脚印，这脚印和自己曾经的脚印重叠在一起，已深深扎进了乡土里。

伫立山间，与风并肩，聆听春雨的呢喃。雨滴缱绻，语丝缠绵，和爱情无关，与桃花有染。季节之手，再一次将美轮美奂的画轴轻展，不经意便把洋坪漫川春色洞穿。时光之笔，又一次将洋坪春天的宣纸写满，频繁传递着村民举手投足间的惬意舒适。在洋坪的山野，随手折一枚韵脚含着清露的书笺，一笔一画全是对色彩渲染的牵念。那情愫绕指的温婉心音，依稀缥缈在明朝秦淮歌妓李香君的琴弦上；那千重山水承载的细语微澜，似乎潋滟在《牡丹亭》柳梦梅的桃花扇中。

一阵风过，凋零了娇美嫣然的桃花；一川烟雨，朦胧了满眼的桃红柳绿；一条溪涧，沿着山沟缓缓流向一脉山河；一抹背影，宛若老农醉意迷离时对土地的承诺；一袭蓑衣，无法将与日俱增的温情渴望包裹；半分春色，恰似岁月策划点燃的一场烟火。倚桃树而立，纵然花沉月潜也难以更改春的执着。眼望日益丰满的春色，别忘记等待我们的还有即将收获的硕果。

梨花带雨，那是美人的娇媚；桃花细雨，那是文人的气息。走在桃园泥泞的小径，看着桃花生命轮回的满地残红，我才明白，再美的生命终究逃不过化为尘泥的结局。一如有些人走着走着就散了，有些事看着看着就淡了。

洋坪的桃花雨仿如一场梦，一场绮丽盛开的梦。无数急的慢的脚步，蹭亮的只是爬满苔藓的石板路，却惊扰不了桃花扇里的梦境。不用凝视，只需提一篮心愿，种漫川桃树，用一场桃花雨绣一帛锦帕，把那些生命中的至真至美缝进岁月，待来年，将厚了光阴，厚了生命，也厚了村庄。

枕着夜萤入梦

离开故乡近四十年，每每回家总步履匆匆，谈不上近乡情怯，更多是想陪年迈的母亲坐坐。四十年来，故乡在岁月的打磨中，再也找不到当年怦然心动的感觉，在我与故乡之间，距离没有产生美，却多了一道淡漠的隔痕。

有人说，亲情就是"你养我长大，我陪你变老"。父母早已养大了我，而我还来不及陪父亲，他就匆匆走了，剩下母亲守着老房子数日子，所以每次回家，我都无法拒绝母亲的挽留。故乡的秋天，蚊子与小黑虫特别热情，母亲一边摇着蒲扇驱赶，一边沉浸在陈芝麻烂谷子的往事里，絮絮叨叨到山村总也照不亮的黑夜来临。

乡村的夜像母亲，走得有些缓慢蹒跚。窗外的月色牵着秋风的手，悄悄从门前拂过，几声懒洋洋的犬吠，拉长母亲微弱的鼾声，一抹月光从屋顶的缝隙中洒落，我轻轻打开虚掩的木门，站在一条路与另一条路偷情的岔口，靠在水泥房与老木屋约会的背后，心中莫名充斥着孤独烧灼的茫然。

信步走向月光朗照的山野，无数的星星眨着慵懒的睡眼，空气中微微散发着草木的清香，一切显得那么幽静。突然，一只，两只……萤火虫翩然飞舞于山坡上，把夜晚点缀成安徒生笔下的童话世界，那一盏盏的夜行灯，像黑夜里的一双双会说话的眼睛，它用微弱的余光传递生命的色彩，用轻盈曼妙的舞步抒写乡村的今世前生。

在一匹马一封信的孩童时代，没了灯红酒绿的诱惑，却多了原始音乐和酒浆的熏陶，那些花开日落，那些明月绿柳，还有年少的忧伤与喜悦，所有的这些记忆，如同山野一闪一闪的萤火虫，挨得那么近，又显得那么远。那时，也许只为与月光相爱，与山水相亲，与"鬼火"相近；抑或只为追逐一份纯真，一缕亮光，一丝憧憬。

毕业参加工作后，怀揣一颗单薄的年华诗心，想去看没有看过的山，走没有走过的路，挥霍没有挥霍完的青春。当心灵离自然越来越远，呼吸中沾满胭脂与汽油时，蓦然发现这夜空不属于自己。无数次醉眼迷蒙站在城市的马路，误以为闪烁的夜灯是久违的萤火虫，等到城市睡着，才发现季节依旧，那"度月影才敛，绕竹光复流"的情景，却成了内心最温暖潮湿的地方。

一晃三十多年，时间的沙漏沉淀着曾经过往，一颗略显苍老的心，每每在格子间爬行时，才会拾起明媚的忧伤。每当站在办公室的窗口，看着人来人往的街道，一种荒废的渴望，犹如风忧伤的意象，却总也找不出修缮的理由。

在时光的裂缝间，悠扬的音乐穿过灵魂的落差，纠结出疲惫的痕迹。当沧桑的岁月搓长时间的麻绳，才知道以后的时光竟然还有那么长，长得足够让我忘记过往，足够让我编织故事外的故事。

"萤火虫，夜夜红……"这些熟悉的歌谣，早已封藏进萤火虫的故事里。只有夜深人静时分，思念犹如一缕渺渺的梵音，穿越时空的界线，沉入心底，泛滥成一片汪洋，却怎么也淹没不了眼角的两颗泪珠。

也许是老了，近段时间总与妻子聊起老年归宿问题，虽然归宿地各自有各自的看法，但想象的生活场景却是如此一致。找一处偏僻乡野的木屋老宅，门前留块空地，白天侍弄花草，夜晚悠然靠在椅子上，一杯清茶，两颗花生米，眯着浑浊的双眼，听花开的声音，看月落的寂然。有时也可以学学文人的雅兴，架上一副老花镜，让文字爬满褶皱的老脸，让萤火悄然入梦。

相逢明月满，更值夜萤飞。如今站在没有自己土地的故乡，守着一袭夜色阑珊，曾经经历的那些苦痛，如今回想起来亦不过一场梦，也许这些原本就是生命的组成部分，无处躲避，也无法绕行，正如漂泊的雨水落地便会是春天。也许顺着时间的轨迹坦然归去，过往的疼痛也会如秋夜里的萤火，虽然光线不足，但足以安慰黑夜。

西浦，我来了

选择一个云淡风轻的日子，怀揣一份平静的心情，我悄悄走进了西浦。用惶恐的脚步丈量那份远去的繁华，用虔诚的心倾听那份依稀的吟诵，在淡定从容的人流里漫步，那种似曾相识的喜悦与怅惘，牵引我走进千年的西浦，感受夏日里的那份燥热后的宁静。

西浦是一个千年古村，也是廊桥之乡，状元故里。站在迎宾门前，那扑面而来的文化气息，沾满你的每一根神经。举目远望，那拔地而起的三座山显得如此突兀，如此与众不同，它犹如一个笔架，更像一双坚实有力的臂膀，紧紧地将西浦拥入怀里。蜿蜒的西溪，就像一位秀气的村姑，带着一份野性，一份羞涩，还有一份说不清的韵味，款款从笔架山走来。北浦溪夹着两岸的绿色，穿行于群山峡谷中，欢快的脚步伴随愉悦的歌声，一路洒满四溅的珠玉，那份脱俗与悠闲的气度，到了村尾戛然而止，与西溪缓缓交汇，溪门此时也陡然变宽了，水流如一位长者，踱着方步，带着最后的一缕留恋，走向了远方。

穿越千年的时空，我仿佛看到西浦缪氏先祖一路披荆斩棘的疲惫身影，当他第一眼看到西浦时，就被这里的山水所吸引，山的雄浑宽厚，水的婉约柔情，在这里自然交融。尤其是那座笔架山，让一向崇文尊儒的缪氏先祖一下子就相中了落脚之地，从此在这块土地繁衍生息。据说，当年缪氏先祖雇五位挑夫，带着满满的十箱书籍来到这里，白天上山劳作，夜里挑灯苦读，就是这种"书带流芳"的传统，感染与熏陶了一代又一代的西浦人，宋代以来，西浦村走出两位状元、十八位进士，就是这种文脉相传，才成就了千年古村的美名。如今走进西浦，细心品味，似乎还能闻到空气中弥漫着淡淡的书香。

漫步村中曲折的石板小巷，你会发现每排房子的后面都有一条窄窄的沟渠，既可防火，又方便村民生活，还能放养鲤鱼，真有种缩微版的江南水乡的韵味。沟渠里鱼儿在自由地徜徉，连水中嬉戏的鸭子也悠闲得打着盹。信步走进一座建于清代的古民居，穿过一条回廊，迈过一道门槛，眼前是一个四四方方的天井。天井两旁是四间厢房，精致的木刻窗花古朴而又不失典雅，在厢房与正房之间，有一条木质楼梯连接楼上楼下。楼板的檐栏四角雕刻有蝙蝠、松柏，寓意为幸福、长寿。正厅一张圆桌一分为二。据介绍，如果这张圆桌分开，即暗示来客家里主人外出，不便接待；如果这张圆桌合成一张桌子，就是告诉来客主人在家。从这些微小的细节里，你不难读懂一个村庄的文化底蕴，也不难发现西浦人骨子里渗透的文化基因。

走出古民居，继续往前走几十米，来到缪氏宗祠。宗祠共有前后两进，中间由一个天井隔开，前一进主要由两部分组成，大厅摆放一些桌椅，供游人歇息，一道木板墙将其一隔为二，后半部分是一个戏台，沿着天井的走廊，一边再现当时缪蟾觐见皇帝的场景，另一边再现古代殿试的情景。拾阶而上，便到了上厅，这里供奉有文状元缪蟾的蜡身塑像，两边墙上是十八位进士的速写画像。闭上眼睛，你似乎可以触摸到这块土地跳动千年的脉搏，仿佛看到钟鼓齐鸣，鞭炮喧天迎接缪蟾荣归故里的热闹场面，西浦因而也随着缪蟾走进了厚重的历史，留给缪氏后人无尽的仰望。

朝着原路返回，站在西溪岸边，你可以看见三座桥：一座是横跨西溪的简易石桥，在石桥上方，每隔二三米树立一根石条，这是缪氏先人为防止上游洪水挟带的杂物堵住桥的涵洞而采取的保护措施。在桥的下方，有一条踮步桥，远望西溪就像一架钢琴，而踮步桥就是琴键，所以，村里人也称踮步桥为琴键桥。琴键桥下面是用水泥浇筑呈鱼鳞状的拦水坝，水漫过踮步桥，从拦水坝倾泻而下时，琴键桥又像一只活蹦乱跳的鲤鱼。还有一座是飞架北浦溪的廊桥，如一道彩虹横卧在水面上，桥墩是混凝土浇筑而成，看起来少了一份传统意义上廊桥的朴拙，桥身按照廊桥样式仿造，优美的造型，古典的风格，又掺入时代元素，更具时代美感，也更能体现人文关怀。走在桥上，舒适而敞亮，完全没有了传统廊桥的压抑，光线足、透风性能好，两边一字排开的桥凳，辅以木质栏杆，让人坐得舒坦安全。桥下流水潺潺，鱼儿悠闲嬉戏，这儿就是《爱在廊桥》电影的主要拍摄地。还有一座连接双湖二级公路的水泥桥，这是村庄接纳与吸收外来文明的主干道，也是现代文明在西浦的融合与延续。

与这相距不足500米的两溪交汇处，坐落着三座不同形状的桥，从这三座桥你能发现西浦的另一面。石桥是西浦先人对千百年来生产生活的总结，体现了西浦先民与自然和谐相处；廊桥也称状元桥，当年一个个缪氏学子怀揣"学而优则仕"的理想，从廊桥踏上了追梦的旅程，可以说，廊桥是那段历史的浓缩，也是西浦村民心中弥足珍贵的精神家园；水泥桥是西浦村民对现代生活的追求与向往，体现了西浦村民不甘人后的进取精神。三座风格各异的桥在这里融为一体，这是一个村庄对文化的包容与传承，也是一个村庄千年以来繁荣不息的内在写照。

如烟的往事飘过千年的笔架山，如歌的岁月沉淀在波光潋滟的西溪里，如数的家珍缭绕在遗世独立的廊桥上。西浦，你是我千年以前邂逅的恋人，你活在天上，活在水里，你的淡定、美丽、闲散，一如脚下这块土地；你是我千年以后神往的佳人，你长在山里，长我在心上，你的野性、清新、淡雅，为我延续了一场风花雪月的梦。我是西浦的一位匆匆过客，当知了在写满唐风宋韵的老樟树上唱响的时刻，我背负记忆的行囊，在东边日出西边雨的黄昏，挥手告别西浦，用跳跃的灵魂，珍藏这份宁静和淡泊。

荣西油菜花

春节过后，林林总总的各种杂务犹如春天绵绵细雨，断断续续，纷纷扰扰。窗外偶尔掠过的片阳丝光，总会勾起我心底野外踏春的渴望，不由自主想找个放纵自己的理由，好好犒劳一下僵直麻木的身心。

我的想法与妻子不谋而合，来不及整理行囊，匆匆坐上车来一段说走就走的旅行。当车穿过熙熙攘攘的城区，我突然发现不知道应该往哪里走，周边的乡镇基本都走遍了，再去不仅没有意义，还无端浪费这份来之不易的冲动与激情。正在我犹豫间，妻子似乎看出我的心思，说道："听说仕阳荣西有一片油菜花，何不往荣西方向走走，也许会有意想不到的收获。"

由于城关至熊透这段公路正在拓宽改建，道路坑坑洼洼十分难行，车一路摇晃颠簸，只好开开停停。从城区到荣顺大桥，本来只需要半个小时的车程，这次竟然开了一个多小时。到了桥对岸泰顺仕阳境内，打开百度地图一查，搜索不到荣西这一地名，好不容易遇到一位路人，下车一打听，也是一问三不知。我与妻子商量，何愁春天无风景，不如就来一回"万事无如退步人，孤云野鹤自由身"。

放下寻找目标的包袱，车似乎也变得欢快起来，车窗外一闪而过的葱郁山峦显得格外温柔明媚，那一枝两枝怒放悬崖的杜鹃，在清风与鸟鸣的伴奏下，翩然扭动起婀娜舞步，我的心情也一下子通透了。突然，远远看到前面一个"荣西油菜花基地"的路牌，一种"众里寻他千百度，蓦然回首，那人却在灯火阑珊处"的幸福感满满占据心田。车子顺势往左一拐，前行二十米的距离，便到了停车场，找好车位泊好车，我与妻子迫不及待站在停车场边上，恨不得将眼前的美景装进空洞的行囊里。

记得前几天下乡途中，看到农家房前屋后开着星星点点的油菜花，像是用笔蘸了黄颜料后挥洒出的墨点；而荣西的油菜花基地却是漫山遍野一片金黄，刺得眼睛都有些痛了，好像谁不小心把颜料桶弄翻了似的。站在山巅，放眼望去，眼球瞬间被错落有致的油菜花田吸引住了，油菜花随风舞动，像是春天里的舞女，又如道姑手中的拂尘，消去我一路追寻的疲累。远远望去，那些油菜花就像给大地铺上了一层厚厚的地毯，又像金色的沙滩泛着海水的光亮。一阵风吹过，仿佛是情窦初开的村姑摇曳着纤细的腰身，顶着金黄的头饰，以大地为舞台，把天空当观众，在田间翩然起舞。

"春色自在油菜花，蜂乱蝶忙竞繁华。东君无意披锦缎，西子多情浣彩纱。"我漫步花海，思绪飞扬。今天，虽然阳光拒绝我的邀请，但我与春风一起来赴约，对于花我没有拍照的习惯，因为再美的花终有谢的时候，不如默默守候在这田间地头，与你一起陶醉在明媚的春光里。站在你的面前，真有种过尽千山，误入梦境的错觉。我想，这一片藏于山间的花海，是用千杯酒交换来的一场盛宴，还是用一阕词交换来的瞬间欣喜和安慰？其实答案并不重要，我只是荣西一个匆匆过客，悄悄而来，轻轻而去，又何必在乎"花愁怎堪窗外雨，才思忍付天边霞"呢？只要心静花好，哪里都是"桃花柳绿不为客，明月清风自是家"。

"满目金黄香百里，一方春色醉千山。"穿行于狭窄的田间小道，那点缀于田畴的简易观景台，看似随意，却与层层梯田融为一体。阡陌交通，鸡犬相闻处，便是午夜梦回的乡愁栖息地。春天是故事生长的季节，曾经的古道西亭，烟柳隐士家，黄四娘家的花开满了溪水边，而那花香似乎还氤氲在荣西的上空，延续着这个千年唯美的梦境。面对这一片清凉世界，我从爬格子的不安中得到片刻的宁静，徜徉于花海中，听小涧流水潺潺，看清风撩拨风情，拂过的何止是花香，醉的又何止是心田。

据传，当年越西彝族后生阿鲁与河边浣纱仙女的邂逅，成就了一段仙人缠绵的情爱，播下"爱他生计资民用，不是闲花野草流"的油菜花种子。这油菜花就如当年的阿鲁，与娇艳绝伦的奇花异草相比，也许根本不能称之为花，而只能称得上是一种"菜"，甚至是一种"草"，它是百花园中的草根阶级，如同平凡的你我。它扎根山脚旮旯，少了一份花的矫情，断了一份花谢后的念想，只有在曲终人散时，听风月有声，看长袖善舞，用微笑伴随日出日落，用淡然目送阴晴圆缺，用随和赏云卷风疏。也许寂寞的不再是一片花海的孤单，开得灿烂，就暖了赏花者的心扉。

"若将花比人间事，花与人间事一同。"当我带着愉悦的心情与你挥手告别时，脑海里突然冒出了这句诗。我想，如果生活是一朵花，那么花开花落才是生活真滋味，每一次的绚烂绽放，每一年的硕果累累，都是最美好的赋予。爱的时候，让花开自由；花落的时候，放手让爱自由。没有人改变得了花开花落的曾经，只要在渐行渐远的回望里，收藏这份风干的记忆，生活何愁没有诗意。

静美塘洋 █

　　说起寿宁县武曲镇塘洋村，我并不陌生，曾经因公事来过两次，只是来不及细细品味，就在一片催促声中匆匆离开了，心里总留有遗憾。此番特地一早成行。清晨，村庄显得特别静，我便独自一人沿着整洁的村道悠然漫步，我的目光为阳光和绿色停留。徜徉在村口的榕树下，一声鸟鸣，可以无端成就一场热闹的音乐狂欢；一缕阳光，可以无端惹笑满树繁花；一阵清风，每一棵树都会吟出一曲曲欢快的山歌。在这里，初夏就是这样不讲理，无逻辑，可以让村庄好得心平气和。

　　沿着河堤往上走，太阳渐渐从山的背面升上来，溪面上的氤氲雾气散去，到处一片渥绿，看起来绵软软的，让我觉得即使不小心从这堤上摔了下去，也不会擦伤一点皮，最多被弹两下，沾上一裤子的绿色罢了。还有那条绕着村庄的长溪也泛出绿色，那是另外一种绿，与黛绿的群山相辉映，不仅染绿了心情，也缥缈了纱裙一样的思绪。这样一个被绿色簇拥的村庄，总觉得可以放进任何一种时空里的聚合，可以放进《诗经》，可以放进《楚辞》，可以放进唐诗，可以放进宋词，可以放进任何一段美丽的文字里。

　　五月的塘洋，带着劳动者的丝丝欣慰，伴着初夏略显夸张的热情，将村庄渲染得枝繁叶茂。站在塘洋古渡口，长溪水流依旧，石阶落满枫叶，一群鸭子在水中悠闲嬉戏，幻化成溪面游离浮动的光点。我透过光影斑驳的枫树向村庄遥看，那一棵棵果树，一座座新房，一丘丘茶园，一树树绿叶，一株株花儿，将村庄融入淡淡的清欢里。轻轻折一枝曼舞的芦草，默默含一口熏得游人醉的暖风，偷偷咂一下繁茂的绿荫，用浸染的情怀撷取村庄初夏的容颜，静静品味初夏的味道，真想就这样安逸地度过这风媚清浅的初夏。

"莫听穿林打叶声，何妨吟啸且徐行。"站在当年知青留下的林中，时间似乎凝固了，阳光与清风犹如幽会的男女，搅得林中鸟鸣声声。徘徊沿溪的知青林小径，一览知青林的万般风情，领略知青林静谧安详的神韵，我的灵魂此刻和知青林如此贴近，我的血液澎湃着知青林迷人的气息。静静倚靠枫树旁，看阳光透过叶隙洒下的点点斑驳，一种从未有过的踏实稳定的感觉便荡漾心湖。轻拾一枚枯黄落叶贴在温暖的心怀，恍若将一些故人一些往事小心珍藏在记忆深处。在小径里随便找一个位置，以最舒服的姿势坐下，就能感到自己的快乐氤氲在这温润清香的空气中。

一片片的绿叶，躺在塘洋宽厚的怀中，轻轻地一下一下地撕着时间的纸片，金色的阳光泼洒在树与草的身上，带着茶的气息。此时的塘洋是寂静的，没有人的喧嚣，没有车的呼吸。突然感觉初夏的塘洋像是一个天堂，一个透着淡淡乡土味的天堂。它静静地沉睡在长溪的岸边，看绿波起伏，赏繁花遍地，观落叶飞舞。时间绕指渐行，还没来得及赏够悟透塘洋的如痴如醉的美景，清风就毫不客气地携一缕浅夏的芬芳，凝一脂冰清玉洁的清梦，安然地坐在了我的肩头。

信步走进知青山庄，眼前似曾相识的情景，激活我沉睡的记忆密码。对于20世纪60年代末出生的我而言，那个如火如荼的时代并不陌生，虽然没有亲身经历，但目睹的一切，已然镌刻在脑海里。知青，一个时代的标签，一个与共和国同命运的年轻群体，他们用艰难困苦砥砺青春，用理想信念引领青春远航，他们在广阔的农村燃烧激情，践行初心。展览室陈列的物品，墙上粘贴的图片文字，只能给后来者些许联想，要完整重现当年的情景，这一切似乎显得有些单薄。

我想，一个村庄的历史和文化就是一个村庄的记忆，一个没有记忆的村庄就永远回不了家。塘洋曾经是一个知青用青春书写过的村庄，知青留给塘洋的不仅是长溪岸边绿树成荫的满地清幽，还有一段村庄的历史和文化，正是这种记忆续写了乡愁的原乡。岁月的嬗变，几十年悄然从村庄的眼波里流过，当年的知青走了，一弯长溪绕孤村的景象也不在了，但那段知青历史延续的血脉，深深扎进脚下这块热土，为村庄厚积薄发提供了丰厚滋养。

我挥手告别村庄，车在水墨般的思念间穿行，一如缱绻的诗篇，在青山绿水的背后漂泊，摇落了一路的苍茫。一些美好而诗意的情愫妖娆地绽放后，静静息影在梦的岸边。我在梦的另一端，闻到泥土的清香，看到泥巴裹满的裤腿热闹着绿油油的乡野，还有犁铧翻开的新土温暖着宁静的乡村。隔空问候塘洋，依然能感受到它的温度。或许，很多事我们无法放逐，一次不被打扰的相逢注定是一生的牵念，好比塘洋的味道，熟悉中透着几许乡愁，每一次闻它都是内心的修行，都让我找到释放的理由。

岁月浸染烟火的馨香，让我在最温馨的季节遇见塘洋，如同云遇见风就有了快乐的漂泊，如同桃花遇见春天就有了绽放的喜悦，如同莲的心事总在夏季被提起，如同枫叶的相思总在深秋凝结，如同梅的暖意总在雪花上泅渡。今夜，窗外月光朗照，斟一杯清湛的月色，执一纸清瘦的素笺，就砚缓缓研磨，每一声淡雅的平仄，每一笔清癯的水墨，都映照我透明的心尖。即便隔着千山万水，红尘熙攘，依旧能感知塘洋的那份安稳和静美。

相约柘荣

　　"一重山，两重山。山远天高烟水寒，相思枫叶丹。"当年南唐后主李煜面对清冷深秋时一声刺痛时光的哀叹，不仅留下写秋的经典，也让我经不住诱惑，总在秋风乍起时，去往山城柘荣的山里，寻觅一片秋色。

　　"龙溪流过柳城中，空水澄鲜一色秋。"当初秋迈着轻盈的舞步，轻轻叩响龙溪的清梦，那青柳伸腰长，万鲤乐逍遥的景象，常常让我忘了今夕是何夕。漫步在龙溪两岸，抬眼看蓝天澄碧，云绕山冈，一定有种把青春梦画在这里的期盼。

　　秋风萧瑟，层林尽染。放足东狮山，踩着幽深小径，卧听山泉细语，坐看云起云落，那一草一木，一石一洞，无不透露禅机几许，你一定会产生"暂问东山赊月色，临风醉酒笑陶公"的诗情。

　　"古台摇落后，秋入望乡心。"在芦花飞扬的深秋，最适合站在鸳鸯草场之巅放眼四望，层峦披黛，万壑涌绿，与清风做伴，以明月为媒，细细解读山顶鸳鸯石的爱情密码，你一定会感慨大自然的神奇造化，产生"只羡鸳鸯不羡仙"的慨叹。

　　青山隐隐水迢迢，秋尽石山草未凋。选一秋高气爽的日子，抖落俗事的羁绊徜徉九龙井，那"龙生九子，各有所好"的传说悠悠在耳，石臼、瀑布、龙潭将九井相连，憨态可掬，奇趣天成。那水吻石，石抱水的柔情，一定会让你产生"梦里不知身是客，一晌贪欢"的醉意。

而在清晨里，站在第一缕阳光洗涤后的蒲头梯田，田野很静，风很轻盈，思绪还在稻穗上舞蹈，金灿灿的稻田却把多情的目光刺伤。那"暖暖远人村，依依墟里烟"的场景，如诗意的泉水在你心头汩汩流淌，你一定想在时间的指尖，留下一杯酒一轮明月，让余生的日子自在随意。

秋天在柘荣的山山水水里，连同落叶深深扎进土里。当知府故里的书香气息氤氲在仙山门前的小溪，当游朴铿锵的步履响彻柳山柘水，当袁天禄的仰天长啸撞击双城坚硬的城堡，当郑宗远的悠悠古道架起人心向善的桥梁……我们终于明白，传统文化是从哪条山脉而来，如何以冷峭濯醒千秋古梦。日子虽然像粉墙上的黛瓦被俗物洗得越发陈旧，但它却日新月异照耀着后人跌宕起伏的征程。

秋天如拙朴的窗花，定格在凤里的门楣；秋天如柘荣的剪纸、评话、布袋戏，在城乡幽深的小巷穿越。当秋天被梯田、炊烟、古民居酿成时光的美酒，让我们相约柘荣，听一段评话，让心情敞亮；到乡村走走，与山水对话，放松自我。许你我可在这儿选一处乡土宅院，作为安放心灵的原乡。

水泊峡谷

　　近段时间以来，陆陆续续听朋友说起东源的水泊峡谷，遗憾的是自己总被一些俗事缠身，始终无缘走进它。前几天偶然翻阅《柘荣今报》，被几张水泊峡谷的图片深深震撼了，于是产生去水泊峡谷走走的念头。

　　周末，来不及整理行装，我与妻子就匆匆踏上了前往水泊峡谷的行程。车在蜿蜒的山路上行驶，窗外苍翠欲滴的植被让你仿佛置身于绿色的汪洋。大约过了半小时，车子到了绸岭村，在一位热心老农的指点下，我们终于走进了炉西坑溪，这里就是居民嘴里常说的龙井溪，也是友人力荐的水泊峡谷。

　　站在龙井溪的岸边，水泊峡谷两侧是绵延不绝的天然次生阔叶林，其中夹杂的小叶枫显得格外引人注目。午后的阳光透过淡淡的云雾，照在亭亭玉立的小叶枫上，像极了欲说还休的思春村姑，又似养在深闺的小家碧玉。它身着绿色的水袖霓裳，随风飘然起舞，那曼妙的身段，惹得凤蝶鸟儿也驻足观光。

　　沿着岸边顺势而下，就到了水泊峡谷河道。据专家初步考证，水泊峡谷河道为火山熔岩和冰臼地貌，由于地壳运动，在冰川和水流的双重作用下，形成了今天这种奇特的地质景观。溯流而上，水流时而平缓，时而急促。选择一处河道平坦宽阔的地方，只见那一汪碧水如一位婉约多情的女子，脉脉含情流连于犬牙交错的岩石间，而那河道中一块块凸起的岩石，俨然就是水的恋人，在这里水与石演绎最初的刚柔相济；细看它又像一面不规则的镜子，也许当年马仙也被这一方山水所陶醉，曾经在此沐浴梳洗，一不小心把随身携带的镜子遗落了吧。

坐在岩石上，将双脚轻轻放进水里，一股透心凉的感觉直逼心底，掬一捧清水，甘洌清甜的味道在我的舌尖上跳跃。靠在岩壁屏息静听，那涓涓流水与岩石嬉戏发出的声响，在虫鸣鸟叫声的伴奏下，恍如缥缈的天籁之音，真有点让人把持不住。瞧，水流随河道形成的一道道瀑布，有的似轻如羽翼的纱巾，有的如袖珍的纱帘，而每一道瀑布紧紧相连，构成了别具特色的小瀑布群，它没有磅礴的气势，也没有震耳的响声，它用山的胸怀、水的文静告诉每位造访者，什么才是人与自然的和谐相处。

如果说水泊峡谷的水是天生丽质的美人的话，那么水泊峡谷两岸的岩石便是俊朗刚毅的后生。每一块岩石都有你读不尽的韵味与涵养，其中一块凸起的岩石深深吸引我的眼球，那深邃的眼神，塌陷的下颚，高耸的鼻梁，就如一位呼之欲出的银发婆娑的百岁老人。还有那河道中活灵活现的龙爪遗迹、破冰逐熊、水熊探矿等景观，让你不得不感叹造物的神奇。我终于也从这些千奇百怪的石头中，读懂了生态与长寿的密码。

"花如解语还多事，石不能言最可人。"这句诗不就是对水泊峡谷这些奇形怪状岩石的真实写照吗？而"青山隐隐水迢迢，夏至水泊枫未凋"这句诗也写活了这里的水。我想，藏在深闺的水泊峡谷，那原始的自然洁净，独特的生态资源，秀美的幽深奇观，惊叹的神来之笔，神奇的壮丽画卷，无不向人昭示这片山水的天然与美丽，从中也让我们明白一个道理：善待自然，珍惜生态，这是我们唯一、理智的选择。

寻常一样窗前月

窗前的明月和寻常一样，还是那么明亮清幽。安静相守每一个月夜，看天空，云静静地飘过，风轻轻地划过，飞鸟的翅膀剪落一缕冰凉的咸咸的月色……

文缘黄柏

说起黄柏，其实我与它还有一段很深的渊源。那是 20 世纪 80 年代初期，由于家里经济困难的缘故，小学毕业的我不得不远离家乡投奔姐姐，完成我未竟的学业，这一待就是三年。那时懵懂的我并没有在意黄柏的文缘，只是将自己当作一个黄柏的过客，这一晃就是三十多年。

后来，虽然断断续续去过黄柏几回，大多时候是步履匆匆，根本来不及品味，一些印象又被繁杂的琐事冲淡，时间就在反反复复中走过了一茬又一茬。随着岁月的流逝，萦绕心中的一种情结，如早春的土地，长满了各种诱惑和幻想。今天，终于站在这块土地上，尽管初秋的余热依然在炙烤我的意志，但坚实的步伐伴随心中的渴望，促使我轻快穿行于文脉偾张的时空里，用眼睛捕捉这块滋长故事的土地的点点滴滴，用心感受那片远去的历史云烟，屏息静气虔诚接受黄柏文化的洗礼。

我想，一个地方的文缘，表现在这块土地的民众对当地民俗文化的传承。记得 1982 年的春节，由于冰雪阻断了我回家的路，因而我也有幸亲身感受一回黄柏除夕的热闹。黄柏村按官路洋溪的流向，自然分为南北两半，我的两个姐姐一个在南边，另外一个在北边。据说，从黄柏游氏先祖定居以来，每年的除夕夜，南北两边的村民就开始燃放烟花爆竹比赛。我从南边二姐家吃完年夜饭回到北边大姐家的时候，看见许多北边的村民从各自家里扛来柴片，选择门前一处开阔地，将柴片堆放好，由当年的"福头"到游氏仙姑的遗址处取回火种，然后点燃柴火，从而拉开了燃放烟花爆竹的序幕。烟花照亮山村除夕的夜空，声响在山谷里久久回荡。等到十二点的钟声一响，燃放烟花爆竹就此推向了高潮。此时，家家户户在篝火旁点燃香火，然后陆陆续续迎香火回家，预示新的一年真正来临。这种民俗文化在黄柏生生不息，它不仅代表了一个地方的文化，也体现了一个地方群众对生活的热爱与追求。现在随着游氏仙姑宫的落成，崇文尚文的黄柏人又将这一民俗演绎得淋漓尽致，提升到文化节的高度，不断充实扩大其内涵，使其成为黄柏乃至柘荣对外宣传的一张名片。

一个地方的文缘，还表现在这块土地的民众对当地历史名人文化的认同。这一点在黄柏我感受特别深，不论是陪同我们的村干部，还是专程赶回来的"祠堂头"，说起游朴的故事都是如数家珍，从他们的语气里，你能读懂作为游氏后人的那份自豪和荣耀。当你徜徉在游朴出生地上黄柏时，这个方圆不足五百米的村庄到处散发着浓浓的文化气息，那座修葺一新的游氏宗祠，在几竿翠竹的簇拥下，古朴而不失庄严，祠堂内一块块匾额格外引人注目。"心田留一点子种孙耕，世事让三分天宽地阔。"这副对联不仅是对游朴一生为官处事的精炼概括，也是对游氏后人的劝勉激励。

在游氏宗祠的对面山，坐落着游朴爷爷的坟墓，这里还有一个令上黄柏人津津乐道的故事。相传有一年，一位平阳郭姓挑货郎路过上黄柏。此时正值秋末冬初，天说黑就黑了，挑货郎正愁无处落脚，无意间他看到路上方有一座庭院，隐隐约约透露一丝灯火。也许是赶路累了，也许是急于投宿的缘故，挑货郎来不及敲门，顺手推开虚掩的柴门，只见庭院里面点着一盏灯，在清风的吹拂下，灯左右摇曳，偌大的庭院空无一人。他顾不上思考，找个房间倒头便睡，恍惚间他似乎听到两个幼童琅琅的诵读声，一会儿眼前又出现两个青年才俊，骑着高头大马，全身披红挂彩，后面唢呐高奏，一派金榜题名荣归故里的热闹场景。突然一阵大风吹来，他打了一个冷战，睁开惺忪睡眼，才知道天已泛白，发现自己躺在一座墓坪上，他赶紧挑上货郎担，一路往村里小跑。由于只顾埋头赶路，与迎面而来的一位村民撞个满怀，货郎担里的生活用品洒落一地。这位村民放下肩上的锄头，一边帮他捡东西，一边询问客人为何如此慌张。平阳郭姓挑货郎将夜里梦中见到的一幕原原本本告诉村民。当村民得知那便是自己的祖坟时，也把心中的困惑告知了挑货郎。游姓村民说，自从祖坟建成以来，家道一直中落，前段时间找位算命先生算了一卦，竟是祖坟作怪，今天本想把祖坟挖了，再另寻地方安葬，没想到一大早就碰上你。平阳郭姓挑货郎听后，极力劝阻游姓村民挖祖坟，并许诺由他筹资重修该坟墓，要求其先人一起合葬。就这样，这座坟墓半年后被整修一新，由于是游、郭两家先人合葬，所以就没有了墓碑。若干年后，平阳郭家、黄柏游家先后有一位读书人考中进士，并且一度仕途看好，游家的读书人就是游朴。

我对风水之说知之甚少，但对这块土地上发生的故事，心中总是充满了无限好奇。我以为，一个村庄就像一条项链，每一个鲜活的故事就是这条项链上不可或缺的珠子，有了这些可感可视的珠子，这条项链才完整，才不会淹没在村庄过往的云烟中，而且随着时间的流逝愈加弥足珍贵。传奇也好，事实也罢，这些都是后人对先人追思的一种方式，也是增加村庄文化底蕴的砝码，更是后人对植根脚下每一寸土地的文化的认同与传承。

一个地方的文缘，更表现在这块土地的执政者对文化的挖掘。据了解，黄柏乡近几任领导对文化的挖掘近乎痴迷，从第一届游氏仙姑祈福文化节的成功举办，你就能窥见一二。至于中华游氏文化园的培育与打造，更是延续和抒写了黄柏文缘的新篇章。当你漫步园中，扑面而来的是阵阵文化的馨香，不论是威严端庄的游朴石雕像，还是拙朴通幽的乘驷桥，哪怕是园中的每株草木，无不写满文化的姿态，就连树缝中穿透的点点阳光，一样文气十足。穿行于蜿蜒的石铺小径，就像走进历史的栈道，那错落有致的枯藤、老树、小桥、流水、石刻、亭子，在徐徐而来的西风相伴下，就像走进马致远的《天净沙·秋思》的悠远意境。在园中你既能体会原始生态的自然风光，又能真切触摸到黄柏这块土地跳动的文缘，还能感受到后来者艰辛与执着的探索。

路随景移，不知不觉中来到了片石堂遗址。躬身走进这个窄小的岩厝，你很难想象这就是"三主法司，无一冤狱"的明代清官游朴潜心修学之所。手抚四周冰凉的石头，耳边流水声和风过树梢的沙沙声相互唱和着，置身其中你一定能读懂黄柏文缘由来的深刻内涵，你也一定能明白黄柏后人对脚下这块土地的留恋和挚爱。

黄柏，这个曾经因游朴、游氏仙姑而名噪一时，如今因矢志不移还原和创新传统文化而逐渐被后人所认同的地方，这里不仅有红色文化和名人文化的交相辉映，也有民俗文化与佛教文化的碰撞互补，这么多种文化和谐共存在这块土地上，这需要深厚的文缘土壤滋养，更需要包容开放的胸襟接纳。如果说文字是文化行走的符号，那么文缘就是文化流淌的经脉。一个地方的兴盛，必定是从文化的繁荣开始；一个地方的发展，离不开文化的支撑。而当历史的尘埃落定，有许多东西都化为乌有的时候，唯有文化以物质的或非物质的形态存在着。

当浓郁的民俗文化氤氲在官路洋溪畔，悠远的名人文化植根于蝴蝶山巅，浑厚的佛教文化融进天星寺的晨钟暮鼓里，燎原的红色文化吹响前进的号角，优美的自然风光写满小东山的脸颊。在这个初秋的清晨，我把心放进寒泉洌井里洗涤，把脚步读成游朴的诗行，用微醺的眼神采集随处盛开的文化花朵，将片片花瓣洒满我前行的道路，这个季节我收获的何止是文章？

回望仙山雨滴心

仙山如一缕阳光，穿过岁月的阴霾，洒落点点光芒；仙山似一曲天籁，和着高山流水，飘过心灵的门槛；仙山是一杯家酿的米酒，让你东篱把酒黄昏后；仙山是一首诗词，沐浴唐风宋韵款款而来；仙山是一幅画，放眼树树皆春色，山山唯落晖；仙山是一轮明月，望阙时是云遮眼，回望时是雨滴心。

仙山活在绿意盎然的童话里，古朴醇厚一如门前的小山，眼前一览无遗的旖旎风光，一砖一瓦饱含的人文底蕴，交织着纯朴的民风，常常越过牛头岗、仙源井、半片城，氤氲在水雾迷蒙的小溪里。驻足小山坡，后人朗朗的吟诵声还回荡在仙山的上空，郑氏父子的淡泊笃志，早已流淌在仙山后人的贲张血液里，融入仙山一草一木中。

时光在仙山的额头刻下深浅不一的皱纹，唯有门前小涧水，春风不改旧时波。曾经无数次想象，躺在四面透风的仙山老屋里，听风过窗外的和鸣，看繁星点点的星空，枕着小巷深处青石路上忽远忽近的脚步声入梦。梦里月光如温暖的手，轻轻拂过树梢，掠过水面，留下片片的银色，将山涧点缀得流光溢彩。涧边葳蕤的水草拽着流水的衣角，让你仿佛看见四百多年前的郑氏父子，遥望故乡的方向，那"共看明月应垂泪，一夜乡心五处同"的思乡之情，染绿了门前的一潭秋水，擦亮了一弯蛾眉。

　　站在仙源井旁，那苍翠古老的银杏，就像一位仙源井的忠实守护者，谁也说不清是先有树，还是先有井。悠悠的仙源井，就像一位饱经沧桑的智者，透过清澈的井水，似乎让你触摸到仙山跳动的脉搏。据说，这口井还有一段神奇生动的来历。当年，马仙巡游至仙山，看到如此迷人的景色也动了凡心，摇身变成一村姑，信步走进一王姓人家。屋主人热情为马仙沏茶让座，此时正好男主人大汗淋漓挑水回来，马仙关心询问村里用水情况，当她得知，村民挑水要走上四五里的路程，心里非常着急。夜里，马仙托梦给这家男主人，在离他家不远处的乱石堆中，有一泉眼。第二天，这家男主人将信将疑，拿着锄头，扛着铁锹，找到马仙所说的地方，清理完一堆乱石，果真看见一股细细的泉眼。村里人听说后连忙赶来帮忙，就地取材砌起了一口水井。村里人感念马仙，故将井命名为仙源井。"仙源井"不仅蕴含仙源里这一地名，也隐含该井来自仙人指点，这大概就是仙源井的由来吧。

　　井水四季源源不断，夏天井水甘甜冰凉，冬天井水温热可口，这口井养绿了一方山水，也养活了一方人。据传，山后的郑氏先人，每天天刚露鱼肚白，就到仙源井挑第一桶水，几十年如一日，所以才有了后来的一家一知府和一知县。这当然有后人贴上传奇的标签，但仙源井水能治瘟疫的传说，至今依然在仙山村流传，以至于柘荣城关人家，走上十多里路，也要到仙山挑水喝。曾经挑水的队伍蜿蜒于北山岭上，那壮观的场面总活在村里一些上年纪人的记忆里。

　　或许因为与马仙的这段渊源，或许因为后人尊儒崇文的缘故，或许难挡一方净土的诱惑，仙山始终鲜活在人们的视线里。而我认为，仙山的美在于水，虽然没有大江的磅礴气势，却有小家碧玉的隽秀，"泉眼无声惜细流，树阴照水爱晴柔"的意境在仙山随处可见。那水是眼波横，山是眉峰聚，水因山而娇柔妩媚，山因水而生机勃勃，山水交融，浑然一体，难怪仙人也要在此栖息。仙山的美在于绿，无论你站在哪个角度，收入眼帘都是满川翠绿。当你漫步在幽静的乡间小径，仿佛走进"荫浓烟柳藏莺语"的境界，绿色在仙山显得如此肆无忌惮，置身其中你会油然发出"仙山为问山多少？"的疑问，也会产生"每个峰头住一年"的欲望。仙山的美在于文，仙山的文植根于每一寸土壤里，渗透进每个人的骨子里，连呼吸的空气中，也弥漫着文的气息。半片城的每块石头，城中每条悠长的小巷，都写满一段村庄的历史，即便是那些倚门的留守老人，脸上也能读出"不见乡书传雁足"的文气。

仙山犹如一本散发淡淡清香的古籍，石头、溪流、草木、花香是它的文字；半片城、仙源井、郑氏父子、马仙就是它的情节；而那份深入骨髓的自然散淡，还有那份秉承的清凉闲适，就是这本古籍的主题。它处在城市的边缘，用古籍特有的内涵包容与接纳城市的辐射，又用那份淡定稀释城市的躁动与不安，让每一位造访者在心灵的深处埋下一粒思念的种子。

八　成

　　20世纪80年代，在福安市上白石镇与柘荣县英山乡交界处，活跃着这么一位家喻户晓的小人物，大家都叫他"八成"。之所以说他是小人物，那是因为他既非经天纬地之才，亦非商贾巨富，他平凡得如同地里的一株草，多一个他生活多了一抹绿意，少了他生活也一样过。

　　八成是福安市范坑乡墩头村人，姓郑名柏成，至于如何将"柏成"叫成"八成"，也许是地方方言谐音的缘故，又也许是柏成本人的原因，因为"八成"在当地农村有"脑瓜子不灵光，有点傻帽"的意思，而柏成就属于这种人。由于八成以乞讨为生，这一称呼在这一带渐渐演变成乞丐的代名词，但真正能称得上"八成"的乞丐并不多，凡属这类乞丐，他们不是为钱而乞讨，而是以果腹为目的，他们不仅不讨人嫌，有时甚至有点可爱。

　　我知道八成这人，大概是小学时候的事。印象中八成五十多岁，皮肤黝黑，蓄着乱蓬蓬略带花白的胡子，头发如鸡窝很长很乱，但感觉不脏。夏天经常光着膀子，打着赤脚，穿着满是补丁的"老人裤"，腰身缠着一条红布，经常用一根竹棍挑着一个破布袋，里面装着碗筷和衣裳，一根油光发亮的木棍总没离过手；冬天则穿着一件破棉袄，脚上总穿着一双破旧的解放鞋。据说，年轻时的八成不仅长得一表人才，而且为人诚实、善良、勤劳，脑子也比较灵光。当年他家的门槛差点被前来说媒的人踩烂了，后来他与邻村一位长相标致的姑娘结了婚。可是不知什么原因，仅仅两年的时间，妻子在一个初秋的深夜与别人私奔了，从此他一蹶不振，不仅脑子迷糊错乱了，还走上余生可怜而又无奈的乞讨与寻妻之路。

"看见我老婆没有？"不论碰到谁，八成开口便问，哪怕是三岁小孩。

"你老婆就在前面村里，你赶紧去追啦，不然又要跟人跑了。"个别好事者总变着法子逗八成玩，每每听到这些话，八成一边嘻嘻笑着，一边喃喃自语："跑就跑呗，反正追这么多年都赶不上，算啦，不追了。"这时候人越聚越多，众人你一句我一句，八成便在众人的笑声中，嘴里哼着只有他自己才听得懂的小调走了。

在那个物资极度匮乏的年代，农村人固有的道德底线让他们觉得乞讨是一件有辱祖宗最不光彩的事，只有在走投无路的情况下才会选择乞讨，所以他们从内心里同情乞讨者，尤其像八成这类的乞讨者，村里人不仅接受，而且将他当成自己的邻里对待。不像如今的社会，乞讨成为一种行业，从业者未必是社会弱者，他们甚至强乞强讨，践踏了人们的善良与同情心，让人们对乞讨者产生一种抵触反感的情绪。

那时，常到村里走动的乞丐有两位，一位是楮坪乡后楼村的阿茂，常年疯疯癫癫，手里总是拿着一个石球，身上戴满毛主席纪念章，见到哪家厅堂挂有毛主席画像，他倒头就拜。见到村里人不是骂就是扔东西，大家躲他如躲瘟神，只要听说他到村里，家家户户就赶紧关门。至于什么原因导致他神经错乱，村里人便从他对毛主席崇拜的举动上，推断出他曾经当过兵，上过战场，到底是不是这个原因，其实一点都不重要。村里人有时赶上吃饭时间，也常常给他装上一碗饭，用善良延续一条活生生的生命。

另一位自然就是八成。村里人之所以接纳八成，不仅因为其憨厚善良的性格，还因其乐于助人的品格。走在路上看到别人干活，他总会上去搭把手，看见老人张口就是伯叔、婶姆的叫，那嘴甜得跟蜜似的，直把老人乐得合不拢嘴。八成身上从不放钱，我想一个乞讨者本身就没有几个钱，况且他从不开口要钱，即使别人给了一点钱，路上看见小孩就顺手分了，所以小孩总爱往他身上黏。好几回村里的小孩围着他要钱，八成两手将裤兜往外一翻，像做错事的孩子一样，脸上挂满无辜的表情，嘴里说道："没啦，真没啦，八成骗你是小狗，等下次有了再分给你们。"围着的小孩哄笑着一下子散开了。

八成最让人津津乐道的一件事，莫过于凡是他走过的乡间石铺小径，路面你看不到一块小石子。他那根总不离手的棍子，既可用来驱狗防身，又可当作拐杖使用，还有一点用途便是用来清除路面的小石子。当时，农村交通不发达，那一条条蜿蜒于山与村之间的小径，成了维系农村生产生活的命脉，由于这些小径没有人维护，只要一场大雨过后，路面便落满了大小不一的石子，农村人干活回来习惯打赤脚，常常因不小心踩着石子而脚受伤。不知从什么时候开始，这几条主要道路上人们很少见到小石子，隔三岔五总能看见一个熟悉的身影在路上捡小石子。记得有一次，我砍柴回家，恰好碰到八成佝偻身子捡路面的小石子，便好奇问道："捡小石子累不累？"八成头也不抬应道："路面没有小石子好走路。"当时，听到这句话，总觉得他傻，对于他的举动无法理解。

参加工作后，由于离家远了，便很少回家。有一年秋天，走在回家的路上，看到路面都是滚落的小石子，到家便疑惑地问母亲："八成该不会走了吧？"母亲若有所失地答道："苦命的好人早走了。听隔壁村的人讲，他死后成了该村地主宫里的菩萨。"听完母亲的话，虽然心里咯噔一下，但听到他最终结局，心里倒也舒坦了许多。至于菩萨之类的说法，纯属无稽之谈，但在八成被供奉为菩萨这件事上，我内心深处倒还认同。说真的，能被农村百姓称为菩萨，并得到长久供奉，必须要做到与人为善，与己行善，正如八成一辈子都在做一件看似简单的善事，但他做到了极致，自然百姓就将他记在心里，定格在神龛上，这就是百姓的价值观，也是我念念不忘八成的原因吧。

如今，茶闲饭后之余，在家乡的大街小巷，在每个月朗星稀的夜晚，常常能听到有关八成的种种传说，八成在父老乡亲的嘴里成了神的化身、善的形象代言人，成了教育下一代保存善根的香火。我们的生活中有多少类似的八成，他们没有能力争抢聚光灯下的那份荣耀，甚至连族谱带上一笔都困难，他们平凡得还比不上脚下这片土地，一辈子开不了花，结不了果，但他们却如山上随处可见的草，只要一点雨露和阳光就可以灿烂一个春天。他们如当春乃发生的喜雨，滋润一方土地；他们如夏夜里的一阵清风，凉爽千家万户；他们如秋天里饱满的谷粒，熏香生活的希望；他们如寒冬里的一缕阳光，温暖迷失的灵魂。

八成走了，如秋天的一片落叶，飘过山冈，越过渡口，最后化作善的胚芽，长在村里人的胸口，挂在那棵老去的枫树枝丫上，落在我苦苦寻觅的方格里。

永远的大哥

人生何处不相逢，认识老哥也刚好印证了这句话。同一年同一月份您我到同一单位，本想可以陪老哥一起走完从政生涯，谁知在短暂的共事后，突然听到您要提前退休，我有点茫然与困惑，对于视事业如生命的您而言，心中一定有着常人难以想象的酸楚和无奈。

我做了无数个猜想，是不是这些年的奔波劳累让您身心俱疲？是不是这些年的坚忍奋争后的失落让您萌生去意？是不是这些年的经历让您看淡了世间的浮躁，人心的无常？也许是我多虑了，可能是您想用最纯真的方式，去追求自己喜欢的事业。也许您我的下次相逢，又该在人生的另一个拐点了，不知届时您初心是否依旧，微笑是否一样淡然。

其实，慕名老哥已经许多年，只是当时您并不认识我。对于一个以笔杆子为乐的人而言，喜欢淡泊宁静处事，遵循内心呼唤交友，崇尚一切随缘。那时偶尔擦肩而过，但都是无心的相遇，并未在彼此的视线里交集。记得，有一次到老哥办公室，老哥从抽屉里拿出一本《柳絮》，谈起其中我写的《想起当年砍柴的日子》这篇拙作。老哥说，看了这篇文章，让他的思绪又回到曾经的苦难岁月。话语间没有怨天尤人，也没有感怀情语，有的只是满满的知足与暖意。就是这次不经意的交谈，让我与老哥产生了共鸣，也让我从另一侧面了解老哥心中对文学的情结。

我们都是 20 世纪 60 年代生人，从年纪的层面，称您为老哥，似乎有点矫情。但我这声老哥的尊称发自心底，没有掺杂俗世的客套，也没有文过饰非的虚假，它来自君子之交淡如水的坦然，来自平平淡淡才是真的领悟。这声尊称无须时间的保证，也不需要空间的维系，它犹如门前流淌的涓涓细流，只要一息尚存，它永远都是清澈透明的。

都说，"智者乐水，仁者乐山"。您本就来自于大山深处，几十年大山的熏陶，养成您温厚仁慈的品性。从您的为人处事中，我读懂敦实淳朴的含义，从您平常的言语中，我感悟沉默是金的内涵。"一善染心，万劫不朽。百灯旷照，千里通明"，南北朝萧纲的这句话，用在您身上是多么的契合。您从事水利工作三十多年，经历过无数次大浪淘沙，历经过水的滋养洗礼，无形中养成您人性中善的一面，您不仅与人为善，于己行善，您还以善感善，以善传善。正如巴尔扎克所说的，真正有才能的人总是善良的，坦白的，爽直的，绝不矜持。

政声人去后，民意闲谈中。近段时间，我对这句话有了最真切的感受。当您提前退休的消息在大街小巷不胫而走时，认识的和不认识的人，无不感到惋惜和不舍。惋惜的是柘荣失去一位肯干事、能干事、干成事的好领导，不舍的是您自身人格魅力所产生的亲和力，这种力接地气，连百姓，舒筋络。在这声声的感叹里，既饱含愤愤不平，又感慨世事无常，也蕴含人情冷暖。我想，民意闲谈中的政声应该是最为真实的。因为百姓无须遮遮掩掩自己的评论，他们眼里揉不进一粒沙子，心中自有一杆评论功过是非的秤。您能在这杆秤上占有足够的分量，应该是百姓对您三十多年良心做事善心为人的肯定。您完全可以安然地转身，问心无愧地面对这块土地。

前几天饭后与妻子一同在门前散步，几个邻里大伯坐在一起闲聊，听到隔壁老袁说，台风马上就来了，现在有城区防洪工程保障，大家不用再愁雨水泛滥了，几个大伯不知不觉中又把话题扯上了您，从城区防洪说到溪门里水库，从水库又聊到天福公园。也许说者无意，但我这听者却一一记在心里。也许官方资料鲜有记载您的付出，也不可能为您立碑记传，但老百姓早在自己的心底为您树立了一座丰碑。这座丰碑足以让我仰视一生，也足以诠释一声老哥的尊称。

那天上午，当同事们得知您退休的消息，都不约而同聚到您的办公室，用无言沉默与您告别，因为大家深知，此时任何言语都是苍白无力的，但我从一双双饱含泪水的眼里，读懂了他们此刻沉重而又复杂的心情。说真的，我也亲历过多次告别的场景，但没有一次如此鲜活印在我的脑海里。晚上七点我接到您的电话，匆匆来到您的办公室，您已整理好简单的行囊，只是等我来交接。我站在办公桌前，看您眼里隐隐约约的泪花，还有不经意流露的不舍眼神，我那根敏感脆弱的神经深深被触动。无言目送您走出办公室，突然脑海里冒出徐志摩的那句诗："悄悄的我走了，正如我悄悄的来；我挥一挥衣袖，不带走一片云彩。"我知道，您不喜欢繁文缛节，正如诗中所写，来时宁静淡泊，走时悄无声息，可您连衣袖也不挥，更别提带走云彩了，也许这才是最真实的您——低调务实。

"菩提本无树，明镜亦非台，本来无一物，何处惹尘埃。"在这物欲横流的社会，谁也不知道自己什么时候就惹上了世间的尘埃。正如今时今日的您，我无法用公道自在人心来欺骗自己，唯愿老哥一切安好。

赴约平潭

　　为了两年前的这份约定，在一个阳光明媚的深秋清晨，我踏上这块充满生机与活力的土地。我知道在这个生你养你的岛上，你如空中漂浮的沙尘，随着海风飘向另一个陌生的世界。

　　两年前，你曾说过，等到有一天平潭跨海大桥建成了，你一定带我到海边听潮声，看潮涨。如今桥通了，你却悄无声息地走了，这个梦想离你如此近，却又是如此的遥不可及。今天，我就站在你无数次描绘过的海边，打着赤脚站在冰冷的海水里，任凭潮水在脚下涌动，极目天边，多想找回你逝去的身影，你是那快乐的海鸟，展翅翱翔在蓝色的海面，努力寻找一片属于自己的天空。可是大海拒绝了你，天空关上窥视的天窗，你注定只能是海边一粒不起眼的沙，风起的时候，你随风而舞，风累的时候，你却找不着回家的路。

　　曾经的你，如波涛汹涌大海中冉冉升起的朝阳，那声声道贺的锣鼓犹在海边回荡，那一纸北大录取通知书，让沉寂的荒岛炸开了锅，你是岛上人教育孩子的典范。那时的你绝没有想到，多舛的命运接二连三与你开了一个又一个的玩笑。你没有屈服，也没有妥协，而是以大海般的胸怀，微笑接纳命运对你的恩赐与考验。家庭的变故，事业的挫折，让你机缘巧合走进柘荣。你说，三年的下派挂职，使你学会坦然面对生活的喜与悲；远离都市的喧嚣，在绵延的大山深处，每天与青山绿水相伴，让你找回久违的宁静与快乐。我清楚记得挂职期满，你依依不舍告别时的那一幕，一向乐观坚强的你，用男儿的泪水诠释依恋的内涵。就在那一天，你对我许下两年后平潭相聚的诺言。

我独自坐在礁石上，遥望水天一色的茫茫大海，那翻滚跳跃的波浪如一条细长的白线，由远及近直扑向岸边，浪花轻拍沙滩，噬咬岸上的礁石，溅起的水花带着咸湿的苦味，在海风的吹拂下，伴随着飞沙氤氲在微微润湿的空气里。同事欢快的戏水声，爽朗的笑声，没来由地钻进耳朵里，不知什么时候，台湾歌手郑智化略带沙哑的《水手》，轻轻飘过辽阔的海面，满满占据我的心。直白的阳光在海风面前显得多么无助与软弱，沙子如一群顽童直往我的身上钻，灼痛我的肌肤，刺醒我那漂浮的灵魂。我知道，我是山的儿子，大海对我而言，除了辽阔苍茫，其余的恐怕只有敬畏与逃离了。为了这份约定，我驱车四百多公里，明知道你早已远离了这块故土，可我固执地认为，海边一定能捕捉到你的气息，一定还能寻回你深深浅浅被海浪抚平的足迹。

我来不及欣赏平潭的美景，轻轻挥挥衣袖，捎上苦涩匆匆告别，我怕惊醒你安睡的魂灵，更怕踩碎你安息的宁静。你如一阵风，时不时地吹过我生活的天空，你如跳跃的海浪，在大海的胸怀里，融化成沧海一滴，用四十五年的短暂人生，守护这片你日思夜想的土地。

站在南寨山上，回望脚下的平潭综合实验区，那飞扬的尘土，穿梭不息的车流，无不彰显这块土地的活力与青春。车在跨海大桥上缓缓行驶，窗外白帆点点，海风徐徐，我静静地靠在车窗前，一丝忧伤与感慨漫过心田：我们都是生命的过客，匆匆走过人生的四季，总在不经意时受伤挫败。不要责怪生活给予我们的太少，磨难与挫折又何尝不是一笔人生的宝贵财富？活着就好，学会享受过程，学会珍惜每一天，学会用平凡演绎生命的别样精彩，相信人生也一样快乐富足！

怀念秋天

一场秋雨一阵凉，带着年迈母亲殷殷的关切，在一个秋风乍起的周末，我穿越重峦叠嶂的山川溪流。当最后一抹夕阳把我悄悄推入村口的时候，迎面扑来泥土夹杂瓜果的味道，无数次在梦里出现的小桥流水景象，一下子凝固了我的思绪。这种如此亲切，又如此陌生的情景，把封藏在记忆里的那些年那些事一一打开。

秋　收

秋天是大地母亲释放魅力的季节，秋天也是土地与庄稼的爱情瓜熟蒂落的季节。金黄是大地的主色调，按理说也应该是个高兴的季节，可那时一到秋收，心里总有种莫名的害怕。这要从父亲说起。据说爷爷当年是个不折不扣的大地主，靠一个糖铺起家，将积攒下来的钱财全部用于购置土地。听母亲说，站在村头往后坳方向看，那一垄地势最为平坦、肥力最足的水田，就是爷爷辛辛苦苦攒下的财产。爷爷也因为这些财产，被送往很远的地方参加劳动改造，至于送到什么地方，父亲也不懂，至今爷爷的尸骨依然没有着落。每每谈起这些，母亲仍然无法控制激动的情绪。

也许是地主的后代，也许是爷爷指望儿孙满堂，他对父亲这根独苗格外的宠爱，所以养成了父亲不事劳作的秉性。到了生产队时期，父亲干起插秧、割稻等农活时，总是比队里其他社员慢半拍。其他劳力一天十个工分，父亲只算八个工分，到了年底村里一算账分红，家里常常倒欠队里。后来为了弥补亏欠队里的，生产队队长破例开恩，允许父亲劳动时带上一个孩子帮忙，每天算两个工分。所以，一到生产队割水稻，我们兄弟几个轮流上阵。由于父亲割水稻速度慢，队里就安排父亲驮稻谷。这可是一个脏活累活，走在窄窄的田埂上，肩上扛着几十斤重的稻谷，一不小心连人带稻谷摔进了田里，这是常有的事。最要命的还是那稻草，把脖子割出一条条血痕，好几天还在隐隐作痛。

现在回想起这些陈年旧事，心里总有一种说不出的感伤。父亲没有等到渴望已久的生活就走了。今天静下心来盘点那些苦难的日子，心里倒是坦然了许多，没有了年少时的抱怨、自卑和失落，莫名中多了一份感激和留恋。也许人生许多事只有亲身经历了，才知个中酸甜苦辣的滋味，也许只有品尝了这些滋味，我们才会不断走向成熟。

秋　夜

记得，我读小学二年级的时候，那还是生产队时代，我家分在第九生产队，生产队的晒谷场和红薯堆放场就在我家后门的黄土坡上。说是黄土坡，其实它是 50 年代末交溪电站建设时专门开通的一条公路，从 104 国道茶场岗途经前洋、马蹄岩、沙坑、清水坑，直至英山乡举坂村。后来不知什么原因，交溪电站建设中断，这条路大部分路胚已完成，村里各生产队为了方便生产就地进行划分，我家所在的生产队分到了黄土坡这一段。

不知是当时生活困难缺衣的原因，还是现在温室效应的缘故，当时一到深秋时节，天气就显得格外冷了。霜降一过，又到红薯成熟的季节，村里男劳力全都上山挖红薯，妇女就在红薯堆放场刨红薯丝。红薯可是当时农村的主食，至于白米饭，家里备一些主要以防不时之需，剩下的只能等到过年了。所以，与我年纪相仿的，现在谈起红薯丝，话里都带有酸涩的味道。这时节又赶上油茶果收成，采摘回来的油茶果统一铺放在我家后门山的黄土坪上晒，刚从地里挖回来的红薯堆成一座小山，队里为防小偷，特地在黄土坪搭建了一个简易的稻草房，专供队员守夜用。说是稻草房，其实就是几根粗木条按照"人"字形架构搭建而成，中间用竹条支撑，屋顶铺上一层稻草，一面靠黄土坡，一面开个小门，稻草房内没有床，地上铺一层厚厚的稻草，上面放上一条草席。由于家里人多劳力少，为了多挣工分，父亲就将这活揽下来了，可能怕夜里寂寞，便将我拉上。

　　黄土坪对面是一座"棺山"，也就是农村人说的埋死人的地方。到了夜里，棺山一带"鬼火"点点，煞是吓人。尤其是深秋守夜的时候，一个晚上要起来走走看看好几回。那时家里穷，用不起手电筒，父亲在前头提着风雪灯，秋风一吹，灯火摇曳不定，犹如棺山的点点"鬼火"。因为棺山的缘故，我从来不敢用正眼瞅对面山，不论父亲如何解释，我总是解不开那个心结，父亲为了给我壮胆，常常会变着花样逗我。有一次，在一个风高天黑的深夜，父亲不知从何处抱来了一捆柴禾，找到了一处既不易被人发现，又能看到黄土坪的山旮旯，我俩一边生火取暖，一边烤红薯消磨时光。由于怕一旦被人发现，不仅当天守夜的工分没有了，弄不好还要参加"学习会"，所以火不敢生得太旺，为了等红薯烤熟解馋，我和父亲就围在火堆旁打盹。朦朦胧胧中，我看见一个背着麻袋的黑影朝着我和父亲的方向摸过来，我拽了拽父亲的衣角，父亲赶紧将风雪灯火调小，顺手捧起地上的黄土盖到炭火上，然后把炭灰往脸上一抹，朝着黑影的方向走去，嘴里发出"呜、呜"的响声。黑影也许是做贼心虚，看到这架势，扔下麻袋撒腿就跑。由于慌不择路，黑影沿着黄土坡往下滚，尖叫声伴随轰轰声在寂静的夜里显得格外刺耳。

　　经过这么一折腾，刚刚爬上眼角的睡意，连同吃香喷喷的烤红薯的兴致，一起全都跑到爪哇国去了。夜里，躺在稻草上，父亲的鼾声和着蛐蛐的叫声把夜越拉越长，屋外秋风在演绎"八月秋高风怒号，卷我屋上三重茅"。不知何时，屋顶挤进了几缕羞涩的月光，我也在月光交响曲中渐渐进入了梦乡。第二天，村里人都说黄土坪闹"鬼"了，我心里暗暗好笑，也终于解开了心中怕"鬼"这个结。

守夜是个苦差事，谁不想忙碌一整天后好好躺在家里的热被窝里美美睡上一觉。守夜虽然让我与父亲疲惫辛苦，却也带给我满天星斗的未知世界，成就了我心中那份最美的记忆。

感　秋

每每秋天的身影离我而去时，总有一种往事被风干的感觉。当所有的记忆在秋天瓜熟蒂落时，突然产生一种写作的欲望。也许笨拙的文字表达不了心中的那份敞亮，但聊以自慰，以至于今时的我，依然走在这条落叶飘飞的深秋旅途，用手中的笔记录下内心的苦痛与挣扎。

自古逢秋悲寂寥，多少文人墨客面对秋景怅然迷惘，他们在悲秋的同时，更悲人生无常，政治抱负难以施展和仕途前景黯淡无光。那种寂寞的情怀与心境多像眼前枯叶凋零、衰草连天的暮秋，这种情与景的交融，物是人非的更迭，与归根的落叶一起，成就了唐宋文学的一方沃土，滋养了飘满酒香的诗词。

细心品读秋天的每一片落叶，用心聆听每一株枯草的诉说，你会发现那一个个漂浮的灵魂都像秋空中闪烁的星星，不仅点亮了夜空，也照亮了后人前进的路。

其实，人生就如负重前行。有些人善于给自己减负，一生过得平凡却很充实；有些人总把事与人往行囊里塞，一生活得忙忙碌碌，到头来却错过了沿途风景；有些人想方设法让自己活得简单，不经意间收获了生活的真谛；有些人本来简单，却偏让自己活得深沉，最后只剩下简单的骨架，就如秋天孤独的梧桐。

"莫道身闲总无事，孤灯夜夜写清愁。"轻拾一片思念，在秋天约会冬天的时节，独自走在黄土坡上，那些年的人与事，一如眼前熟悉的风景，铺满我的视野。带着一路走来的疲惫，站在父亲的坟前，落日的余晖悄悄停在身前，我没有了那种阴阳两隔的伤感，只有一种沁凉的、从不曾有的宁静浸透了全身，连呼吸也淹没了宁静。

平平淡淡才是真，细水长流才是生活的本色。正如那些年经历的秋天，虽然没有风花雪月的浪漫，也没有"湖光秋月两相和"的诗情画意，但至今每每回想起来，苦涩忧伤也好，欢乐开怀也罢，都成了人生记忆中珍贵的一段视频。也许这就是生活，不用刻意追求，也无须乔装掩饰，正如秋天的草和树叶，该黄就黄，该落就落，一切起源于自然，最终又归真于自然。

石榴树

前些年，妻子从下村小学剪了两段石榴枝，与岳母一道扦插在门口花圃里。转眼几年时间，石榴枝竟然长到一层楼高，如一对亭亭玉立的孪生姐妹，日夜守护在门前，惹得邻里称羡不已。

每当春的脚步迈出冬的门槛，那石榴树缱绻的枝条便伴随略带寒意的风翩然起舞，那淡黄中透着微红的嫩芽如婴儿娇嫩的眼睑，稀疏点缀在枝头。随着天气逐渐转暖，气温不断升高，石榴树的叶芽争先恐后绽放枝丫，舒展细长的腰身，与春姑娘比妖娆。等到春末，石榴树长满绿叶，阳光透过叶子的缝隙，如一双温柔的手，轻轻抚摸过花圃里紫色的蝴蝶兰，洁白的百合花，粉红的桃花，在这里时光成了季节的调色板。

每每夏天轻快的步伐迈过春的峨眉，那满树的叶子如一把撑开的绿伞，将门前的空地遮挡得严严实实，不仅为我挤出了一块清凉之地，也成了天然的停车棚。每逢月朗星稀的夜晚，我与妻子早早就搬出小茶几，泡上一壶香茗，静静坐在绿荫下，一边听绿叶舒展的声音，一边看月亮走过山巅的身影，累了靠在椅子上眯一会儿，困了啜一口香茗，点上一根香烟，让灵魂在袅袅的烟雾中游离，让时光在晶莹的茶水中凝固。

不知什么时候，夏季的热情不经意间点燃了石榴树。你看，那花骨朵星星点点布满枝条，有的含苞欲放，有的热情奔放，有的娇艳欲滴，有的低眉颔首……石榴以它绚丽的花朵闻名于世，特别是在春光逝去、花事阑珊的时节，嫣红似火的石榴花便跃上枝头，夺人眼球。因此，农历的五月又被人雅称"榴月"。"一朵佳人玉钗上，只疑烧却翠云鬟。"曾经那年的夏天，杜牧面对满树的山石榴，为后人留下了传唱千古的诗句。而梁元帝的《乌栖曲》中"芙蓉为带石榴裙"的填词，不仅演绎出了"拜倒在石榴裙下"的典故，也成了古代年轻女子的又一个昵称。一代文豪郭沫若，看到盛开的石榴花，想到夏天跳动的心脏。可见不论是古人还是今人都对石榴推崇备至。

当挥舞着画笔的秋天，拽着夏天的裙子姗然而至，那曾经因台风写满忧伤的心情，也被秋风抚摸得了无痕迹。那满树曾经绿得发亮的叶片，不知何时被秋天抹上金黄的颜色，那些曾经躲在叶片下的果实，在光合作用下绿中泛些微红，如欲说还休的痴情少女，惹得麻雀争风吃醋。一阵秋风过后，那满地的落叶犹如浪漫的诗行，让我读不懂平仄起伏的悲凉，每一次扫把的起落，我总带着深深的负疚感，仿佛是我触痛了秋天的神经，让它的脚步变得如此匆匆。

我满满的期待压弯了石榴腰身，也让自己背负上一份收获的焦虑。一旦窗外风吹草动，便打开窗户看看，生怕一夜之间所有的期待落空，患得患失中，烦躁、失眠走进我的生活。俗话说："路边果子，打人牙齿。"突然有一天深夜，小偷光顾我的石榴，在毫无征兆的情况下，掠走满树的果实。第二天早上，当我站在石榴树下，看着如释重负的石榴树，心里却突然产生一种莫名的轻松感，那些两耳不闻窗外事的夜晚，又一次回到我的生活中。我此时才明白，人背负太多，生活自然少了乐趣，学会放下，心里才会坦然，正如门前的石榴。

又是一个不期而遇的冬天，挣脱羁绊的石榴比以前挺拔了，它没有抱怨秋的无情，也没有埋怨冬的残忍，因为它知道，没有经过冬的洗礼，如何长得更壮实呢？它更明白，冬来了，春天就一定不会远了。我想，或许石榴是在冬眠，只为来年花更艳、果更实；或许石榴是为和谐，让花圃的草木享受阳光，共同度过漫长冬季；或许石榴是想告诉我们，再好看的外表也经不起岁月的折腾，只有根壮心实了，才能永葆青春。草木如此，人生何尝又不是这样呢？

有人喜欢清雅含蓄的菊，有人喜欢出淤泥而不染的莲，有人喜欢婀娜多姿的牡丹，有人喜欢傲立山崖的松……我却喜欢"微雨过，小荷翻，榴花开欲然"的石榴。有人说石榴老气世俗，而我却以为四季的石榴像百看不厌的女人。春天的石榴如情窦初开的少女，温婉可人但不缺乏清新；夏天的石榴如美艳奔放的少妇，火辣性感但并不肤浅；秋天的石榴如无私奉献的中年妇女，丰腴淡定却不乏韵味；冬天的石榴如沧桑疲惫的老妪，悲情孤寂却不失哲理。

门前的石榴，年年如约绽放枝头，而当年亲手种植石榴的岳母却等不到果实成熟的一天。每次空闲时与妻子站在石榴树下，话题怎么也绕不开岳母，在感慨世事无常的同时，总有一些遗憾漫上心头。我想，也许这才是平凡人的真实生活，喜悦中总透露出些许的悲凉，而我要寻找的，正是如榴花枝头的露珠一样玲珑剔透的——喜悦尽头的那一缕悲凉！

给生命一点空间

2003 年，前山开发小区建设，由于当时前山大桥没有建成，通往城区需要绕道而行，所以地价与城区相比有天壤之别，我与妻子东挪西借，总算在靠近城区的地方有个安身之所。

前山开发小区开发建设时，要求每户房前预留二米，作为门前绿化小花圃，由村委统一购买红花檵木和小叶黄杨的树种种植。由于小叶黄杨易发病，所以，在妻子的怂恿下，我把四株小叶黄杨挖了。一向爱花的妻子看见花圃有了空间，扦插了石榴，又把花盆里的牡丹移植过来，还在花圃的边角种上了兰花、菊花、玫瑰等，一时花圃显得十分热闹。我们常常在工作之余精心给花儿松土、施肥、除虫，在体会劳动带来快乐的同时，也收获一份轻松愉悦的好心情。妻子自豪地说，这花圃虽小，但品种繁多，匍匐地上的就像微型的灌木丛林，撑开枝叶的就如热带雨林；春天牡丹争艳，夏天石榴怒放，秋天菊花盛开，间或还有白色端庄的栀子花，紫色华贵的绣球花，热辣奔放的玫瑰花，含羞内敛的兰花，傲寒报春的海棠花，花香点缀了她的生活，也让她有一个流连忘返的地方。

寒暑更替，四季变迁。几年后，红花檵木、石榴等长成亭亭玉立的姑娘，原有的一点空间被挤占得满满当当。一向雍容华贵的牡丹受不了这种环境，渐渐枝瘦叶黄；随遇而安的玫瑰也因为享受不到阳光的垂青，一点脾气也没有了；最可怜还是"鬼蒜花"，长在石榴这棵"大树"下，本以为衣食无忧，却不曾想到没有了雨露的滋润，也没有了阳光的温暖，在别人的屋檐下只好低下头；一株红花檵木实在被挤迫得受不了了，在今年春天来临的三月，告别了它坚守八年的岗位。

在一个风和日丽的周末，我将这株红花檵木挖了，突然间感觉空间大了很多，就着手对花圃进行整理，给每种花草留出一定的生长空间，让它们各行其道，互不干扰彼此的生活。一个多月时间过去了，我发现牡丹的腰杆挺直了，玫瑰的笑容灿烂了，那些匍匐的小草小花也都精神了许多，整个花圃看起来高低相称，错落有致了。石榴努力朝上拓展空间，留下缝隙让阳光肆意挥洒热情，栀子斜着身子朝外发展，腾出空间让小草簇拥，小小花圃张扬一片生机和活力。我与妻子常在茶余饭后搬来椅子坐在门前，看月亮走过石榴树梢的身影，听花草滋长的声音，日子在花飞草长中流逝。

曾经这个小花圃寄托了我和妻子太多的希望，我们想方设法搜罗喜欢的花草树木，将小小花圃种满，用我们的耐心细心去浇灌，可到头来，花草树木没有我们预想中的茂盛，甚至有些还枯死。后来，我才渐渐明白，花草树木除了需要阳光、雨露外，也需要自己的生长空间，我与妻子没有学会选择和放弃，一厢情愿地把花圃堆积得满满的，用我们的标准与方法去培育花草，结果适得其反。

由此我想到，我们现在的家长教育孩子，不也和我种植花草一样吗？多少家长恨不得孩子一口吃成一个胖子，一夜成才，孩子仅有的一点空间被无休止的补习班、特长训练挤占得满满的。孩子没有了自己的喜好、假日、伙伴，原本好动活泼的天性被抹杀了，变成一台复制的机器，少了想象力和创造力，缺乏应对生活风雨的勇气与底气，走上社会一旦遇到不适应的空间与环境，那脆弱的心瞬间就被压力压垮。因此作为家长，我们一定要学会放手，学会放弃，学会选择，留一点空间给孩子，让他们自由呼吸，自在享受阳光，相信他们终有一天会长成参天大树。

又是一年重阳节

近来，妻子常对我说："子欲养而亲不待。"后面往往还会跟上一句："挤出点时间多回家走走，陪你妈聊聊天。"我知道妻子说这话时那经年积聚在她心里的遗憾正在增高加厚，她多想好好孝顺她的母亲啊！可是她的母亲已经不在了。我的岳母那年得了病，我们就把她接到了县城，接到了风吹不进来，雨打不进来的自家房子里，但她一直病魔缠身，没过几天舒心的日子，因为那时我们的日子也很拮据，要是她能活到今天，我们一定会让她感到自己是最幸福的母亲。

于是，在一个秋高气爽的周末，我踏上了回家的路。也许是心中那种挥之不去的思念，也许是人到中年的怀旧情结，我到村口便下了车，站在村口旁边的大树底下，看曾经繁华的古官道，仿佛又看见儿时晃悠悠挑柴火的一幕。如今，一堆乱石懒洋洋地卧在村口，曾经人来人往的官道已是苔痕斑斑，路两边杂草丛生，依稀中还能听到远去的脚步声。

母亲听到我回家的消息，拄着拐杖，迈着颤巍巍的脚步，走到门前的檐栏上坐下，两眼紧盯着村口。看到我时，一向要强的母亲干枯的眼窝噙满了浊泪，那弯曲的十指在微微抖动，稀疏干涩的白发爬满了双鬓，八十年岁月风雨榨干的佝偻身躯，如荒野中的一棵枯树。一丝不易察觉的喜悦在母亲深深的皱纹里悄然掠过。我搀扶母亲，一如当年母亲牵着我的小手，我才蓦然发现，母亲真的老了，老到连路都走不动了。曾经我和妻子试图说服母亲，让她住在我的身边，但倔强的母亲一口拒绝了，风烛残年的她抱定了"风烟不改年长度，终待林泉老此身"的决心。

晚饭后，我陪母亲坐在门前，听母亲说村庄的悠悠往事。据说，当年村里有十家糕饼店，豆腐作坊有十二家，沿街小杂铺、小客栈应有尽有，逢年过节周边村民前来赶集，把本就窄小的街道挤得水泄不通，叫卖声、吆喝声、讨价还价声此起彼伏。饼味、豆腐味掺杂汗味，把整个村庄浸染在浓浓的节日氛围里，连空气中也微微湿润着喜庆。时过境迁，曾经的繁华也只活在一些上了年纪的父辈的记忆里，倒是张七娘的故事，总在月上柳梢头时分，常常被后人提及。尤其是母亲，她特别喜欢说起张七娘的故事，几乎每次回家陪母亲，她都会说起这故事，等我提醒她后，她才停下来。今夜，我不想打扰母亲，一边帮母亲捶着背，一边静静听母亲断断续续地唠叨。

一场秋风一阵凉，一弯月儿在一层薄薄白云的笼罩下朦胧又娇气。夜起的秋风如顽皮的孩子直往脖子里钻，服侍好母亲睡下后，我一点睡意也没有，便起身沿着泥泞的黄土坡前往七娘坪，身后轻微的鼾声渐行渐远。一会儿工夫便到七娘坪。说是"坪"，其实是一块巴掌大的地方，一棵棵挺直腰杆的茶树将七娘坪围得严严实实，我只好站在坪外抬眼望月。此时，云消雾散，淡淡的月光把远处的山峦勾勒得清晰可辨，近处的稻田在月光轻抚下温柔地低下头来，仿佛进入了梦乡，田埂上的黄豆在窃窃私语，不甘寂寞的甘蔗林唱起沙哑的歌谣，知趣的蛐蛐偷偷钻出来，一动不动地趴在地上，似乎在等待月光的拥抱。一切显得如此静谧清幽，又如此熟悉。

记得家乡有重阳节吃面条的习俗，童年过重阳节时，由于家里穷，母亲便用自家种的小麦去换面条，名曰长寿面，面条越长越好，预示家人长寿健康。重阳节那天，我们静静围在锅灶旁，等母亲盛好面后，各自端着碗，或蹲或站。由于面条太长了，因而吃起来很费力，有时哥哥一碗面吃完了，我才吃了一小半，哥哥就以帮助我折断面条为由，偷偷地将我的面条夹到他的碗里，有一回因为被我发现，差点把碗打破了，现在回想起来，有时还会忍俊不禁。最有趣的要算重阳节晚上偷拔豆或折甘蔗。有一次，与几个年纪相仿的小伙伴偷偷钻进三叔的甘蔗林里，由于力气不够大，任我们怎么掰也折不断，一边不甘心，一边又怕被人发现，我们就用嘴巴啃，弄得全身都是泥巴，还把牙齿弄疼了，好几天都咬不了食物。

"露从今夜白，月是故乡明。"故乡的重阳节因童趣而丰润鲜活，月光因七娘而委婉迷离，七娘带着对月光的一缕眷恋，走进九月的重阳节，留下七娘坪让后人无限遐思念想。今夜，我又站在七娘曾经青春美丽的土地，眼前漫天飞舞如水的惆怅，回望灯火阑珊的家园，儿时过重阳节的情景早已躲进深深的小巷里，收入童趣的相册中。在如今的农村，与我当年年纪相仿的孩子再也无须过那种生活，七娘的故事也只是平添重阳月色的一段话题，但我始终执着地认为，民俗就是因为有了传说和童趣才有生命力，才会生生不息，世代相传。

"今夜月明人尽望，不知秋思落谁家。"读着咏月寄怀的佳句，阵阵秋风摇曳牵系着我的心灵。看小径洒落的片片黄叶，这些都是我记忆的书签，总有些事你无法忘却，总有些人在自己身边萦绕，此时一起涌上心头。我想，一个人真正的生命力也许是从容地把自己的一颗热爱生活的心融入生活的每一细节。其实生活就是这样，只要心简单了，世界就简单了，幸福自然就会生长；如果心自由了，生活也就自由了，不管身处何处一样快乐。

又是一年重阳节，窗外秋风习习，山野稻黄果熟，屋内一家团聚其乐融融，静静陪父母坐在门前，看"故乡篱下菊，今日几花开"，这不也是一种幸福吗？

回家过年

不知不觉又到年末，春节一步步临近。它像阴霾过后的一缕阳光，充满朝气活力，又像飞舞的雪花，漫天散落欢乐与喜气。曾经掰着指头盼过年的情景，常常在月色清冷的漫漫冬夜，连同那缕飘香的记忆，还有一份浓浓的乡愁，将我拉回苦涩而又甜蜜的童年。

提起老家过春节，至今心里还是暖洋洋的。贴春联、熬年守夜、抢挑第一桶水、抢放第一串烟花爆竹、抢点第一炷清香等习俗，让农村的春节多了一些温暖，多了一份期待，多了一种人情味。记得每年除夕这一天，大人忙着理账，贴春联就是我们小孩子的事。春联早就请村里的文化人写好了，内容大同小异，无非是些福、财、平安等字眼，其实农村人看不懂，也不在乎春联的内容，他们看中的是年的颜色，图的是年的热闹，闻的是年的味道。

据说贴春联的习俗始于一千多年前的后蜀时期，它的原始形式就是人们所说的"桃符"。在中国古代神话中，相传有一个鬼域的世界，当中有座山，山上有一棵覆盖三千里的大桃树，树梢上有一只金鸡。每当清晨金鸡长鸣的时候，夜晚出去游荡的鬼魂必赶回鬼域。鬼域的大门坐落在桃树的东北，门边站着两个神人，名叫神荼、郁垒。如果鬼魂在夜间干了伤天害理的事情，神荼、郁垒就会立即发现并将它捉住，用芒苇做的绳子把它捆起来，送去喂虎。因而天下的鬼都畏惧神荼、郁垒。于是民间就用桃木刻成他们的模样，放在自家门口，以避邪防害。后来，人们干脆在桃木板上刻上神荼、郁垒的名字，认为这样做同样可以镇邪去恶。这种桃木板后来就被叫作"桃符"。到了宋代，人们便开始在桃木板上写对联，一则不失桃木镇邪的意义，二则表达自己的美好心愿，三则装饰门户，以求美观。随着时代的发展，人们舍弃了厚重的桃木板，逐渐演变为在象征喜气吉祥的红纸上写对联，新春之际贴在门户两边，用以表达祈求来年福运的美好心愿。

等到贴好春联，吃完年夜饭，熬年守夜的序幕徐徐拉开。那时家里再穷，除夕之夜父母都会想些办法，要么炖个猪脚，要么杀只家禽，一方面是犒劳一家人一年的辛勤劳作，另一方面是为了增添一份年味。而每家每户在这一天，都会在炉灶坑里放上一块实心的树根，等树根烧着后盖上一层薄薄的草木灰，让它慢慢熏燃，村里人称这种仪式为"熏年猪"。小孩子就围在炉灶旁，一边烤火，一边看着锅里热气腾腾的美食，心里那份焦急和等待，任何言语的表达都显得苍白无力。

农村的熬年守岁有一个不成文的规矩，守岁时间越长，意味来年家人愈加健康平安。那时，农村没有电视，除夕夜也就成了一家人的总结会，大家围坐一起，谈过往，说得失，不管日子多艰难，对未来一样有憧憬和展望，那种其乐融融的氛围和亲情，会让你真正领略到家的感觉。说起除夕守岁，民间还流传一个有趣的故事。太古时期，有一种凶猛的怪兽散居在深山密林中，人们管这种怪兽叫"年"。年的形貌狰狞，生性凶残，专食飞禽走兽、鳞介虫豸，一天换一种口味，从磕头虫一直吃到大活人，人们恐惧万分，谈年色变。后来，人们慢慢掌握了年的活动规律，它是每隔三百六十五天就窜到人群聚居的地方尝一次鲜，而且出没的时间都是在天黑以后，等到鸡鸣破晓，它便返回山林中去了。算准了年作乱的日期，百姓们便把这可怕的一夜视为关口，称作"年关"，并且想出了一整套过年关的办法：每到这一天晚上，每家每户都提前做好晚饭，熄火净灶，再把鸡圈牛栏全部拴牢，把宅院的前后门都封住，躲在屋里吃"年夜饭"。由于这顿晚餐具有凶吉未卜的意味，所以置办得很丰盛，除了要全家老小围在一起用餐表示和睦团圆外，还须在吃饭前供祭祖先，祈求祖先的神灵保佑，吃过晚饭后，谁都不敢睡觉，挤坐在一起闲聊壮胆。慢慢地，人们形成了除夕熬年守岁的习惯，这种风俗流传至今。

当匆忙轻快的脚步声在门外响起的时候，一向不讲究修饰的母亲赶紧扔下手里的活计，对镜进行一番精心打扮，然后拿出早已准备好的清香，加入抢点第一炷香的队伍中。此时，村里的大帝宫在"福头"的装点下早已是灯火通明，点燃的红烛在风中轻轻摇曳，桌上摆放好的各色贡品发出诱人的香味，连一向威严的菩萨，在除夕夜里也显得格外温和。宫外挤满了上年纪的父老乡亲，每个人脸上写满了虔诚和期待。虽然人很多，但农村几千年形成的先来后到的规矩很管用，大家自觉遵守这种游戏规则，点香的队伍井然有序。也许是大帝宫里的空间狭小，上香人的衣服被滚烫香灰烧破洞之类的事情时有发生，但没有人在意这种事，即使知道了也没人敢生气动怒，总以为自己不够诚心。每个人先在大帝的塑像前点燃香，然后按照宫中供奉塑像身份高低依次膜拜插香，祈求菩萨护佑来年一家人和和美美、平平安安。上完清香，在大帝宫门前燃放鞭炮，之后大家赶忙拿着剩下的清香回家点上。每年点香的热闹场面都要持续到凌晨。

我和哥哥负责抢挑第一桶水。由于村里有两个水井，哥哥和我分头行动，一人守一口井。抢挑第一桶水的人很多，我个头小，怕到时间了占不到有利位置，所以早早地就将木桶放在井里，还没等到零点的钟声敲响，就急匆匆装满了水，一路小跑着回家，往往人回到家里，桶里的水也只剩一半了。母亲用我们刚挑回家的水烧汤，给我们泡糖茶，预示一家人来年幸福甜蜜，我们还用烧开的热水洗漱，表示祛除过往的污浊和晦气。

母亲考虑我们的安全，从不让我们燃放鞭炮，因而在我印象里，最惊险最刺激的活儿都由父亲一人承担。零点的钟声刚刚敲响，震天的鞭炮声随后响起，火光照亮了山村的夜空，也映红了一张张喜悦的脸。记得那是我上初中一年级的春节，我和哥哥挑完水回家，可能太过兴奋睡不着觉，两个人就偷偷拿出准备好的鞭炮在门口燃放。由于不知道哪些是单响鞭炮，我边放鞭炮边喊："又去一个了。"一向图吉利的母亲急忙从厨房里跑出来，一手捂着我的嘴，一手将我拉回了屋里。我想，也许是春节的缘故，母亲没有打骂我，只是神情十分严肃地告诉我，这不吉利的话以后再也不能说了。农村有个习俗，认为大年初一说出的话在这一年里会得到应验。由于这原因，那一年我都在忐忑不安中度过，生怕家里发生什么不吉利的事，幸好家里一切顺利。以后每逢过春节，我也学会了说吉利话。

记忆中最深刻的是等压岁钱。一边躺在被窝里睁着眼睛等，一边猜测压岁钱的多少，等到父母亲忙完手上所有的活，我早已进入梦乡，这时母亲会将五角钱的硬币放进我的新衣服口袋里。我知道这压岁钱是不能随便乱花的，父母亲还指望它给我们交学费，所以常常正月还没过完，我们就自觉将压岁钱如数上交给母亲。有一年，少不更事的我与几位年纪相仿的小伙伴在正月初一玩起甩硬币的游戏，没想到将压岁钱输光了，为了逃避母亲的打骂，我第一次学会了撒谎，也是第一次尝到惴惴不安的滋味。现在回想起来，当时我的谎言十分幼稚，精明的母亲应该早就知道了缘由，但母亲没有戳穿，也许是想让我学会反思，学会节俭。其实，母亲那时无奈的眼神已经让我明白钱对一个贫困家庭的意义，也让我养成勤俭持家的习惯。

说到农村的除夕之夜，虽然少了城里灯红酒绿的繁华，但处处充塞暖暖的人情。贫富在这个特别的节日里似乎显得不怎么重要了，快乐成了唯一的主题。富有的家庭可以尽情享受他们的富有，穷苦的家庭终于可以暂时放下债务这个沉重的包袱，对来年又有了一份新的渴望和憧憬。而对于我们这些贫富不分的孩子，嘴里不清闲，袋里有压岁钱，身上有新衣裳，这就是最大的快乐。

腊月又将春节推进欢乐的门槛，母亲催促回家过年的声音时不时在电话那头响起。以前总因为这样那样的原因，错过回家陪母亲过年的机会。我知道，母亲不愁吃穿，也不在乎我买的那些年货，她图的就是一家人坐在一起，团团圆圆过个年，重温那份惬意、欢乐、融洽和热闹。我没有理由拒绝母亲这个小小的要求，今年一定回家陪年迈的母亲过年，也来一回"屠苏成醉饮，笑看故乡年"。

月光依旧

　　一盈皓月，清辉素雅；一匹绸缎，空灵澄净。仰望天空，漫天星斗点亮牛郎织女相会的街市，丝丝浮云缥缈在水一方淑女的窈窕，凉如水的那一抹月色，犹如空山古刹的一缕禅音，萦绕在多少文人墨客的梦中。在月色与诗情交集的故事里，最明亮的光总是来自古代。

　　那年，赋闲在终南山下辋川别墅里的王维，一场秋雨过后的黄昏，看夕阳西下，夜幕渐渐垂落，一轮明晃晃的月亮静静照在寂静的松林里，清澈的溪水汩汩流淌，浣女在月色中晚归，星星渔火从溪面飘来……《山居秋暝》诗中场景无数次闪烁在我的梦里。"落落疏帘邀月影，嘈嘈虚枕纳溪声。"江村夏夜，月光洒落在疏疏落落的帘子上，斜倚枕上，听着潺潺溪水声，张耒诗中生机盎然、妙趣横生的乡间恬静景象，一如儿时记忆中的情景。

　　我想念从前的月光，譬如袁枚秋夜拜访借园主人，在迷离的月色中远远听到悠悠笛声，那声音仿佛阻遏了夜空中的碧云，深处的红藕飘来阵阵幽香，好像笛声也有了香气，这笛声的香气似乎穿透历史的时空，依稀还缥缈在我的窗前。唐朝的月色中，形单影只头戴纶巾的李白在南湖边举杯邀月，他感叹道："渌水明秋月，南湖采白蘋。荷花娇欲语，愁杀荡舟人。"大唐的天空如翡翠一样湛蓝，江南月色里，清澈的湖水在秋夜的明月下发出迷人的光，一名俏女子荡舟在姿态娇媚的荷花丛中，人的美与花的艳相互映照，不仅触动诗人文思，也给江南渌水留下一湖旧梦。

在南宋的月夜里，千古第一才女李清照思念志趣相投的夫君赵明诚，情深处那月色也显得特别冷清凄惨，三杯两盏淡酒下肚，却敌不过晚来的急风，看着满地堆积的黄花，一种物是人非事事休的愁绪弥漫心间。李清照遇到的挫折和坎坷，那种欲说还休的隐忍和悲苦，让我想到了人生中一段艰难蹒跚的岁月，而今经过时光的漂洗，这段岁月却微微泛出夕照中古铜色的光泽。

我在想念从前青山绿水里的月光时，又想到了从前飘忽不定的云彩，它是如此洁白纯净，似乎从未浸染过人间的烟火。还有从前河流的颜色，它像一面梳妆镜，把满天星斗映在镜中。河水清如明镜，鱼儿自由嬉戏，鹅卵石粒粒可见，月光下河水闪着粼粼波光，宛如精致传世的青花瓷一般青蓝。还有那河边蝤首蛾眉的女子，在巧笑倩兮和美目盼兮间，点缀了河流，诱惑了月色。

我想念从前的月光，那窗外圆满丰润的月亮像挂在幽蓝夜空中的银盘。望着月亮，我似乎看到玉兔捣着长生不老的仙丹，广寒宫中长袖飞舞的嫦娥夜夜孤独守着碧海青天，醉心仙道的吴刚不知疲倦日复一日挥刀砍伐高五百丈高的月桂。传说浸染了月亮，酒香滋润了月光，那从九天倾泻而下的月章星句，一如月光对大地清瘦苍白的思念诗行。而那氤氲在月色中过往的人和事，似乎从未远去，像是搁浅在宁静岁月的一道风景。

记得，四十多年前的夏天，我第一次坐村里的手扶拖拉机，跟在大人后面进城看电影《少林寺》。返村时已是月上柳梢头，坐在挤了将近二十人、四面拉风的拖拉机上，在月笼轻纱的夜色中颠簸，电影情节的刺激与月光的柔和竟是如此和谐。这一年的某个月夜，村里一位女子因不满父母包办的婚姻，在婚前跳潭自尽，少不更事的我撒腿跑向出事地点，月色下，我看到面带微笑的死者，那睁着的眼睛是对生命的渴望，抑或对爱情的憧憬？那晚美丽的月色竟成了微笑的陪葬。回忆里更多的，还是父辈们披着月光的身影，还有我们在月光下做过的那些糗事和趣事。

童年的山村，一年四季月色风情万种。春天的月色最为缠绵，它总以春雨相生相伴，春雨泡软了土地，月色却绵软了雨心。夏天的月色最为妖娆，朗润山色中又带着一丝朦胧，月光从鱼鳞般叠起的青瓦缝隙跌落，碎片晃悠悠诗意了幽暗的房间。秋天的月色最为成熟，满山坡的庄稼，经月光朗照，如一个奶水鼓胀充足的产妇，到处弥漫着一股淡淡的香甜味。冬天的月色最为冷艳，一如李商隐的诗句："青女素娥俱耐冷，月中霜里斗婵娟。"风见到它撒着腿在跑，雪见到它裹着被在躲，那种冷艳渗入骨髓，又于默默里演绎成了端然。

"今人不见古时月，今月曾经照古人。古人今人若流水，共看明月皆如此。"这些从前的月从未褪色，在潺潺的时间长河里，那被月亮沁凉的指尖抚摸过的山水，被月光温润的色泽滋养过的灵魂，依然充满生活的热度。正如《灯宴》序言中所说的："月亮悬挂在中国旧诗坛的上空……是人间戏剧美丽而苍白的观众，而她所知道的一切隐秘、激情和欢乐，迅速地崩溃或是慢慢地腐烂……她把远隔千里的思念联结起来。"

平凡人的生活

——写给三个我最亲的人

儿　子

可以给你的，我都舍得给你；可以放弃的，我都学会放弃；可以快乐的，我与你一起快乐。

我写下这些句子的时候，儿子又迎来快乐的时光，小城的夏夜在慵懒与嘈杂中，感受着同样的快乐。

我的儿子今年十七岁，在暑假来临的时候，他会忘掉一切玩他所想玩的。他根本不知道，成长的路途也是一种历练，它丰润如玉，就像他痴迷的足球游戏，有时候你玩过了，成长的时间也一样错失了。

我的儿子今年十七岁，门前的草坪是他放学后的据点，呼朋引伴地把如花的时光踢成童话。站在课本的门外，儿子把手机与游戏诠释得如水一样的流利，他知道世界"五大联赛"球星的名字，记得比英文单词还熟悉，网络流行的歌曲，他追得比流星还快，他说的一些词汇，《新华字典》里找不到合理的解释。

十七岁的儿子总以为自己长大了，长辈的叮咛总被他理解为啰唆。有时候，也会从他嘴里蹦出一两句成人的话，更多的时候，以沉默和"仇视"对抗长辈的关心。不知什么时候，儿子学会了照镜子，懂得用自己的眼光审视与挑剔父母购买的衣服，偶尔也会因为自己粗心犯下的错误感到懊恼，过后错误一样照犯不误。这就是我十七岁的儿子，这也许就是成长过程所需要付出的代价。

儿子今年十七岁，下学期就将跨入高中的门槛，不知无忧无虑的他在高中的学业竞争中能否经受住磨砺？过多的牵挂会成为一种负担，但愿无忧的天性能照亮他生活的每一天。一切随缘就好，因为生活本就没有开始与结束。

妻　子

二十年前认识我的妻子。二十年来，我们如两棵孪生的树，根与根交错，树干却在各自的空间撑起一片自己的绿。

二十年前，我与妻子的相识缘于一场考试，谈不上浪漫，但并不缺乏激情。煤油灯下，有了唐诗就有了快乐；月光下，总希望那条路越长越好。那时的幸福很简单，一日三餐能吃饱，双休日能携手在细雨中满山遍野寻找快乐。

儿子降临，我们总憧憬在小城的屋檐下有一间房，哪怕只能容纳下一张书桌、一个床位，当然最好有一个厨房、一个卫生间。儿子渐渐长大了，借住的两间房子已显得拥挤不堪，省却搬家的劳累，但借住姐姐的房子，心中总有一种失落感。望着如雨后春笋般崛起的新房，妻子的渴望与不安写满了脸上。

有一天，我们终于不再为住房烦恼，清静的夏夜，我与妻子坐在自家门前，开始怀念那一段苦与乐并存的日子。妻子说，我们怎么总像小城的过客，如果有一天我能站在小城的边缘，不再为生活奔波，那生活该多惬意！这一天在妻子的不懈努力下终于到了，不知站在小城边缘的妻子又在想些什么？其实，人活一辈子，谁又不是一个匆匆过客，生活的一个终点是另一段生活的起点，追求太多，活得太累。

这就是我二十年前认识的一个女子，总爱憧憬，总把生活点缀得绿意盎然，也许这就是平凡人的生活底色。

母 亲

十二岁那年走出母亲的视线，后来为了生活，渐渐淡忘了母亲的牵挂。一直以来，总以为母亲的幸福观如同我的幸福观一样，直到今天提起笔来，想为母亲写些什么的时候，才发现自己离母亲很远很远。

当年，十八岁的母亲坐着花轿进入破落的地主老宅，从此负重的生活与母亲如影相随。地主身份的爷爷没有给母亲留下什么，倒是把父亲养成了懦弱的秉性，现在回想起来，父亲的一生都在胆怯与不安中度过，父亲心中的苦，今天身为人父的我也许能参悟些许。

父亲与母亲的爱情就如门前一丘丘的田地，长不出奇花异果，平凡得只能种植庄稼。也许父亲与母亲压根就没有爱情，只是两个陌生人，由于一纸之约走在了一起。爱情在母亲眼里，除了吃饱穿暖、孩子健康成长，没有什么比这更现实。

目不识丁的母亲从未看过电影，即使老到今天，可以闲下来了，母亲依然不看电视，除了下地干活，母亲就靠回忆每个儿女的事情来打发时间。在母亲看来，再精彩的电影、再曲折的剧情，远比不上养大八个儿女有滋味。

　　母亲五十三岁那年，父亲走了。母亲用她瘦弱的双肩撑起了这个家，母亲没有给儿女们留下什么财富，但只要母亲健在，这个家就永远散不了。

　　母亲一生对生活没有太多奢求，她总是微笑面对生活的磨难，这种宽容的人生态度是我一辈子的财富。今天，面对白发斑斑的母亲，我依然走不出她的牵挂。平凡的母亲讲不出深奥的道理，但从她深深的皱纹里，我读懂了母亲的幸福含义。

坐拥十里春风

上班的路上，要穿过前山大道和仙屿公园香樟长廊。绿荫如盖的香樟，沿着道路两侧整齐排列着。每每走过香樟树下，都有一股诗情在涌动，时常情不自禁想起宋朝舒岳祥的诗句："樛枝平地虬龙走，高干半空风雨寒。春来片片流红叶，谁与题诗放下滩。"

我喜欢充满诗意的香樟长廊，它不仅滋肺养眼，还愉情悦心。朝阳中，走在香樟树下，龙溪两岸绿柳吐烟，陌上杜鹃争艳，鸟儿枝头嬉戏，蝶儿舞姿翩翩。微风携香而来，迷了眉梢，醉了鼻翼，暖了心田。细雨里，青山隐隐，如离人冒着轻烟的眉黛；听揉碎掺杂市井气息的雨点轻敲叶片声，看雨被风蹂躏的裸露形态，似乎心绪也被濡湿，恍惚一下子回到若干年前。不管天气阴晴，只要走进香樟长廊，纷繁杂乱的思绪都会渐渐清晰顺畅。

记得搬到前山小区时，道路两旁的香樟树刚种下，瘦弱的树苗还无法撑起一片绿荫。夏天，上下班走在路上，炙热的阳光让我无限怀念清凉的绿意，每当走到仙屿公园，脚步总禁不住那满园翠绿的诱惑，思维被阴凉吹得有些温软。那时的仙屿公园没有现在嘈杂，商业气息还被挡在香樟树外，市民像爱护自己的眼睛一样呵护着这块净土，而我始终固执认为，它就是小城的肺，一张一弛间，充满情愫简约的明媚，不仅让小城呼吸顺畅，也让每个接触它的人神清气爽。

如今，在我年复一年的期待中，曾经瘦弱的香樟已绿树成荫，不觉间自己也已跨入中年人的行列。每天依旧走在香樟的时光深处，把寒凉轻盈在过往的云烟里，把牵念温暖在掌心的纹路里，以静水流深的姿势，安然着自己的幸福。一直对这十里春风有很多美好的期待，相信风光无限的风景在前方。就这样在反反复复中，走过了明媚旖旎的春，繁花似锦的夏，包容丰盈的秋，傲雪凌霜的冬，怀揣着一份期许，在季节的眉眼间，看生命的繁花开满了岁月的轩窗。

一路香樟，勾勒一路风景。每天清晨不论阴晴，总能看见环卫工人挥汗如雨的场景，扫把的起落收敛了小城的浮躁与喧嚣，忙碌的背影增添了一份沉思与静美，他们如一道移动的风景，诠释了生活的酸甜苦辣，也彰显着生命的旺盛和厚重。十里春风，掀起他们古铜色的体态，沉重着四季更替的脚步，也摇曳着岁月深处的冷暖。也许他们走过的一程山水，经历了许多挫折坎坷，他们因生活丈量和城市的距离，深深浅浅却任凭时间沦陷。

有时，站在绿荫下，看三五老人打牌，他们常因一张牌争得面红耳赤，过后又孩子般痴笑。打牌的乐趣无关牌局的输赢，他们看似在打牌，其实是在打发时间，他们深知距离终点的一天很近，开心了就笑，不开心就过会儿再笑。在仙峭的亭子里，有坐着轮椅的，也有拄着拐杖的，几十个老人围着一架录音机，津津有味地听着方言评书，故事情节在褶皱的脸上跳跃，时间的脚步在稀疏的发髻穿行，生活的春风写满安详的神情。也许不久的一天，这里也有我的一个位置，不知那时是否还能守着最初的恬静与淡然。

"争先非吾事，静照在忘求。"苍茫的暮色中，倚靠香樟树下，看龙溪两岸垂柳依依，公园四周人影绰绰，静听旋转的轮胎，闪烁的霓虹，裹挟着声音的浪头，淹没了思维的低语，曾经的那些人那些事，渐行渐远成笑靥中的逝水沉香。我常想，其实每个人离十里春风只是一首歌的距离，或者，只是歌中一个音符的距离，只要你有心，一个眼神，一个脚步，就能抵达了。

小城春色倍还人

当岁月压弯了记忆，心海的浪涛依旧层叠翻滚；当春色轻捻了芬芳，小城的扉页上落满了素洁清欢。诗意而又葳蕤的春天，载着流年里淡雅的清香，一路写到了龙溪两岸莺啼柳绿的那一行。走在香樟树下，落叶拂过衣襟，雨滴沾湿情怀，曾经被现实屏蔽的浪漫，在春雨的滋润下，在碎暖的春风里，悄然在心间生根发芽。

我爱春天的懵懂，尤喜春雨的知性。每天从家到办公室，舍弃单车的便捷，用双脚丈量一路的欢声笑语，用双眼感知小城的春色。路上，一朵朵花香染醉了心情，摇曳出青花瓷般的美丽。有时，不期而遇的细雨濡湿布满尘埃的心房，雨中那些与叶子一样绿的期许，总能擦亮蒙尘的心窗。

不知什么时候，税务局出墙的樱花已盛开。微风中，樱花时而相拥，时而浅吟低唱，那枝头上饱满的花苞正绽放吐蕊，或红或粉的花瓣为人行道染上一层新妆，引得行人驻足赏花拍照，而我却站在热闹的人群外，心境如同飘落的花瓣，出奇的宁静与平和。原来，一次花开，真的会是一辈子；一个脚步，真的会踩疼整个春天。

穿过仙屿公园，踩着打喷嚏的方砖小径，三五耄耋老人犹如仙屿老枫，有些颓靡和惘然，但又不羁地生长着，弯曲的枝干满不在乎地暴露着它的沧桑和老态。树下，有几座孤坟，很老的坟头上开了花，他们聚在坟前，把往事聊成春华晕染的朝阳。在新华书店门口，总看见一位老人孤零零坐在台阶上，脸上写满新绿葱茏的祥和，他也许在静候春光，也许在期待熟悉的风景。他们的淡定从容让我懂得，生命里总有一些时光让人心生希冀，人生旅途中总有一些风景，让人缱绻留恋。

迈过小径的转角，轻微的脚步惊飞栖息树上的鸟儿。若有若无的春雨，在一抹素雅里晕开一路的云烟。也许年纪大了，对床不再难分难舍，早起早上班成了一种习惯。少了琐事羁绊，断了前程念想，依着杜鹃的花事，看公园里晨练的风景，慢慢咀嚼时间的味道，感悟途中的冷暖，一丝涟漪荡开心中曾有的那份执念。

激情满怀的岁月，在千回百转的历练中，褪尽青涩的嫣红，淡雅成柳城东西路的两排梧桐。日复一日，走过大街的梧桐树下，看红尘滚滚，过客匆匆。从此，不问春雨花落，不管冷眼旁观，拈一绺梧桐绿色，书一页草色青青，用文字将过往润泽浅描，让幽幽暗香在指间流淌，让人淡如梧桐。

梧桐树下，不是等在与不在的你，只是看车来人往，阅千般生活底色。岁月如梭，真的经不起我们蹉跎，当年的一个停顿，瞬间便被人流淹没；如今的一个迟疑，便被青春的尾巴抽痛。许我在这静好的时光，用瘦弱的身影矜持着单薄的孤傲，用搁浅的记忆为自己修篱种菊。

风吹过红灯笼，如一曲云水谣在梧桐枝头轻轻吟唱。梧桐刚吐嫩芽，无法撑起满街的绿意阑珊，眼前晃动的全是红尘里斑斓的色彩。掬一束蹒跚身影，撷一叠古词微澜，与一笔墨香对坐，守望着小城春色平仄的诗行，让思维在明媚的脉络里任性飞翔。

从前山小区到单位大概有一公里的路程，步行需要十五至二十分钟，中间隔着一片绿一朵花的妖娆。可我总禁不住花的诱惑，也拒绝不了绿的邀约，总想让折叠的时光在曾经的锦瑟里泅渡。那些年冷暖的故事里，依旧漂浮着熟悉的身影，晃荡着微笑的表情。轻轻问内心，这些年还好没幸负岁月，也不曾辜负过春光。

站在窗前，远处的东狮山被一层薄薄的晨雾笼罩，恍如海市蜃楼。乍暖还寒的春风，如一指流沙从龙溪两岸柳梢掠过，将小城春色揉进水波粼粼的龙溪里。守着满窗翠绿，陶醉于一根烟，一本书，一杯茶的自在，那些反复于心间的云烟，静静息影在昨天的岸边。

人生是一次孤旅，没有人能陪你一起走到头，沿途的风景好与不好，都是内心使然。阳光下，品茶看书；独处时，读繁花满树，其中春意只有自己慢慢品尝。虽然我的笔端很轻，无法临摹出小城的春天，但我的文字很重，字里行间都写入兼葭苍苍的思念。

寄语英山风日道

思念英山的人，怀念英山的风日，留恋英山的美景。提笔只为一个遥远的思念，只想用简单的文字，将英山立在自己的眉头，向着雨后的阳光，向着山的那一头，向着逐渐靠近的彩虹，嗬啾而歌……

梧桐摇落半岭秋

半岭于我而言，熟悉得有时都把她忽略了。读小学时的每个周末，几乎都在半岭路上度过，不是捡松果，就是耙松针。后来分配到英山工作，半岭自然就成了必经之地，以至于这里的一山、一水、一草、一木，每每想起，如数家珍。离开英山后，渐渐疏远了半岭。近段时间，在学生的微信群里经常看到半岭风光图片，想到半岭走走的念头如田间疯长的野草。

"万景皆因月，千声各为秋。"我选择在深秋的傍晚悄悄走进半岭。我没来由喜欢秋天，也许源于秋的成熟淡雅，也许源于秋夜一尘不染的月，也许源于月夜里扯不断理还乱的记忆……总觉得秋天的脚步走得特别急，刚才还悬在天边的太阳，转眼间就落到白云山背后，剩下那抹不尽的余晖，将白云山的天际渲染成一片灿烂。那挂在天边的一团一团云彩，犹如一块块通明鲜亮的炭火，随风妖舞，艳彩纷呈。四方的天际，唯有奇岚山依旧过着繁华旧梦式的生活。余下的在下沉，在黯淡。那下沉黯淡的光线是要回归到黑暗里，黑暗又要回归到夜里。

一弯新月从东边升起，清冷的光辉与那片即将消失的绚烂落霞，构成了令人神往的奇岚山美景。交溪便在这柔和的背景中，无声无息地化成一条长长的深褐色的绸缎。远处，牛头岗下村落的灯光渐次亮了起来，灯光透过淡淡云烟，犹如深山精灵的眼睛，似乎想看清山的肌肤；奇岚山对岸墩头的灯火，一点连着一点，汇成一条不规则的曲线，像是镶嵌在山脖子的一串项链；更远处不知名的村庄，灯火零零散散，像是点亮天上的街市。近处，林间、山边，炊烟与暮霭融成的薄雾散发出微微的凉意。劳动一天的农人，三五一群聚在街边话桑麻，将秋夜聊出浓香的酒味。

夜色渐浓，如练的月华已上中天。一个人静静地站立在龙岗坪上，风徐徐抚摸我的脸颊，羽化成流年深处的吟歌，磕磕碰碰沉入幽深的小巷。低吟浅唱的虫鸣声纠结出一叶蒹葭苍苍的行板，潮湿了村庄夜夜偎依的柔情。月光如绣织云彩的霓裳，从长洋之巅缥缈而下，月色如封存已久的女儿红，醉了半岭，染了山冈。

明月相伴，思绪氤染，我无法用文字打捞半岭的月夜。信步走向月色浸染的村庄，不知从哪个窗户飘来的鼾声，似水汽氤氲弥漫，润湿了喘气的老屋。每扇微亮的窗户里都有一把故事，每个故事有如坠落的诗句。这是一个热闹的村庄，庄稼热闹着滋养，村民热闹着守护。

穿行于窄窄的小巷，轻盈的月色从屋檐与土墙的缝隙间跌落，那意蕴仿佛诗歌般凝练优雅，有三分易安的婉约，又多了三分陶潜的淡泊，还蒙上三分纳兰的心绪。此情此景似乎也感染了狗，它们不再唱着清亮澄明的歌谣，让村庄与月静静相望。借着月色，徜徉光影斑驳的树林，相扣的十指摇落一地的秋韵，凋萎的林中偶尔滴下一滴鸟鸣，好似行云流水，又宛如一位娇滴滴的村姑在窃窃私语。

"秋山野客醉醒时，百尺老松衔半月。"站在村庄的路口，轻轻打开被岁月折叠的时光，寻找远去的荒凉记忆和荒凉中的细节，那棵竖立在村里人心里几十年的百尺老松，那条谜语般的蜿蜒石岭，还有泥土一样名字的村庄，最适合执着守望，更适合手捧诗卷，听风月有声，看长袖善舞。今夜，就让我斟一杯半岭清湛的月色，弹一阕陌上清秋，挥洒眉黛的笑靥，将我的梦一滴一滴镶嵌在记忆的华章，沉入千年的琉璃，风化成晶莹剔透的琥珀，轻轻荡漾在轻盈旖旎的暗香中。

夜已深，月亮似乎也有点困了，扯下一片薄云当被，露出欲说还羞的媚态，惹得漫天星星眨眼坏笑。风却没有丝毫的睡意，在奇岚山的观景台欢唱，惹得风铃激情澎湃。一层薄雾从交溪迈着婀娜的舞姿，带着诗意的柔情款款而来，惊醒林中栖息的鸟儿，一声懒洋洋的鸣叫，幽了月光，空了山谷。

"窗前月过三更后，细竹吟风似雨微。"夜很静，我听到树对叶的叮嘱，看到树放下落叶时心疼的眼神。我还听到星星的私语，看到星星扯着月亮裙摆时陶醉的神情。风拉着乐府的长调，在茶园悠闲漫步，草顶着唐宋的诗篇，在微醺的醉意里吟诵。一个能让人如此眷恋的地方，一定有她值得牵挂的原因。不是前世的因，也不是来生的缘，只是半岭的月色。在最美的秋夜与她相遇，没有早一步，也没有晚一步，因一座山，一个村，一片月而迷上她。就如爱自己的家园，如此简单。

"谁人一声歌子夜，寻声宛转空台榭。"与其说半岭是一个景点，倒不如说就是一个凝固了老时光的、生活着的村庄。月夜的半岭非常适合一个人静静走，慢慢思，细细嚼。我想，任何时候，每个人只要心里拥有一轮明月，那么，无论生存的地方多么阴暗，甚至不怎么干净，都会开出纯净的花儿，都会散发出醇厚的香味。

秋入王社数叶红

晚秋的伤感总被诗词、音乐、影像一次次地放大，最终融合在自己对秋天的印象上。然而当时间这块橡皮不断擦去记忆中的笔画，能留下来的往往是凸显出来的痕迹。这些痕迹是许多念念不忘的感动和遗憾。周末，带着这种感动和遗憾，约上三五友人，驱车前往王社。

通往王社的路是细长的，如同山上细长的藤蔓，从小城一路穿山越岭，在交溪的边上结出了一个小小的葫芦，这葫芦小得连一片树叶就能遮住她。葫芦里倒是一派田园风光，仿佛与世隔绝。离村子不远处有座山，王社人习惯叫龙井坑，而官安一带却称三将山，我更倾向于三将山的叫法。我常想，一座山的灵魂并不在于她有多高，有多险峻，而在于她的内在魅力。三将山的神韵源于民间口口相传的草寇故事，源于三位化石守望的将军。

三将山读起来有种男人的味道，正如有些文字，天生带着阳刚的气息，很容易让你想到干练、伟岸、敞亮，脉络清晰。一脚迈进三将山陡峭的小径，这种气息就迎面扑来，让你有些猝不及防。据说，当年草寇在王社起兵，三位将军不远千里驱马前来，本想助草寇一臂之力，谁知草寇嫂子好心办坏事，提前让泥公鸡打鸣，那瓮里大大小小上万名泥士兵全都成了一堆缺胳膊少腿的残疾人。三位将军看大势已去，朝着来时路深情回望，瞬间化作三尊石像，没入绿色苍茫的大山深处。这大概就是三将山名字的由来。

草寇的传说我已无从考证，也没必要考证，倒是沿途村庄的名字引起我的好奇。王社骨子里透着凉飕飕的霸气，官安隐约中预示着热烘烘的祥瑞，而上宅介于两村之间，它到底是王家退可安身的家，还是官家进可荫佑子孙的宅，这中间是巧合也好，是有着某种关联也罢，让我每每想起总也无法放下。也许是我想多了，可能只是村民一种渴望和念想而已。

沿着刚刚清理的小路，小心翼翼往上爬，生怕一不留神踩空了。小路两旁是连绵起伏的灌木，走在小路上，世间的一切尘嚣似乎都远我而去。也许是王社海拔低的缘故，节气虽已进入立冬，但这些灌木丝毫不收敛放荡的绿意，层层叠叠地铺张开来，间或一株两株微醺的红叶，更突显绿色的恣意夸张，这种红绿相间的景象勾起我许多的联想，也激活了文字行走的麻木思绪。

"满纸自怜题素怨，片言谁解诉秋心。"穿行于这样的绿色，我的心胸一下子澄明起来，似乎注满了一汪清凌之水，轻盈盈的，如半山塘里绽放着的一朵睡莲。没有了喧哗和骚动，没有了尘烟和异味，山间流动着能涤净人心肺的空气，我的心绪淡若交溪。由于三将山地处南面，阳光对她特别吝啬，从山巅跌落的几缕像金线的阳光，懒洋洋缀在半山腰上，丛丛簇簇的各色林木构成一幅浓淡相宜的山水画卷，氤氲了满山的秋色。

众芳摇落独暄妍，占尽风情向小径。有时心存想念竟是一种美好的情愫和寄托，如戴望舒的雨巷、舒婷的双桅船、三毛的撒哈拉，在时间和空间的坐标系里，永久散发着迷人的光晕。穿行于风情无边的小径，风带着唐宋的凉意，迈着摩诘居士般颤巍巍的步伐，从树梢悄然拂过，那沙沙作响的声音就像远古的天籁，与周边的环境如此切合，听起来让你心醉。小径两旁，苍老遒劲的古藤盘根错节交织在一起，柯枝虬曲，飒飒弄风，随意伸展，给小径增添几分沧桑。

转过不知道多少个弯，蓦地，两块巨石突兀眼前，随行的村干部告诉我，这就是仙人锯板。临崖屹立的巨石被仙人锯成两半，中间一条缝隙，风从缝隙挤入，仿如远去的诉说。相传，当年马仙行游至此，看见百姓苦于大山阻隔，便决意在此架桥方便闽浙两地百姓来往。她召集周边众神开山锯石，建桩砌基，后来由于草寇起兵惊动了天庭，玉皇大帝一怒之下遣散众神，留下了眼前仙人锯板的景象，还有山上大大小小的石块，让后人产生无限遐想，也平添了一缕神秘色彩。

折返龙井方向，一条用木梯搭建的小径沿小涧脊梁往上延伸。由于是枯水期，曾经碧波荡漾的龙井和涛声震天的溪涧，裸露出最真实的憨态。龙井四周的山林里，各种灌木伸着细长的懒腰，努力地向着阳光的方向生长，尽管身躯有些弯曲，但它们的力量远远超过了风和水。沿途总能看到一两棵倒下的灌木，一丛丛枯黄的野草簇拥着它，它们的神色是那样安详，无怨无悔地躺在大地的怀抱。也许因为一次大风，也许因为一次雷电，抑或因为大自然的召唤，我不知道，但我想它身边的灌木和野草一定知道，它们相扶相伴上百年，静静注视着这一切。面对此情此景，我终于明白物竞天择，适者生存的道理，也明白了生命的悲欣枯荣。

多少秋色相倚恨，一时回首背西风。置身三将山，你根本感受不到秋色的悔恨，倒是站在断流的谷底，西风带着些许的秋意，漫过云容水态，升沉四季的音符，一种颓废的美，一份自甘堕落的享受，让你不忍拒绝，也无法拒绝。抬眼望三将石，心意缥缈。深秋这道清清爽爽纯纯洁洁又寂静的风景，是三位将军淡淡眉宇的重现，每一声秋虫的呢喃都是患得患失的纠结，每一缕秋色的斑斓都是无法释怀的宿命情绪。

静静地穿行在这无边的秋色中，我内心的尘垢便被这漫山遍野的灌木洗涤得清澈透亮，陡然就有了斑驳的秋韵爬上心坎，盈注着一片季节的成熟。山林无语，沉寂千年，她静观春秋演绎，人间冷暖交迭。今天，我也附庸风雅，为了寻一份清幽，一份感悟，用沾满世俗的烟火，惊扰你翻山越岭的想象。

山给树高度，树给山立碑。默默地坐醉三将山，我知道秋意是藏不住的，正如秋天不是四季的全部内容。春华秋实，种子深埋心中，收获也就变得遥遥无期了，但心中那份长长的牵挂，是铺满一地期待萌芽的渴盼。我终于明白，仁者乐山是因为山有博大的胸怀，她从不点破禅意，任你在她的怀里寻找失落的东西。也许这就是父辈所说的，人看山，山也看人的道理吧！

114

茶香飘进我的梦

茶园茶树

世界上本没有山峦，我每想你一次，天上就落下一粒尘土，从此便有了见无炉。

见无炉是英山乡海拔最高的一座山，整个山脉贯穿境内，十一个行政村分布在山脉两侧。早在英山工作期间，每逢春秋时节，我常组织学生到这里踏青秋游。由于海拔高，连勤劳的农人也懒得搭理它，所以才有了今天纯净的见无炉。站在见无炉的山坡上，我把自己活成了一棵守望春天的野放茶。

都说漂泊的雨水落地便会是春天，粉红的杜鹃盛开便是茶叶的约会。我一直在等待见无炉的呼唤，等待是这世间最温柔的事，就像等待一场花开，等待一场雨来，即使我并不知道春天是否回来，我等待的那片茶园是否绿意阑珊。

"乱花渐欲迷人眼，浅草才能没马蹄。"走在见无炉的山冈上，每一朵小花都有自己的芬芳，每一棵小草都有自己的绿意。在蓝天白云的掩映下，藏身于绿树红花间，仿佛自己也只是一束花，一株草，一棵树。几只鸟儿对我这不速之客一点儿也不抗拒，它们在茶园里缓缓飞过，清脆的叫声婉转而极富禅味，与茶园粉红的杜鹃相呼应，我不由想起洛夫的诗句"与千山并辔而行"。葱绿的林间响起潺潺流水声，有袅袅白气飘拂升腾，给山野平添了灵动的色彩和婉转的韵律。

风吹着暖，暖拥着风。穿梭于茶园小径，冷不丁冒出一簇簇粉红杜鹃，与采茶的村姑相映成趣。满园春色，在茶香绿意摇荡里，风生水起，活色生姿。一丛丛茶树染醉的心情，摇曳出音乐盈盈般的曼妙。春在茶叶明媚的脉络里前行，只以鸟鸣的婉转，以百花的嫣然，以那满山坡流淌的绿意，铺排万千旖旎风光。倚着一树阳光的柔和，安静地与时光对坐，心间的云烟随着鸟儿的欢唱飘向远方。

沿着山坳往下走，一条依山势修建的小涧如漂亮的裙带蜿蜒其间。它有时候像一个温柔可人的姑娘，干净明亮，不喧闹不急躁，缓缓流淌在山沟里，流淌在茶园人的心里，用她动人的情话在你耳边呢喃，让你情不自禁地在她身边流连忘返。它有时又像一个调皮的孩子，在山林树丛间躲藏跳跃，时而露脸一笑，叮咚作响，那些清浅可见的蝌蚪，便是她一路撒下的欢乐。有时，我忍不住盯着小涧欢唱着远去的背影，一抹宠溺的微笑从心底漫至脸上，久久不散。

站在山巅，环顾四周苍翠欲滴的青山，绿色的空气混合着树脂清冽的淡香沁入心脾，舒缓和清爽从全身流淌而过，幽静和安宁扑面而来。我曾经用文字打捞那些过往的茶园，用图片言说那些被打上了年代烙印的茶树，而这一切，只为给此时此地的我绘制记忆底本。我不由得跳出一个念头：也许，可以到这里安一个家，枕着茶香入梦。

茶事茶人

前些天读过一篇散文，文章提到，人生最好的时光便是手中有一杯清茶，枕边有一本书，房间里有轻音乐。但在现实生活中，许多人并不是这样的，他们常会一边感叹着为谁辛苦为谁忙，一边在挣到一大笔钱或升到一个理想的职位后，心里又产生了新的欲望和更高的目标。我以为，真正的生活应该是心里存着一怀温暖，像见无炉的茶树，把根扎进云淡风轻的生活中。

经营见无炉野放茶基地的王岩龙曾是我的学生，他初中辍学后便加入南下的打工潮。在20世纪90年代，农村评判一个人的价值，开始以能否成为庄稼好手为标准，后来以从外面带回来多少钱为尺度。如果套用这两条，也许他谈不上有多大作为。在聊天时他告诉我，这么多年走南闯北，在工厂里干过，在餐厅里忙过，也摆过地摊，开过小店铺，虽然也挣到一些钱，但心里总是空落落的，后来机缘巧合走进安溪，从此与茶结下了不解之缘。

一直以来，他心中始终怀揣一个梦想——拥有一片属于自己的茶园，用心经营一款高端茶叶品牌，带动一方父老乡亲共同致富。多年的买茶卖茶生涯让他深深明白，自然生态才是茶叶的生命。于是，他选择见无炉种下野放茶的梦，让茶树回归自然，与季节合拍共舞，也让自己把灵魂沉静安放其中，养就心中一段诗意。

山巅婀娜飘过一曲云水谣。轻轻拥抱已然开启的春色明媚，以葱茸绿意写一首新诗，希望着每一份美好都长成天不老地不荒。走过了花开嫣然，也走过了山迢水远，而这一切的路径只为有一天抵达自己心灵的春天。但愿他的春天一如山上茁壮成长的野放茶，让茶香飘进千家万户，成就一个个五彩斑斓的梦。

茶言茶语

"待到春风二三月，石炉敲火试新茶。"坐在石古兰野放茶基地茶室，悠然品着春茶，我突然想到中国茶修第一人王琼的一句话："茶让我感知一种无法言说的轻安。你松了，通了，这杯茶就鲜活了。"

我不懂茶，更不会品茶，无法体会王琼的话，但我对品茶的环境却有一种天然的挑剔。窗外阳光朗照，室内茶香氤氲，耳边茶道声声，我却不合时宜地想起纳兰的词，在煦暖的春日里沏一壶热茶，细细品读。指间的暖，词中的凉，恰如人世的喜怒哀乐在时光中流淌。

对于出生农村的我而言，对茶有一种莫名的情愫。小时候，每天一早，母亲便泡满一粗瓷茶壶，一家人干活回来，对着壶嘴就是一顿海喝，有了茶，生活就有了着落。有时，生硬的地瓜米倒上茶水，也能让生活有了滋味。有时，夜静人寂，青灯相伴，独自坐在电脑前，烟蒂明灭如北斗指路，就着茗香烹煮文字，任指下敲出袅娜的花，想必人生中最高雅的风景应该莫过于此了吧。

静坐时，喜欢泡上一杯茶，不为喝茶，只为与茶对坐。看茶叶时而簇拥，忽而飘散，浮沉不定，感受清雅淡致的苦涩在舌尖荡漾。其实，人生就像一杯茶，平淡是它的本色，苦涩是它的历程，清香是它的馈赠。正如有些人，善于经营生活，将日子过成一杯清茶的味道，由最初的浓烈到最终的平淡，让生活处处浸透着禅意的美。

中国人以茶为友，不仅是因为它不远不近，不浓不淡，不即不离，不亲不疏，更是为逝去的岁月留下一点念想，这念想也许就是我们生命的根。

走进何家山

灵性柿树

持续的阴雨天气窒息了我的呼吸，滞缓我回归自然的脚步。终于在初冬的周末，久违的太阳露出娇柔的面容，我与妻子踏上了回乡的路程。车子在蜿蜒陡峭的山路上行驶，面对车窗外熟悉而又陌生的土地，在感慨时间流逝的同时，我心里多了一份激动与不安。

经过近一个小时的颠簸，车子终于到达妻子的娘家——何家山。我来不及洗漱，独自一人沿着弯曲的山路漫无目的地行走。也许是远离土地太久，也许是疏于锻炼，我还没走上一段路，便感觉到有点力不从心了，只好坐在路边的石头上。初冬的阳光像少女的手，轻轻抚过我身上的每一寸肌肤，软软的、酥酥的，有一种说不出的感觉。远处的山峦色彩鲜明，山脚下的交溪失去了往日的喧嚣，平静的水面在阳光映照下波光粼粼，一叶扁舟懒洋洋地横在岸上，交溪沉浸在悠然自得的闲暇里。近处，一丘丘整齐划一的水田，在农夫的精心侍弄下，像一个个待嫁的新娘，含羞地收敛起奔放的情感。记忆里荒芜、萧条的农村仿佛离我远去，不知何时一阵熟悉的山歌缥缥缈缈，犹如天籁之音，穿过山冈，跃过水面，踏着初冬的韵律，钻进我的脑海里，身后一缕炊烟，几声犬吠，还有踩在地上铿锵的脚步声，把我拉回到眼前。

我起身信步往回走，一棵挂满红灯笼的柿子树斜斜插在田地里，把岁月站成风的姿势，几片枯叶在守望聆听季节的脚步，熟透的柿子如丰腴的村姑，点燃山村野性的激情。柿子树站在这里不知多少年了，时间的刻刀掏空了它的内脏，它像村里的长者，只剩下一张皮维系着生命，可谁也舍不得采摘它的果实。老村长告诉我，看到它心里踏实，那火红红的颜色象征着红火火的日子。它像一根无形的线，一头牵着孩子，一头连着家，它像家乡的守护神，从不嫌弃贫瘠的土地，只要给它一个生长的空间，它会尽力展现自己的风采。这正如世世代代在这里生长繁衍的人们，乐观、豁达、向上、知足。

听了老村长的一席话，我豁然开朗了，大自然如此，人生何尝又不是这样？只要用心耕好自己的一亩三分地，丰硕的果实总有绽放枝头的一天。正如这棵柿子树，从不张扬，从不争宠，用自己朴实的色泽给人希望，让人念想。

村庄云烟

不知什么时候，妻子站在我身边，指着不远处的一块大石头问我，这块石头像什么？没等我反应过来，妻子又紧接着问，为什么何家山没一户姓何的人家？妻子见我回答不出来，她的话匣子可就打开了。

据说，当年何家山住着一户姓何的大户人家，这周边十里的大部分田地都是何家的财产。何家有一小姐，长得貌若天仙，心地又善良，她时不时拿出自己的一点积蓄救济帮助贫困的邻里。有一年，天气持续干旱，眼瞅着田里的禾苗就要枯死了，黑心的何家老爷夜里带着家丁、长工，把别人家田里仅有的一点水全往自家的稻田里放。何家小姐听说后，知道贪婪的父亲不会听从自己的劝阻。第二天，小姐带上几个长工，砍了一些毛竹，从交溪沿着山体往上架设毛竹。跟在身边的几个长工都以为小姐被老爷气疯了，从没听说过水往高处流的理。等到太阳快落山，引水的管道也架设好了，只见何家小姐非常虔诚地点了三炷香，嘴里不知念叨些什么，一会儿工夫，交溪的水像长了脚，沿着毛竹慢慢往上流，几个长工看傻了眼。消息不胫而走，周边村民对何家小姐更是敬若神明。

到了这一年冬至的前夜，临睡前，何家小姐再三叮嘱嫂子，第二天的三更一定要记住叫醒她。这姑嫂二人亲如姐妹，嫂子一夜不敢合眼，三更时分叫醒了小姑。姑嫂二人起火烧水，等到五更天亮，早已沐浴更衣了，两人携手走向后山高耸的岩石顶部升天而去。哥哥来不及沐浴，一路朝两人方向跑去，到了岩壁下，变成了一只蛤蟆。母亲沐浴好后，刚走出大门就变成了一块状似猪的巨石。从此何家渐渐走向衰败。在何家姑嫂升天的地方，细心的人还会发现她们留下的脚印，这就是仙人岩的由来。

这是一个美好的传说。其实，每个村庄都有一个鲜为人知的故事，这是村民朴素价值观的体现，也是增加村庄厚重文化的砝码，更是善良村民为积德行善者安排的最好归宿。我想，如果何家小姐看到她家乡的后人，在她施法引水灌溉的田地里，用自己的勤劳与智慧种植太子参，从而过上了日渐富裕的生活，她一定不会选择渺渺无望的天堂作为自己寂寞的栖身之所。

从教感悟

我曾经在英山生活工作过十五个年头，当初一直把远离这块土地作为追求的终极目标，因为我总认为，把十五年的青春荒废在这儿，从何种意义上来说都有点不大值得。

20世纪80年代末期，懵懂的我师范校毕业后就开始从教生涯，在这块土地一待就是十五年。那时，我与年龄相仿的学生一起疯，周末打着家访的名头踏遍英山的山山水水，夜里坐在灯下写我的歪诗。当时心里充满无限的憧憬，总以为灿烂的天空下有一缕属于我的阳光。时光在一茬又一茬学生的进与出中被撕扯得面目全非，恍惚间才知道自己什么都不是，才明白这一片天空对我而言如仙人岩缥缈的云雾，可望而不可即。于是我努力用文字宣泄心中的郁闷与愁苦。有一天我终于走出这大山，常常在夜深人静时分，梳理十五年的点点滴滴，这时才真切感受到快乐真的很简单，生活其实没有想象中那么复杂。

今天踩在这块土地上，重新盘点人生的账目，原来这儿的山水才是我心中最厚重的一页。是它用纯朴的胸怀倾听一个青涩年轻人的满腹牢骚，用母亲一样慈爱的目光接纳我的错误与不恭。生活并不亏欠我什么，只是年少无知的我太把自己当回事了，总认为给我一片沃土，我能灿烂一方山水，给我一双翅膀，我能翱翔蓝天。当理想的风帆在现实的浪潮中折戟搁浅时，才明白人生的含义。这就如今时今地的我，走进何家山，踏上人生的另一段征途，但愿在余下的日子里，也像何家山的老柿子树一样，不管站在哪个山脚旮旯，都能用老迈的激情装点一方风景。

听懂山的语言

在红尘的渡口穿过千年守望的风月，手捧南岭的雾水，用仙岩的素月做线，串成沾满尘香的念珠，去赶赴首场三月花草满径的相约，让心离自然更近些，让脚步与土地更亲些，让自己听懂雾言、月语、茶话。

南岭言雾

山里人喜欢用方位词给某一地域命名，我想，这也许为了简单易记，或许为了辨认方位，南岭的得名大概就是出于后者。对于熟悉英山的同志而言，南岭似乎永远是一个绕不开的话题，不仅因为岭的缘故，应该还有雾绕南岭的那份不舍与纠结。

三月，正是烟雨绵绵草长莺飞的季节，也是南岭观雾的最佳时节。清晨，站在南岭之巅，清风时而撩起山的面纱，露出几分俏丽，平添几许旖旎，不仅温暖了心扉，也惊艳了思维。几丛山花氤氲雾里，雾因花而美丽，花因雾而朦胧，一如诗人的情感，缥缈成南岭的诗篇。

南岭的雾有些慵懒调皮，它不曾扯下一片绿叶、一片花瓣、一丝纹彩装点自己，只是把最纯真的本色在沟壑山谷之间恣意挥洒，让人感受到诗意生存与自然的和谐。

南岭的雾有些随心所欲，它不拘泥于山形走向，时而游荡山脊，时而徘徊山腰，它从不追求山高水长的永恒，只求此刻自由的喜悦。

南岭的雾像一位古典的妙龄少女，把一缕素绢轻轻摇晃，引得蜂飞蝶舞，挠得过客魂牵梦萦。漫步晨雾中，你会产生不知是晨雾托起了南岭，还是南岭挽留了晨雾的错觉，脚下的路，身边的山，还有成片的林，与雾融为一体，它以别样的姿态，晕开了一纸风景。

南岭的雾像一幅石涛的写意画，淡妆浓抹两相宜，山峰似隐似现，山涧似凝似流，宁静不失雅致，洁白彰显亲切，总给人温暖的感觉。

穿行在山岚里，清晨的每一滴露珠都含在南岭舒展的叶片上，与亲情的土地连在一起，和山坡的杜鹃花连在一起。山岚时厚时薄，宛若美人颊上或浓或淡的香粉；山岚时聚时散，仿佛让人看到岁月的裂痕和斑驳。

年年岁岁雾相似。我总在最美的季节与南岭相遇，没有早一步，也没有晚一步。我常想，如果人生起雾时，不妨到南岭走走，听雾与山的对话，让心飘满春的味道。

仙岩语月

大凡与仙字挂上钩的地方，想必云雾缭绕，奇闻逸事满山岚，甚至连月都可以照亮一纸相思，仙岩也不例外。

遥想当年，缪侯姑嫂孝善感天地，双双羽化成仙，不仅为仙岩增添了神秘色彩，也点亮了村庄的一轮明月，还在后人心中埋下一段剪不断理还乱的情愫。

如果说清风是仙岩的梦之舞，那么明月就是仙岩的舞之魂。在仙岩明月的两头，一头连着村庄梦的彼岸，一头牵着村庄梦的纤手，从南岭一路走来，默默收拾旧时光。

在月朗星稀的日子，约上一二知己，坐在仙岩的亭子里，以清风当茶，月光为酒。醉眼矇眬处，那层叠的远山一如舞动的裙摆，轻盈中不乏婀娜，那耳畔的风声一如时间的脚步，悠闲中满怀缠绵。

月光下，萋萋芳草淹没仄仄小路，重峦叠嶂的山峰涵养了缪侯姑嫂的前世今生。伫立崖顶的石碑依旧孤零守望，那微微泛黑的字迹仿佛清脆的风铃，勾起多少陈年旧事。

脚下村庄若明若暗的灯光融化在如水的月光里，不眠的月色陪伴着淡淡的愁绪徘徊在仙岩的脊梁，那一行行或深或浅的脚印在苍白的记忆中渐行渐远。

明月依旧，清风如昨，洗涤和慰藉着尘世的心灵，见证着某个故事的结局，又预示着某个故事的开端，总让人在午夜滋长无来由的思念。

今人不见古时月，今月曾经照古人。月光对仙岩总是这般慷慨，不仅送走了每一个黄昏，还拭去了姑嫂的泪珠，让村庄的心学会优雅自信。

仙岩匿于深山，未曾经历过花团锦簇的喧闹，但人间烟火与神明香火熏染出的这份宁静却始终没有变过，它磁石一般的向心力如仙岩崖顶的松柏，深深植根于村庄每个人的心中。

借一缕仙岩的月光酿一壶岁月的清酒，在杯里，看摇摇晃晃的红尘；在杯外，看寻寻觅觅的众生。作为仙岩的一个过客，一犹豫，一蹉跎，一不留心，将仙岩踩成或喜或悲的陈迹。

仙岩清风，吹起千年追思；脚下营盘，平息了声声角鸣。如水的月光越过重重山峦，与交溪紧紧相连，并打开了仙岩相知的心窗。也许，有风有雨的日子才承载了生命的厚重，风清月朗的日子更适合静静品味领悟。

首场话茶

前些日子，一位学生邀请我到首场的茶叶基地走走，刹那间，曾经那些美好或痛苦的过往又在脑海里翻涌，便牵牵绕绕走不出许多久违的事和久违的人。

我与首场结缘始于生活困顿。记得 20 世纪 90 年代，首场是一个中药材种植基地，为了缓解生活压力，也为了打发寒暑假时间，我在基地老陈的热心帮助下，白天上山种太子参，夜里与老陈围着烛光把酒聊农事话桑麻，日子虽然很艰辛，但心很平静。

后来，不知是气候原因，还是市场因素，基地最终不了了之，但执着的老陈依然坚守了多年。这期间，周末砍柴或采竹笋，我还会到老陈那里蹭饭，偶尔也会提上三五瓶黄华山米烧到老陈的亭子小酌，直到工作调动离开英山。

"明月千里照古今，空山古刹觅禅音。"距离首场不远处，有一座清风寺，我劳作之余倒也到清风寺走过几回。清风寺孤零零地掩映在松林中，略显破败，谈不上什么香火，只有一个僧人守着。也许是人迹罕至，每次造访，僧人总是不咸不淡泡上一碗茶，转身又去侍弄门前的几棵老茶树。

我也乐于片刻宁静，坐在门前的石阶上，看着手里的一碗茶，心想，在这一碗茶里，每一片茶叶都看似重要，其实都不重要，因为少了任何一片，仍然是一碗茶。就像清风寺，虽然门前冷落香客稀，但它依然固守最初的执念。

驱车前往首场的那天恰逢春光明媚，本想再次造访清风寺，途中闻知清风寺早已物是人非，倒是寺庙门前的几棵老茶树惹得不少人牵挂，心中难免生出几许感慨。

一路上，少了南岭雾的做伴，也没了仙岩清风相随，阳光显得有些可怜。脚踩着首场的土地，眼前的情景一如纳兰的词，充满指尖的暖，词中的凉，恰如人世的喜怒哀乐在时光中流淌。

小亭依旧在，但已不再孤零，人类文明的魔力可以拂去古官道的印记，却无法阻隔后来者的执着。信步穿梭于山坡茶园中，眼前一株株与环境抗争的茶树身子看似有些单薄，但它们随心随性，简单而真实生长着，就如生长在这片土地的人们。

　　早已等候在首场的学生一边陪我读山阅茶，一边告诉我，首场是一代人的记忆，而茶树是解开这些记忆的密码。老茶树是大自然的馈赠，也是好山好水的见证者，选择这里创业，不是为了种茶，只是想让茶树回归自然，用心用情呵护这一方山水，也为自己留一片禅心和茶意。

　　"一杯春露暂留客，两腋清风几欲仙。"坐在小亭里，亭外清风夹杂泥土的气息徐徐而过，亭内炉火煮着春茶，亭边鸟鸣声声，在这种轻松优雅的氛围中，我突然想起茶圣陆羽的一句话，大意是：茶香宁静却可以致远，茶人淡泊却可以明志。

　　寻常一样夕阳下，才有茶香便不同。挥手告别首场时，蓦然发现，此情此景如以往的岁月一样，过得依旧很快，遗憾还是存在，但我终于明白，只要心里有山水，哪怕人在千里之外，依然能听懂山的语言。

秋日举坂

近来，妻子常常念叨起举坂，总希望我找个时间陪她一起到举坂走走。我知道，妻子曾经在这里当过代课教师，她忘不了这里巍峨挺拔的大山，还有山里说不完的故事；她忘不了这儿柔情无边的碧水，还有水里游动着的快乐；她更忘不了这儿醇厚朴实的村民，还有留在这块土地上的那份憧憬与梦想。

举坂位于英山乡的北边，地处两省三县交界处，犹如杜甫笔下的江村——交溪一曲抱村流，四季举坂事事幽。交溪一路沿着峡谷奔流而下，与寿宁溪在此交汇呈"Y"形，自然形成了一个三角形的渡口，溪面由此也变宽了，水流一下子变缓，船从举坂往对岸划，先将一拨客人送往福安界内，再沿岸边往泰顺方向摆渡。因而，这里成了过往商旅必经之地，举坂因为地利的缘故，小小的村庄曾经繁盛一时。如今，随着泰顺通往举坂的水泥桥建成，曾经人来人往的古渡口永远定格在历史的相册里。

由于母亲的娘家在泰顺龟湖，我小时候常到外婆家，这里成了歇息的好地方，渴了到农家讨口水喝，饿了花上两分钱买个光饼充饥，有时困了累了还可以靠在草垛边打个盹。最为割舍不下的还是坐在船上，一边听过往来客说笑话，一边享受摇晃带来的轻松愉悦感。

在一个落叶飘飞的深秋，诗意爬满举坂的山脚旮旯，我背负二十年的思念，与阳光相约，在秋风陪伴下走过举坂的每一处山巅，我用脚步寻找心中的那份惊喜。举坂的秋似乎总比别处来得晚些，只有晨起的风带来一丝凉意，让你感觉秋的脚步在逼近。

从狮子岗往下走，一条小径蜿蜒盘旋于大山深处。站在狮子岗，连绵起伏的青山如一幅画卷铺展眼前，那星星点点的村落，几缕袅袅炊烟，几声鸡鸣犬吠，还有稀疏散落耕作的农人，寂静中透露出一丝闲散，连阳光也懒得移动脚步。信步往下走，路两旁的山茶树开满了白色的花朵，惹得蜂蝶嗡嗡闹个不停。一两棵枫树夹杂在绿树丛中显得格外耀眼，金黄中透露出微红的叶子，宛如微醺的老汉，在一阵秋风的吹拂下，迈着颤巍巍的脚步，一步一回头走向大地的怀抱。

路在脚下延伸，不知不觉中到了举坂，我信步走进举坂小学。这是一座由村里的仓库改建的学校，坐落在交溪边上，四面被土墙围得结结实实的，面溪的墙上留有一扇窗户，楼板由于年久失修，走在上面会发出咯吱咯吱的声响，墙角堆放着几张破旧的课桌。星星点点的阳光穿过屋顶的缝隙不规则地洒在楼板上，窗外的溪水显得格外兴奋，奔腾释放自己的热情。站在窗前看阳光在水面跳跃，浪花在撕咬岩石，窗外飘过片片落叶，时光在这一刻似乎停止了走动，只有窗前的轻轻走过的风，还有校外妯娌的聊天声，让你感觉到岁月在举坂不经意打了个盹。

一样的木结构房子，一样门前石头垒就的挡水墙，还有一样敞开的房门，举坂似乎窖藏在千年的时光里。青苔写满村庄的云烟，风里飘溢着泥土和青草的芳香，几只竹筏懒洋洋横在沙滩上，举坂由于四面青山环绕，阳光总是姗姗来迟，几只狗和鸡格外珍惜这种暖洋洋的感觉，相约在竹筏上悠闲晒太阳。几位上年纪的老者坐在门前的石板上，嘴里叼着旱烟，脸上爬满深浅不一的皱纹，那双与土地打了一辈子交道的手如久旱的土地，看见它们仿佛就能读懂村庄的过往。

正当我尽情享受举坂的这份闲逸时，一位劳作归来的学生发现了我，他扔下锄头，硬拉上我到他家坐坐，女主人听到有来客，而且是多年未见的老师，一边热情招呼我们，一边忙着准备午饭。不一会儿工夫，饭菜已做好，我实在拒绝不了学生一家的好意，喝了一大碗家酿米酒。不知是米酒后劲足，还是我不胜酒力，晕乎中被学生拉上了竹筏，学生用竹篙在前面划，妻子在后面用力撑，我坐在一把竹椅上，听风奔走的声音，看浪花在竹筏前跳跃的身影，煦暖的阳光如一张网，将交溪装进童话的世界里。等到竹筏靠近岸边，他们拿着渔网、鱼饵沿着岸边撒网放钓，而我靠在岸边的稻草垛旁进入了梦乡。当夕阳带着思念款款走向山外，我们在牧歌唱晚中撑着竹筏回到村里。

此时已是掌灯时分，月儿悄悄爬上狮子岗，夜在不经意间拉上严实的帷幕，不甘寂寞的萤火虫用它微弱的光为举坂的夜送上星点亮色。我慢行在"银烛秋光冷画屏，轻罗小扇扑流萤"的诗句中，脚踩细软的沙滩，任随风儿亲吻我的脸颊，脚下溪水轻轻拍打岸边，如恋人在喁喁细语。两岸连绵青山，在月光的笼罩下，轮廓显得格外清晰。远处的点点灯火与倒映水中的星星交相辉映，举坂荡漾在"溪光秋月两相知，潭面无风镜未磨"中。

夜里，热情纯朴的村民听说妻子回到举坂，纷纷前来看望我们，在频繁的推杯换盏后，不知不觉中两大壶米酒见底了，个个已是"桑柘影斜酒席散，家家扶得醉人归"。带着几分醉意靠在窗前，窗外秋月披着一袭如水的霓裳在老树枯藤间轻歌曼舞，小巷深处隐隐约约传来酒醋声，将举坂的夜醉在无边的月色里。

也许不忍拂逆秋月的邀请，我起身踏上有些幽冷的小径。深夜的秋风执着展示季节的魅力，不断摇晃一扇扇虚掩的柴门，柴门前都堆满了番薯和柴火，可谁也不担心东西丢失。身处民风如此纯朴的村落，我没有理由拒绝岁月的馈赠。在这样的夜里，我把举坂的一山一水、一草一木装进记

忆的行囊，不论今后脚下路有多长，生活还有多少磨难，我都将珍藏这份
感激和难忘，坦然面对人生的风风雨雨。

英山三章 ▌

仙岩洞

仙岩洞，你高高屹立于仙峰山巅，如同你的美丽传说一样令人心驰神往，那一块块巨石垒成的奇峰，若不是大自然的鬼斧神工，又如何成就一个个朝圣的宝洞，汇聚千万膜拜的眼神。

当年，缪侯姑嫂得道升天的脚印，被风雨星辰点化成过往流年的精灵，清晰地镌刻在凸起的巨石上。穿行于姑嫂惊鸿一瞥的山山水水，那些鲜活水灵的故事如风起云涌的雾岚，越过交溪，飘过山巅，缠绕在英山的上空，最后站成一处绝唱的风景。

曾经一路风尘，只为求得一处安生处所。当茅草屋遮挡住所有的欲望，生活的磨难却成了修炼的信念，南岭的风雨洗却过往的富贵与烟云，在这里意外收获了一片山水，一方晴空。于是，在艰难苦涩的岁月里，姑嫂用质朴的孝善仁爱种花、种树、种庄稼、种光阴，种出一片浅笑的烟雨所在，种成一处与草木相安、如叶之淡泊的静美醇香之地。

古炮楼

四方古炮楼矗立在村庄的险要处，伫立在百年静好岁月的时光里。你是村庄最忠实的守护者，不需要任何理由，你怀揣低到尘埃的爱，在崖壁的沧海桑田里孕育感情，守望清风明月，带着芬芳四溢的没有止境的奢望，在相思中入睡，在相思中醒来。

岁月在你的容颜刻上沧桑的印记，村庄当年瞭望的眼神，一个不经意成了鸟儿约会的场所。曾经明月装饰的风景，如今装饰村庄的梦。选一明月朗照的日子，静静依靠你温热的胴体，枕着古道渐行渐远的脚步声入眠，那硝烟缭绕的场景总会在梦境里闪现，还有关于你里里外外的是是非非。虽然岁月带走了那些年那些事，你也渐渐退出防御的舞台，但这些过往总会在某个风轻云淡的日子，悄然荡漾在村庄的清风与明月里。

我不知道是村庄的幸运，还是你的多情。你如一本线装古书，后来人无数次打开，又无数次合上；你如峭壁上孤独绽放的野百合，造访者无数次流连，又无数次折返；你如一位从容淡定的长者，教人读懂岁月沉淀后的宁静与透彻；你是村庄最初的恋人，用最长情的告白，用最温馨的回忆照亮村庄，陪村庄优雅自信地老去，让你和村庄成为彼此的天堂。

我喜欢静静品读炮楼，常常被萧条孤独感染，总没来由感慨你的落寞与冷清。随着年龄渐长，才发现你别样的味道，不论世事如何沧桑，也不管朝风夕雨如何侵淋，你用遗世独立的姿态，在山色空蒙里，在清风明月中，以时间为钓竿，以空间为鱼饵，钓几两风花雪月，煮一锅人间烟火，让后人细细品尝回味。

四方古炮楼，你是村庄的脊梁，挺起的是希望与未来；四方古炮楼，你是村庄的符号，延续的是文化与自信。春已至，花开了，我们迎着时代的朝霞来了。

崖　壁

崖壁是村庄的眉毛，长满村庄的故事，连同年复一年的藤蔓，让村庄在寂静的年轮中露出卸妆后的真实与憨态。一面面崖壁与四季相伴，为村庄带来十指相扣的温暖。那崖壁上的每一块石头都是村庄的一段青春，让我们读懂：生活不是上帝的诗篇，而是凡人的欢笑和眼泪。

如果崖壁是一面面镜子，那一条条石铺小径就是一个个镜框，而那崖壁上的房子就是一个个小灯笼。无数个镜框将镜子灯笼连成串，悬挂在村庄的门楣，恍若风起云涌的风铃，惊起少男少女的一帘幽梦。如果崖壁是一本本打开的书卷，那一条条石铺小径就是卷轴，而那崖壁上的房子就是书卷的字眼。我们应该庆幸，高山流水还在，书卷字眼还活着，明月清风也还清醒，让我们的目光和心灵还有一片栖息的原乡，让我们的笔也有最动情的触点，我们还可以喝着酒，踩着文人的节拍，舞出一片诗的意境。

曾经无数个黄昏和早晨，站在村庄的脊梁，等待着崖壁的清醒和睡眠。我想，崖壁或许就是村庄的行囊，行囊中是一颗被人爱过也抛弃过的心，除了一些简单的爱恨，剩下的便是民俗和文化，还有长在石缝中百听不厌的方言。面对崖壁，你会觉得我们所经历的挫折或磨难是那么的轻，轻得就像月亮旁边丝丝缕缕的浮云；我们所拥有的岁月又是那么的静美，美得就像少女梨花带雨的泪水，不仅浇红了樱桃，染绿了芭蕉，还浸润了这一方崖壁，让人产生一份身在红尘之外的沉静与释然。

仙岩顶

一

一片茶园，剪一片白云枕眠，在宋曲落入水湄的清凉中逐渐丰盈；一个希冀，邀半轮明月赏茶，在水墨千山的留白处惦念。

卉木萋萋的春日，放足仙岩顶寻觅片语只言。独怜幽草的潺潺小涧，将飘飞的思绪漫卷。落英缤纷的南岭小亭，已没有来去匆匆的步履，曾经的古官道只剩下疏影摇曳。

倚栏相望，望穿了春水，竟是一袭长袖摇曳着似水流年的传说，却倾泻了我一地的心事。震撼于仙岩顶神采飞扬的跌落，迷醉于这山与茶、人与自然、天与地的和谐。

山给茶乐土，茶为山画图。山高茶香的濡养，山欢茶笑的呼应，犹如流年的焰火惊艳了今日的眼眸。

娇艳的花朵在手舞足蹈，苍翠的灌木昂扬起生命的脉动。斑斓的蝴蝶上下翻旋于花丛中，恣意贪恋花蕊的芬芳，陶醉得浑身颤抖。

缥缥缈缈的云雾从交溪一路慢悠悠散步而来，把远山藏进静谧的水墨深处，给她带来一帘琼瑶式的朦胧，让我看到云雾对茶园的洗礼。

这一方山水画卷仿如艺术的诉说，渲染着生命的指向，指点着脚板的迷津。

山巅无人风逍遥，茶园稀声虫当家。在这里，生态自然与茶园相融相生，正唱着盈握清欢的歌谣，走进寻常百姓家。

天道精微，而仙岩手中已然转动钥匙，徐徐开启绿水青山的大幕，演绎金山银山的剧本。

会商清风，羁绊云雾。一片茶园，扎下根，将理想与现实紧紧相拥。

二

这里环境清幽。粗颗粒质感的画面将河流、峡谷、连绵的群山在浓烈的底色上逐一铺展，线条起伏有致，阳光给这里带上一丝宁静的温情。

这里曾是缪侯姑嫂羽化升天的地方，也是缪侯姑嫂结庐种茶布施茶水的故地。它诠释了孝善感天的含义，呵护了宅心仁厚的朝阳。

这里也曾是王社草寇屯兵的营盘，一条芳草萋萋的古道挑起日夜兼程的思念。它囚禁了后人追随的步伐，绑架了三纲五常的伦理。

如今，乱石堆中，谁把缪侯姑嫂的仙位安放，谁把升天的脚印读成孝善的诗行，又是谁把虔诚的朝拜写成茶归自然的篇章？

站在仙岩顶，远岱如翠屏，近岭似绿嶂，群峰凝碧，层峦泛绿，恰似一波又一波绿色的涟漪，从仙岩顶向四面八方荡开去，染绿了一方天地。徐徐微风携香而来，迷了眉梢，醉了鼻翼，暖了心田。

漫步茶园，"云淡风读花，林静鸟谈天"的场景迎面扑来，片片茶叶舒展而灵动，潺潺流淌着孝善亲情。在这里，优美的词曲如杜鹃开出的花朵，芬芳清香着禁锢不住的才情。手工针黹细致绵密，针针线线连缀着优雅和从容。

在这里，我把柔曼的花开与茶园联系在一起。那一丛丛燃烧着的杜鹃正如火如荼，烛照山峦。那一株株吐绿冒尖的芽针正顶开季节的门窗，点缀生活的底色。

在这座山峰，我无数次地探问：蜿蜒巍峨的山脉为何有一个仙气飘飘的命名？"仙岩"，可是那些造访者的梦想，可是普罗米修斯对人间的馈赠？

三

遏制水泥攀爬的欲望，不使它遮挡了青山的容颜，让葱绿秀拔的山峰拥有傲然挺立的自信。

勒住拉套农业的辔头，把牛羊怡然放养于南山，让绿树永葆她的明眸。

合体的绿装，是经年的衣裳。一簇买不来的青山，永远长在金钱的背面。

如笑的仙岩，是云雾的故乡。我迈着自在的步履来亲你的额头，亲你装着渴念的额头下的浓眉和长睫。

一条通往仙岩，通往心中桃源的山道，通往不知有汉无论魏晋的时空。

拖着云雾，扛着兴奋，闻着芬芳，我们指点着他们——那些匍匐在大地上，披戴着青山的蓑衣斗笠，或采茶或除草的忙碌身影。

他们看着我们——迢递而来逐绿而行，顶着五谷不分的躯壳，或自拍或自恋的漂浮脚步，和风景融为一体。

"不足为外人道也"，道别时他们的叮嘱道出了敬畏自然、怡然自乐、自赏自珍的心态。

然而，谁能守口如瓶？岩韵白茶的清香正围拢着一个振兴的梦境，仙岩岭的崎岖小径正变成康庄大道，这早已是人尽皆知的秘密。

在一盏茶香中挥别，那些文字里相依相知的岁月早已被光阴打上了倾心的印迹，温暖了仙岩顶最美的风景。

一个被风吹老的村庄

很少有人知道，在柘荣县的英山乡还有一个名叫凤其岗的村落。我不知道应该高兴，还是悲伤。高兴，村庄还能以自在散淡的姿态生存下去；悲伤，村庄只能以这种方式继续孤独直至终老消失。

对于柘荣这块熟悉的土地，我自认为基本走遍了每一个村落，尤其是工作十五年之久的英山。再次走进村庄之前，我正过着静待花开的诗意生活，每天执着自己脚下的路，努力做一个简单真实的自己。也许是怀旧使然，也许是自私所致，在一个毫无准备的周末，我贸然闯进了这个久违的村落。虽然早有心理准备，但眼前萧条冷落的景象，还是让我猝不及防。

黄色的墙体，灰黑的砖瓦，或斜或倒的檐椽，被风吹了一遍，又吹了一遍。苍凉的意象，单调的色泽，如同刚从罗布泊的楼兰吹刮到了闽浙交界的山坡上。她们没有过多的奢望，只为与心相安，与风相爱，与土相亲，与山相近，与绿相拥。这里没有成片的房屋，只有七八座，凌乱长在山脊的背面，堵在风与雨私奔的路上，守在云与雾缠绵的山冈，站在星与月对望的苍穹下。

我一眼就能数清房屋的数量，但我无法读懂房屋排列的智慧。也许对于这样偏僻的山村而言，没有那么多的讲究，能看得见水，靠得近山，就是最好的风水。房屋的大小格局并不重要，只要能遮风挡雨，便是一个温暖的家。而在我眼里，她们仿佛经历了几个世纪，风过村庄，吹老了房屋，吹碎了瓦片，吹落了墙体，还有村口的柳杉吹成仙风道骨。风背着村庄的昨天赶追明天，让时间在村庄身上刻下或浅或深的痕迹。也许风不知道，不是生活过于刻薄，而是外面的世界太精彩了，或许有一天，村庄将幸福地死去，抑或幸运地活下来。

凤其岗村很小，小到一眼就能看到边。因为每座房屋间隔距离宽，没了小巷深几许的遐想，也断了油纸伞下丁香花的念想。把自己一个人扔在小径上，除了两只昏昏欲睡的狗，一群好奇啼叫的鸡，连停在树上的鸟儿都懒得理我。村庄静得有些沉闷，只有不知来自何处的风，肆无忌惮穿堂过户，徐徐吹走了贪婪的呼吸声和悠闲的脚步声，似乎昭示村庄还有生命的迹象。

曾几何时，这里也有墙外行人，墙里佳人笑。如今，这一切被风吹得物是人非。孤零站立的墙体耷拉着无望的眼神，裸露的身段似被岁月抽筋剥骨，这一刻心碎的疼痛与无奈改变不了墙体对时间的茫然。墙边葱绿的苔藓爬满墙体的沟壑，随风的节奏和墙体戏谑陪伴。松动的屋檐下，一只老迈的蜘蛛被风嬉戏后，正窥视一个孤独造访者的黯然神伤。

磨平的门槛上坐着一位老妇人，阳光透过瓦片的缝隙，将一缕光线洒在她褶皱的老脸上，两扇如她一样苍老的门上挂着一把生锈的锁，与破败的土墙相依为命。透过大门，能清楚看到屋内破败的桌凳和房梁，被风吹破的日子更加残败。她一点都不在意闯入者，在她的世界里，也许闯入者还不如风，风吹过了，还会再回来，而人走了就永不再来了。

沿着墙脚往上走，我遇到一个挂着拐杖，提着竹篓，朝村口张望的老妇人。她告诉我，她今年已经七十五岁了，村里没有了学校，儿子儿媳为了孙子读书，十几年前就到城里打工。那时，她曾跟随孩子进城，三代人蜗居在十几平方米的搭盖房里，守着煤气灶数日子，见不到熟悉的人和地，闻不到熟悉的味道，生活过得没滋没味。于是，她不顾孩子的挽留，独自一个人逃回了家。

她说，城里的楼再高，路再宽，灯再亮，似乎离自己很远。住惯了破旧土墙房，过惯了日出而作的生活，每天能看到老面孔，心里踏实舒坦。何况山上还有几亩茶园，眼瞅着茶园荒了，心疼可惜。说完，她迈着颤巍巍的脚步，像喝醉酒的风晃向山冈。

风其岗村不过二三十户人家，还不到百来人，村里能走动的都外出务工了，剩下几个能喘气的留守老人，为几十颗牙齿在坚守。在这里，他们不奢求寿命的长度，也不在乎牙齿的颗数，他们知道，孩子们出去后，不会再回来了，活着一天就守在村庄一天，一如锈入时间深处的大门铁锁，成了一种摆设，不是为了防盗，只是为了锁住过往。

也许这是我最后一次走进风其岗，终有一天这些老人都会消失，正如村庄风化的旧墙体。也许我的到来注定是孤独的，一如一个村庄留守老人的孤独。村庄连接外面的水泥路，连接的仅仅是一个冰冷的地名，却无法连通留守老人孤独的心。在风起云涌的时代潮流中，诸如风其岗这样的村庄，以及村庄留守的老人，他们脆弱得如一张封存了百年的老纸。

风带着思念的泪水，一遍又一遍吹哭了村庄，吹走了老人，吹塌了墙体。风还会以孤独的姿态安慰墙体的寂寞，可谁来安慰老人的寂寞，又有谁来修缮村庄的故事？我放弃车辆的邀请，从一条杂草淹没的山路返回。都说没有对比就没有伤害，现实的反差让我这个从黄土屋中走出的孩子陷入深深的沉默。

几个老人也许并不孤独，他们生在深山，长在深山，老在深山，最后埋进深山。他们每天吹着风，晒着太阳，牵绕着过往的人和事，但远在他乡的孩子无法也无暇顾及他们苍老疲惫的声音。我不知道还有多少类似风其岗的村庄，它们像是被风吹走了八千里，而归期无从问起。我想，既然村庄别无选择，也许随缘就是最好的选择！

遗落的村庄 ▮

余秋雨在《千年一叹》中曾说过，世上有两种文明，一种选择喧嚣，另一种选择了寂静和清幽。现在的王社无疑属于后者，它在村庄和村庄的居民跌宕变迁中，留守这份寂静与清幽，任凭花开花落，云卷云舒，在岁月积淀中优雅自信地老去。

渡　口

渡口依旧，不小心被渡船撞了一下，痛得直不起岁月的腰，便一头埋进萋萋荒草中，让年迈的渡船至今找不着家。村庄睁着浑浊的眼，日夜守望星星渔火下熟悉而又温馨的脚步，它不明白，是村庄遗弃了交溪，还是交溪拒绝了渡口的爱情，曾经缠绵悱恻的岁月，如今轻似落叶，随着流水走向诗与远方。

怀念如米酒的醇香，总在细雨纷飞的时节，氤氲于交溪淡淡的水雾里。远处一篙竹排从将军潭顺流而下，天色些许空蒙，雨丝愁悒飘舞，青箬笠渡口牵着西风，仿若迟暮的美人在静静等待暮雨中的绿蓑衣恋人。溪边的黄昏，谁家牧童悠扬的笛声徐徐飘向渡口，愁煞满船过客，惊飞林中栖息的鸟儿。

"问君何能尔，心远地自偏。"当年南来北往的脚步将地偏的渡口踩成心远的闹市，那些过往的繁华已随同渡口的青石板深深埋进村庄的记忆里。但我终究是渡口的过客，即使彼岸有袅袅炊烟，然而没有一缕为我飘香。

站在渡口，渡船如村庄破败的老屋，懒洋洋地横在三月的沙滩上。清风徐来，空气里有五颜六色的香甜，轻轻挥去渡口一尺华丽，三寸忧伤，顺手拈一朵情花，呷一口词香，拽着错过的记忆，小小渡口就有了生命。

南 岭

"南岭南到天，北岭走三年。"交溪从南北岭山脚穿行而过，两岭隔溪相望，隶属两个不同省份，南岭属福建柘荣管辖，北岭属浙江泰顺管辖。南北岭山脚各有一个村庄，南岭山脚的村庄便是王社村，而北岭山脚的村庄却名南岭尾村，常有不知情的过客，将南岭尾当成柘荣管辖的地界。这里俨然成了沈从文笔下的边城，只是当年的翠翠早已没了踪影，剩下忠厚的黄狗守候村庄的朝夕。

没人追问南岭的前世今生，似乎南岭就这么没来由长在山脊上。经过几百年脚板的磨砺，南岭的石阶灵性中蕴含温暖，沾满了汗水泪水的每一块石头，铺满叹息声吆喝声说笑声的每一级石阶，无不留下时间的脚步。记得曾经以默数石阶来打发攀爬南岭的枯燥，遗憾最终或迷惑于满眼翠绿，或迷情于十八弯。如今，站在南岭的脊梁，我终于明白：没有距离便少了那份思念，时光再美又怎比得上初见。

南岭岗如一根巨大的山柱，南岭沿着山柱的脊梁呈"S"形缠绕而上，站在北岭看，南岭如一条巨龙，静卧于苍莽丛林中。每次行走南岭，心里总会涌起奇妙的感觉，北岭蜿蜒于山腰，如大山乖巧的闺女，温婉文静又不乏妩媚，而南岭如调皮的后生，阳刚粗犷又不失活力，他们俨然就是一对情侣，共待花开花落，期许岁月静好。

南岭古官道送走曾经的风花雪月，也埋下了今天的思念种子。南岭是幸运的，虽然时间偷走了脚步，文明撕碎了乡愁，但它依然怀揣那份纯真。走在南岭，"繁华落尽见真淳"的快感浸透周身，让我明白走一处不如守一处的真谛。

王　社

一个长在溪边、挂在龙岗腰间的村庄，每一次走过你的身边，我都会产生莫名的痛感。

福温古道谢幕，曾经的繁华掩盖不了如今的沧桑。手抚见证时光来路的石墙，村庄在岁月的年轮中渐次厚重，在曾经的繁杂与喧嚣中，爬满深深浅浅、或浓或淡的印迹。

静静依靠散发淡淡霉味的老屋，倾听无声处的风尘落索，我渐渐明白，村庄如人生，也会有些许无奈，希望与失望、憧憬与彷徨一如老鹰岩的藤蔓，艰难爬过了，才知"一览众山小"；伤痛过了，才懂"立根原在破岩中"；犯傻犯错过了，才明了"人生天地间，忽如远行客"。

不知当年的村庄，是"王"家的驿站，抑或是王氏的小社。透过村庄龙岗、金椅石、将军潭、坐骑岩、上下营的名字背后，让你似乎闻到一种王者的气息。不知当年流霜月冷的西楼是否载得动南归的愁绪，独自且凭栏杆，风亦感伤，人亦彷徨。

村庄飘忽不定的云雾一如草寇沉湎的硝烟，望眼壁立千仞的青山沟壑，总有一些令人唏嘘的空白模糊你的视线和思维；南唐绕岭的脚步是否还在山谷里回响，旌旗猎猎的背影依稀活在若即若离的传说中。选一有风有雨的日子，约上枯藤老树昏鸦，一起陪村庄在陈年旧事里对酒当歌，折一竿含幽的清瘦竹当鱼竿，泛舟满溪醉意，却总也钓不上岁月的清醒。

时间是一把神奇的剪子，将王社修修剪剪，在交错的搭配中，有些对，有些不对。光阴如此漫长，在经历了数不清的风霜雨雪后，谁把村庄撕裂，一半留在交溪边，一半漂泊在异乡？

今夜，淅淅沥沥的春雨知性地敲打窗外。站在窗前默默听雨，视线穿越如黛的夜幕，穿过如织的雨帘，我将如卷轴的王社轻轻卷起，放在心灵的角落，让它沉潜，让它褪色，许我在这卷轴选一处宅院，择一处终老。

光影深处古民居 ▮

　　处暑后，风追求飘零的落叶，拒绝树的挽留；雨追随枯黄的面容，匍匐秋的旅途。空气在风雨的过滤下，清冽中不乏净爽，好像从古井中汲上来的水，甘甜又走心。天气，在季节的轮换中凉下来，静下来，沉下来，处处写满籽实充盈的质感。我用最初的方式，重温读山阅水，知性飘过的风雨一路相随，不仅老了季节，也渐渐老了曾经白衣飘飘的情怀。

　　曲曲幽径，一路稻香，醉了往来穿梭的秋风，也醉了我这过客，回忆如山岚漫卷我的思绪。记得三十多年前，我毕业分配到英山学区初中部任教，初次听闻官安这一地名，总觉得似乎隐藏着某些故事。此后，每次前往官安家访我都特别留意，渴望从家长的只言片语中了解它的过往，但疲于生活的家长根本无暇顾及我的好奇，有时哪怕敷衍，也带着不解和疑惑的眼神。就这样，无数次走过，又无数次擦肩而过，在柴米油盐的碰撞中，慢慢疏远了古民居。

　　如今，再次站在温热的土地上，老屋一如既往依靠在山的肩膀，山不离不弃牵着老屋的手，这份静静的和谐与孤寂似乎从未远离过视线，一如一生守望的恋人。据了解，官安古民居大都始建于清中晚期，主屋一般呈四扇或八扇布局，外墙大部分为青砖砌成的空斗墙，中间留有一道正门，正门两旁各放一扇侧门，正门用厚实杉木建造，上方雕刻花鸟虫鱼作为装饰。跨进大门便是天井，天井两旁是厢房，甬道连接正厅与大门，正厅呈透梁式结构，两旁为主卧，厅后两边是侧屋，连着侧屋各有一个厨房，中间一个小天井，建有水井或水槽。这种房子的格局讲究传统民居的对称严整，又有闽东山村古典民居的表达，沧桑中透露韵味，沉静中蕴含生机，它们沉默在大山深处，留住无边风月。

官安村共有六座古民居，其中三座最具代表性。新路头古民居以木雕见长，木刻窗花线条简洁，柱橼处的动物刀工匀称细腻，构图精美大气，透过木雕窗棂，依稀可以触摸到屋主人的雅趣与富足。后垱里的古民居，整体建筑以实用简洁为主，少了木雕的浮华，多了岁月的沉淀，一个个经过精心打磨的石柱子憨态可掬韵味十足，石柱上雕刻的花草树木隐隐约约让人感觉到屋主人的敦厚持家，它与古民居相映成趣，内敛无华又不失古朴庄重。

菊栏里的三堂厝由一座主屋和四座附属屋连成一体，构成一个建筑群，主屋共有12个天井，12间厨房，大小房间几十间，大厅五榴一列排开，可容纳一二百人居住。当年的三堂厝不论规模气势，还是风格造型，在方圆百里都排得上号，可惜部分附属房如今已倒塌，但遗址依然清晰可见。走进三堂厝，站在天井中央，抬头是四方湛蓝的天，俯首是光滑厚重的石板，与毗邻冰冷的钢筋混凝土相比，青砖青瓦的三堂厝多了一份生活的温情。这些古屋外表看似古朴敦实，内里却透露出端庄温良，散发出久远的家的味道，这味道穿过岁月的胸膛，从每个人最初的记忆中醒来。

每座古屋的大厅大都悬挂有匾额和对联，雄浑苍劲的字迹漫漶着古屋的过往。"天地无私为善自然获福，圣贤有教修身可以齐家""世间第一等好事无过读书，海内数十百名家皆由积德"。从这些对联中，你不难寻觅出章氏先人倡导崇善积德、耕读传家的家风祖训。在几百年的岁月里，不知有多少章氏子孙在这里接受人生的启蒙，又从这里出发，走出村庄土地的黄，走出老宅屋顶的青，走出巍巍群山的绿，走向四面八方，落地生根开枝散叶，不仅收获四季的绵香，也保存着澄澈味道里的那抹记忆。

古屋在岁月风雨中飘摇，曾经的繁华还沉醉在岁月的酒香里，那些落尘结丝的雕梁，爬满青苔的斑驳老墙，连同屋顶风霜刻下的伤口，犹如瘦弱的思念挂在村庄的门楣。那些没带走的老物件静静躺在角落，在古朴典雅中彰显着生命的期许。一缕阳光从屋顶缝隙洒落，将斑驳的余光滴在镂空的木雕上，在光影的作用下，增添了活力，挤干了沉闷。一股淡淡的木香混合霉味从东倒西歪的椽子间飘散出来，点化了嗅觉，刺痛了心扉。满地坠落的瓦砾碎成时光的音符，在风的谱成下，愁了心绪，伤了曲调。几根斜插在屋里的横档，用一种卑微的姿势续了根脉，美了颓废。

三五个耄耋老人坐在休闲广场的木亭子里，旁边放着一架老式袖珍"三用机"，一边有一句没一句聊着陈年旧事，一边听着本地方言评书，听到动情处，眼角隐约可见闪烁的泪花，偶尔还会随着剧情变化张嘴说上两句。不远处，几个老妇人靠在栏椅，有的手里拨拉着佛珠，有的戴着老花镜纳鞋底，她们似乎习惯了身边这种率性的演绎，除了嘟囔几句外，便又埋头忙各自的活。这种相知相契的寂寥，千金不换的逍遥，七分酿成了月光，三分埋入了地里，一声轻叹便是半个村庄。

天空下，逃脱不了被闲置厄运的古屋静静沉睡在村庄的怀抱中，过往的风流绵延在汩汩流淌的时光里，几许寂寞重叠在蛛网交织的屋檐处，还有畚箕与锄头、木桶与扁担，都层层叠叠，跌落在如梦的光影里，似乎从未远去。淡淡的忧伤，轻轻的孤独，连接古今一抹浮影，定格成结疤的往事。耕作中有书香，坚守中有向往，醉意中有从容，人间烟火炙烤出的这份宁静始终萦绕在官安古屋。

人生若只如初见，何事秋风悲古屋。也许每个人心中都有一座活在光影深处的古屋，那里珍藏着流年的曲折轮回，演绎着生命的悲喜跌宕。半遮半掩之间，含情脉脉浸润了青砖黛瓦，装点了诗情画意。古屋，如一本被遗忘的旧书，偶然翻到，便令你爱不释手；官安，是一个风华已逝的村庄，一旦去过，便让你念念不忘。正如所有的遇见都在路上，所有的风景都不过是你路过我，我路过你，庆幸的是，古屋灵魂还在，村庄心也未老。

寂静的远山

在英山工作生活了十五个年头，这里的山山水水、一草一木，每每想起总有剪不断理还乱的情愫滋生，总会无来由被这片山水牵绊。我一直固执认为，真正的英山藏在寂静的远山，藏在诗情画意的村落，藏在春天的百花和秋天的斑斓里，只要走进这片山水，便能从中读出几分沧桑与韵味。

周末，驱车前往英山乡岭头村，车在起伏的山峦间穿行，远处天衔接着山，山贴着天幕，片片朵朵形态万千的云或飘荡，或闲游，或低首浅吟，或引吭高歌。近处山脉相互枕藉着依偎着，匍匐在阳光里。沿途不时有村落闪入眼帘，村落的房舍大都依山傍林，门前田畴交错，丛林灌木围绕，林间片片簇簇各种不知名的花儿，满目葱茏，一片绚烂。这一切都给人一种不知身在何处，恍若蓦然从一片繁华喧闹坠入世外桃源的幻觉。唯有喇叭声激起一阵鸡鸣犬吠，这世间的噪音此刻此处听来竟是如此温馨。

崎岖颠簸中又拐过一道山路，一阵轻渺的鸟鸣声忽近忽远飘了过来。追随着渺渺的声音，几座高高低低、错落有致的房屋倏然铺展在我的眼前。群山巍峨环绕，古树参天挺拔，周边林竹茂密幽深，在这片郁郁葱葱悠远的大山深处，在葱翠山湾的怀抱里，在悠长久远的历史长河中，在一片远山的寂静中，岭头村就这样展现在我的眼前。苍翠的古树包裹着村庄，更添几分景致，夕阳的霞光透过树叶的缝隙，洒下斑驳的背影，四周林间初起的薄雾在霞光中静静流淌缭绕，几只鸡鸭在悠闲踱着方步。

走在爬满苔藓的小径，几只燕子飞过头顶，落在了前面不远的电线杆上。庄稼地沿山势分布，地里不知名的各种野花也许是不忍辜负美好春光，悄然吐蕾开放，与古朴的土墙青瓦构成一幅别样的风景。古树老得有点迟缓，与房舍交相呼应，传递出岁月隐忍间那份幽幽的款款深情，让你体会到一种久违的宁静与沉思。

在这里，在这片远离小城喧嚣的大山深处，在这可以随意走动自由呼吸的地方，你才能真正静下心来，在一片静谧中，闭目、屏气、凝神，让心随着袅袅炊烟，一丝丝，一缕缕，一点点，一片片，汲取着泥土混合青草的芳香；让飘飞的脚步踩在坚实的土地上，去梳理以往杂乱无序的思绪，去扶正灵魂被扭曲的枝蔓。

远处林荫下有一位年迈的老者坐在青石板上，褶皱的脸上爬满安详的微笑，身边的小狗正绕膝撒娇。闭目聆听，小草浅浅低语，鸟与树在窃窃耳语，蜂蝶在花间翩翩缠绵，灿烂的杜鹃在峭壁悬崖上豪迈誓言，清风在田野和竹林里自由飘荡，连澄澈的小涧也显得格外寂静空明，我行走的步伐不由自主再度停下来。

清风拂面，树影婆娑。依山而建的房舍敞开粗糙的胸怀，有些腐坏的椽梁在阳光照射下慵懒漫漶。静静地，我用一颗沉静自由干净的心，感受着这份犹如深谷幽兰般的岁月沉香，感受着岁月的吟咏，感受着乡愁的真谛所在。

对于从未到过这么偏远山村的人来说，山村常常是闭塞落后的代名词，而在这样的山村生活也必然是枯燥乏味的。我信步走进一户农家，我看到了电视机，看到了燃气灶，看到了洗衣机，看到了电饭煲，还有上年纪的女主人手里拿着手机，一边与在外的亲人聊天，一边在厨房忙碌着。看到我这不速之客，她没有丝毫惊讶，一边搬凳子热情招呼我，一边递上一杯温热的茶水。我环顾四围有点发黑的厨房，锅灶正散发出热气，还有墙角一只打盹的猫咪，让我感受到一份寻常人家的烟火气息。

我好奇地问老妇人，村里怎么看不到人影，而家家的房门都没上锁。看我满脸疑惑，老妇人笑了笑答道，前些年太子参行情好的时候，村里非常热闹，这几年年轻一辈为了子女教育举家迁往城里，现在村中还不到三五十个人，而且都是与她年纪相仿又舍不得离开故土的老人。这么偏僻的山村，平常见不到外来人，连小偷也懒得光顾，还麻烦锁什么门，况且门不锁也方便猫咪小狗回来守家。猫咪仿佛听懂主人的话，喵喵叫着扑入老妇人的怀里，任老妇人梳理它的毛发。

老妇人的话出奇平静和淡然，让我有些猝不及防。也许这就是偏远山村的宿命，也是这一辈人最后的守望。城里虽大，却容不下他们的喜怒哀乐，只有生活一辈子的山村，才会以宽厚博大的胸怀接纳他们的蹒跚步履。他们像牛一样劳动，像土地一样给予，他们深知，心若没有栖息的地方，到哪里都是在流浪。

几座老厝隐在淡淡的雾霭中，几百年的老时光成了村庄青瓦上跳动的音符，每一片青瓦都散发出时光的况味，写满梦中田园的诱惑。在这里，每一声山高水长的叮咛都能长出许多的思念，每一次望眼欲穿的期盼都能拧出湿漉漉的泪花。村庄左手挽着见无炉的衣袖，右手牵着龙溪的杨柳，在这里的任何一处都可以安放青碧碧的灵魂。

看着老去的村庄，看着一群老人守着的家，那被岁月浸染着烟火的馨香依稀还在斑白的两鬓缭绕，一丝淡淡的留恋情愫在胸间缓缓生长，仿佛透着微微的凉意。也许往后只有从记忆中拣些残缺不全的碎片，才能拼凑成自己成长年代的那个乡村了，才能延续同那个看似黯然无光的年月的某种精神联系了。

斜阳外，寒鸦万点，绿树绕孤村。不知不觉，天色愈来愈暗，我驱车离开岭头。回首相望，苍茫天地，云雾缥缈。老妇人佝偻的身影渐渐模糊，一丘丘田畴在暮色中闪映着夕阳残存的余晖的流光，零星灯火在山间村落闪闪烁烁。

再回首，那片远山已朦胧，那片灯火却依旧。车窗外，树影绰绰，虫鸣声声，晚归的脚步终究抵不过岁月的陈酿，蹒跚中有些迟缓。那片寂静的远山由近及远，由远及近，不断在我脑海里晃动，而那片岁月的沉香却愈来愈浓。

英山风日

总喜欢周末到英山的乡村走走，这块土地不仅留下我懵懂的青春，也滋养丰富我的人生。尤其喜欢独自一人站在英山沉沉的夜幕下，守候着久违的空灵，守候着那份空灵带来的震颤与激荡。夜风在耳边轻拂，裹挟着山里草的清香、花的芬芳、树的湿润、羊的汗腥和牛粪的气味，从幽深的小巷摇曳着簇拥到身边。极目远眺，远处一抹橙红色在山巅微微一颤，然后被紧紧地锁在大山的外面。

走在绿荫阑珊的乡间小道，我贪婪地吞噬着大山的气息，试图清洗被浊气塞满了的肺，试图去聆听树的低语、鸟的欢叫、水的呢喃、山神的祝福。静静靠在石头边，闭目享受大自然的馈赠，不知不觉中竟睡着了，梦中仿佛看见自己化为一只活泼的鸟儿，在林间悠然飞旋。突然，一阵风惊扰了我的梦，梦醒了，便觉得身上轻松，心上也轻松了。不禁想到，昔日庄子梦为蝴蝶，可能就是在山野梦见的，梦醒后仍如蝴蝶一样自由。我想，孔子即便睡在大山深处也不会梦为蝴蝶，他只能梦见周公，梦醒后，应该是为礼崩乐坏而烦恼。

大山深处的傍晚有些决绝，刚才还是夕阳晕染，转眼间已是日薄西山。被绿色环抱的农家小院更使人如痴如醉。夕阳余晕透过层层枝叶撒在这土墙灰瓦的屋舍上，给它抹上一层黄灿灿的颜色，烟囱冒出缕缕炊烟。

几只燕子在空中掠过，地上鸡鸭在门前悠闲觅食。当最后一缕明霞隐去，放眼望去，整个村庄暮霭缭绕，零星灯火微微闪烁，忽明忽暗，烘托出一片祥和宁静的夜。

星星在天边伸着懒腰，一不小心从山坡跌碎，仿如耕者的汗水，更像希望的种子，一同播进了浪涌的土地，在风雨兼程的乡间田野，开出一首首嫩绿的小诗。远处，村民的脚板声铿锵荡漾在山谷的褶皱里，那一丘丘的山地便是山歌安放的地方。近处，锅碗瓢盆在妇人的巧手中奏响了呼儿唤女的曲调，缥缥缈缈在夜的门楣。疲惫滞缓夜晚串门的欲望，庄稼收成锁住所有的话题，门前石板爬满了家常桑麻的话语。有的散坐在自家的门前，或抽烟，或整理农具，有的埋头忙着别的什么。大家相互间的话不多，然而，这里同样散发人间烟火的味道，同样让人感受到浓浓的温馨。

山里人对山有一种天生的愁绪，他们生于斯，长于斯，到最后还要葬进山里。他们无法主宰与山相伴的命运，每一道山梁，对于他们而言，都是难以逾越的一个坎。但他们的生活又离不开山，因为他们习惯山的呼吸，听懂山的言语，了解山的脾气。他们喜欢山，因为山的博大与仁慈，山既可以涵纳苍天古木，也愿意收容遍野小草；山既孕育豺狼的凶吼，也滋养弱小的悲啸；有时山环抱双手，让流水变成溪潭；有时山裂开身躯，让瀑布倒挂前川；有时山舒展腰身，让沟壑变成溪涧。但不论世事如何变化，山总是谦卑地静立着，缄默地忍受着时间的风沙、辗转的痛苦和人类的恣意给它的挫折，这与世世代代坚守的村民何其相似，也许这就是他们对山割舍不下的原因。

山不仅丰裕了村民的物质生活，也充实了他们的精神世界。这里随便一块石头、一处深沟、一道山坎、一座山峰、一棵古树，无不浸染人文气息，这里的每寸土地都能长出大把的故事，而对于生长在这里的人们来讲，他们都可以不停地讲出许许多多的山神鬼怪的故事，每个故事都是一个希望，无数的希望汇聚成大山的图腾。三位将军因为草寇变成了三尊石像；狮子岗十八把金椅因堪舆先生毁于一旦；一块如鼓的石头夜里发出响声，震慑驱赶野兽；一棵古树为了治疗瘟疫挽救苍生，夜里托梦指点迷津……当你面对他们的时候，你一定会发现他们不是在对你讲故事，而更像是一种亲身经历的回忆，是不久前刚刚发生的。

更多的人们把祈盼当一种语言，而这里的人们更多地把祈盼当作一种行动、一种劳作。有位从事"盘古鞋"制作的近九十岁的老人，十几岁开始跟在别人后面学做盘古鞋，她做的盘古鞋不知被多少孩子穿过，也不知被卖到了多远，她却除了小城之外，再也没有离开过这个地方。如今的孩子再也不穿盘古鞋了，有些怀旧的人买它，仅仅是为了纪念和收藏，可她依然日复一日在忙碌，长年的劳作使她的躯干和手臂变了形，七十多年时光被一针一线纳入鞋底，又全部交织在她的脸和手上，而她那一双略显浑浊的眼睛依然闪烁着光芒，让你看不出丝毫的暮色。

一重山造就一重水，一重水养活一方人。在英山的各个村庄，只要你用心聆听，都会听到几乎是同一种声音讲述的近乎相同的故事，唱着曲调相近的山歌。听多了，听久了，那些沧桑向善的故事便有了形态、光彩和清香的味道。这些来自于土地又极富生活气息的故事，在每一个英山人的心间低回徘徊，相继冲撞融合为一体，随着傍晚的牧童短笛，随着交溪升腾的云雾扶摇而上，在连绵起伏的山峦间交融成山之魂，浓缩成村庄人对生态自然的敬畏之情，对乡村传统文化渐行渐远的声声叹息。

村庄到处如知己

村庄是一个固执的地方，流淌着岁月泛黄的回忆，洗刷着光阴的残渣细碎。我左手捧着村庄，右手握着文字，给自己一个写作的理由，将岁月打磨成人生枝头最美的花朵……

梦里仙山

每当听到仙山这一地名，心里总有一种欲望在躁动，那种云雾缥缈、峰峦叠翠的人间仙境，似乎一下子就揪住我的心。

其实，仙山于我而言并不陌生，我曾经步履匆匆涉足过，但在朦胧的记忆里没有留下特别深的印象。也许匆忙的脚步沾上太多世俗的声响，也许嘈杂的心境扰乱那份美景的清幽，我总与仙山擦心而过。

在一个细雨呢喃的初夏，我走进仙山，领略它的另一种风情。雨中的仙山犹如贵妃出浴，朦胧、脱俗、飘逸。身处其中，有一种超然出世的轻松和惬意，除了村外偶尔驶过的车辆的轰鸣惊扰这份宁静外，一切显得如此安然。

撑一把伞，走在仙山通往外界的悠悠小路上，古朴的小桥横在小涧上，桥下汩汩的细流踏着夏的节拍，在嶙峋的岩石上欢快跳跃。一片郁郁葱葱的灌木林将村庄紧紧拥入怀里，"鸟鸣山更幽"的意境豁然在眼前铺开。站在桥上，望着绵延的小路，仿佛还能听见当年仙山的先人踌躇满志走出大山的铿锵脚步声。

信步往回走，一条山涧如母亲的臂弯，村庄就像母亲臂弯里熟睡的婴儿，一切是那么安详宁静。生怕一不小心惊醒了她，我小心翼翼地沿着涧边往上走，小草如喝醉酒的村姑，含羞靠在大地母亲的怀里进入梦乡，小洞里的水清澈见底，捧上一把，有种透彻心扉的冰凉感觉，几尾鱼儿怡然自乐在水里穿梭，就像仙山的父老，没有了羁绊与约束，守着这一方山水，延续祖祖辈辈未了的梦。

穿过一个石拱门，手抚着布满苔藓的古城墙，走进年代久远的半片城，几条悠长的小巷就如半片城的血管，将分散的房子连在一起，村庄的房屋都是坐北朝南，背靠巍峨的大山。或许当年仙山的先人选择这里繁衍生息，就是看中这里的山水，山的雄浑、水的灵动在这里浑然成为一体。山在村民的眼里是最忠实可靠的伙伴，有了山生活就有了保障，只要勤劳山就是你取之不尽的宝库，而门前的轻缓灵动的水就是财富的象征，山因水而生动多彩，水因山而柔弱多情。

仙山，顾名思义就是神仙居住的地方，先人取这地名，也许是希望自己的后人可以如神仙一样过着衣食无忧的日子。从当年修建的古城墙，依稀可以看出仙山先人血液里流淌的文化基因，那种"绿树村边合，青山郭外斜"的家居环境，就是他们追求的清凉世界。我靠在湿滑的墙边，用心阅读每一块爬满村庄变迁印痕的石头，穿越每一条悠悠的小巷，用脚步读懂每一段不为人知的故事。迎面而来的古朴清风，就如绿色酝酿的千年老酒，让我醉在仙山无边的诗意里，那种"我心素已闲，仙川澹如此。请留山后处，坐观将已矣"的神往油然而生。

长寿前山

在一个乍暖还寒的早春周末，与一群文友相约走进前山。阴霾过后的阳光让人多了一份激动和期待，一路上倚墙或坐或立的老者成了前山一道特有的风景，悠闲与阳光爬满他们褶皱的脸，安详淡定一如门前的无花果。岁月如一把双刃剑，曾经的操劳与坚守换来的是今天生活上的富足，也馈赠给他们一个健康长寿的体魄与心态。

如果说龙溪是一条镶嵌在小城腰间的飘带，那么前山就是这飘带上一颗闪耀的珍珠。它与小城隔溪相望，少了一份城市的喧嚣与浮躁，又不失乡村的恬静淡美。它似一只俯卧的小狮子，背倚巍峨雄壮的东狮山，面对"半月沉江"的鳌鱼山，那"修竹千竿寒月当门摇琐碎，清溪一曲晴云绕户映空明"的意境，伴随声声晨钟暮鼓，不仅"滞虑洗孤清"，也涵养了一份"身外无他累"的淡定与从容。

对于前山的长寿，我早有耳闻，对其长寿的奥秘，我曾经也苦苦地追寻过，答案却在一次次不经意的散步中，有了"山重水复疑无路，柳暗花明又一村"的感觉。十年前，由于前山小区开发，我有幸成为前山新的居民，常在日落西山时分，与妻子漫步在阡陌交通的田间地头，陶醉在前山四季风光旖旎的田园诗意中。春天掬一汪绿意，笑看"三月残花落更开，小檐日日燕飞来"；夏天揽一弯月色，静听"昼出耘田夜绩麻，村庄儿女各当家"；秋天冲一杯香茗，远望"天阶夜色凉如水，坐看牵牛织女星"；
冬天温一壶小酒，憧憬"有梅无雪不精神，有雪无诗俗了人"。如果穿行于
前山的小巷深处，那一抹绿、一点红、一缕香，总会不经意飘进你的视线
里，让你无法拒绝，也不忍心拒绝。这种自然与家居的和谐渗入前山人的
骨髓里，这也许是前山人长寿的原因之一吧。

160

每每走在前山段的龙溪两岸，你总会与耄耋老农不期而遇。他们或躬
耕田间，或侍弄菜园，或忙活房前屋后，那蹒跚步履、佝偻背影，还有那
份劳作后的轻松与愉悦，写满了粗糙的双手。记得有一回我与妻子在河洋
散步，无意间碰到九十二岁高龄的一位老婆婆，她挥锄挖土劳作的一幕，
深深镶嵌在我的脑海中。善良的妻子放弃了散步，我负责帮助挖地，妻子
则与老婆婆一道放种苗。"人如机器，走走动动不容易生锈，我这把老骨
头还能活上些年头。"老婆婆这一句看似喃喃自语的话，却让我茅塞顿开。
如果说体勤可以益寿，舒筋可以活血的话，那么一向以勤劳著称的前山
人，也许从中收获的不仅仅是物质回报，更多更可喜的是一份健康长寿的
丰厚礼物吧。

俗话说："无穷岁月忙中乐，有味读书苦后甜。"这话用在前山再恰
当不过，前山先祖自迁居此地以来，历来以知书崇善立世，以子孙孝悌扬
名。当你步入黄氏宗祠，从两面墙上画满的二十四孝图中，你对前山先人
的孝悌就能窥见一斑了。而宗祠大厅正中的一幅"欲光门第还是读书积善
来，要好儿孙须从尊祖敬宗起"的对联，朴实的语言折射出了前山先人尊
书重善的真实一面。这种代代言传身教耳闻目染，不仅把文化的根脉深深
植入前山的每一寸土地，也养成了前山人"宽心豁达多读书，好学之人多
长寿"的秉性，而且还延续了一种书香浓厚、民风淳朴的和谐氛围。

前山因其特殊的地理位置，在风起云涌的市场经济大潮中，不仅分享
到改革发展带来的物质上的实惠，也享受到城镇化建设进程带来的精神上

的愉悦。走在前山的大地上，呼吸乡村特有的清新空气，穿行于窄窄的小巷，鸡犬相闻间疑是走进陶公的桃花源，闲散、淡泊、宁静爬满每一座院落。站在小狮山之巅，回望身后一丘丘的茶园，执着、知足一如前山的村民。当霓虹点亮仙屿的夜空，华彩装饰龙溪婀娜的身段，前山人在庆幸自己拥有一座精神后花园的同时，也明白了知足常乐这个道理，那道萦绕脑中"付出与回报"的命题，终于有了一个清晰的答案。

说到前山的长寿，不得不提起饮食这一话题。"白菜萝卜顿顿有，健康长寿跟着走"，这句话是对前山人日常生活的高度概括。前山拥有城里人梦寐以求的生活和劳作空间，种上几丘绿色小菜，既可以丰富餐桌，又让一家人吃得放心，还可以贴补家用。你用心观察就不难发现，前山家家户户的房前屋后都种有无花果。据说，前山从20世纪70年代末期开始引进无花果试种。无花果既可以美化家居环境，又有极高的药用价值，除了有健脾止泻、清肠除热、理气消食、止咳祛痰、消肿解毒的作用外，还是通经下乳的良药，而且它全身都是宝，果可药食两用，叶、枝、根还可入药。在无花果成熟的季节，每天顺手摘下几颗食用，也可以采上一篮子，神情悠闲加入赶集的队伍。这种神仙般的田园生活，前山人没有不长寿的理由。

前山，这个位于东狮山下、龙溪溪畔的村庄，正迎着"中国长寿之乡"的曙光，踏着乡村振兴的节拍，用平静、淡泊、知足抒写新的生活，用豪迈、激情开创发展新篇章，从他们慢节奏的脚步中，从他们怡然自得的神情中，你便读懂了呵护环境，珍惜每一个生命，开心过好每一天的含义。

健康长寿是人类亘古不变的追求。雄才伟略的秦始皇统一了六国，却驾驭不了生命的洪流；葛洪穷尽一生精力炼丹，最后却将遗憾留在了罗浮山。学会放下，懂得放手，尊重自然，善待生活，这是前山给我的感受，又何尝不是走向长寿的真谛。"相逢莫问留春术，淡泊宁静比药好"，健康如此，人生亦如此！

上泥的守望

走进上泥，源于《闽东日报》的一篇约稿文章。说出来你或许不信，在柘荣工作生活了近四十年的我从未到过上泥，甚至连上泥在哪个方向也从未认真留意过。为了完成约稿任务，周末我拉上对柘荣党史颇有研究的老杨同志，在乡村干部的陪同下，踏上前往上泥的路。车在蜿蜒的山间公路行驶，窗外苍翠欲滴的绿色，流水潺潺的小涧，知名或不知名的花儿一路相伴，不仅敞亮了心情，也消除了坐车的疲累。

曾经无数次在脑海里默默勾勒上泥的景象：几堵残垣断壁连着几片丛生杂草，几声蹒跚脚步牵着几个佝偻背影，间或鸡鸣犬吠，昭示村庄还活着。当车缓缓停在村委楼前，眼前的情景完全颠覆我的想象。村庄虽然不大，人口也不多，但人气似乎很旺，你丝毫感觉不到村庄的冷清衰败。站在村委楼前，仲夏的热情显得有些浓烈，温热干燥的风牵引着悠扬的云从白柘山巅飘过。村庄被满眼的绿色簇拥，房前屋后的原始次生林犹如绵延不绝的绿毯，顺着你的视线铺向远处的山峦，阳光透过树缝洒落点点斑驳，一如温热的指尖从我的脸颊轻轻滑过，一种从未有过的轻松惬意荡漾心间。

信步走向村口，站在古老的枫树下回望村庄，白柘山蜿蜒的山脉恍如弯曲的臂弯，将村庄搂抱在怀里，伸向村庄人家的每一根神经。不管是烽火连三月的过往，还是乡村振兴的新时代，白栎山都生长在村庄人的记忆中，她是村庄人的诗，也是村庄人的远方。那依山坳而建的民房一座挨着一座，清一色的青瓦土墙蕴含着远去的温热记忆和细节，还有永不妥协的坚忍和抗争。且看且行，灰瓦土墙的淡雅迎面而来，倒是不速之客的我似乎有点不解风情，风尘仆仆而来，显得有些唐突。漫步村中，一股诗词般的乡土气息荡开久违的思念，也许平平仄仄并不适合她的韵味，她的美渗透在自然的骨子里，如芙蕖不用雕琢，自有不食人间烟火、遗世而独立的质感。

寂静的村落，沉睡百年的容颜。蜿蜒曲折的小路默默掩去了多少坚强的泪水，撒落一地季节的芬芳。村前的池塘依旧清洌一泓，那微微泛起的粼光仿佛清脆的风铃在耳畔荡漾，勾起多少陈年旧事从眉梢掠过，又在村庄灰楼的某个角落结成蛛网。曾经的激情与壮志于阳光下饱满缠绵，曾经的执着与抗争于山水间凝练沉淀，曾经的热血与坦然于后人的浅笑回眸中摇曳生姿。在这块土地上更深地看懂风景，听清风滑过树梢的声音，听懂庄稼与土地的私语，还有时代发展留下的空隙，正是这些残缺的美丽让心灵可以透透气，让自己还能抱抱自己。

沿着村口的路往外走，层层梯田依山脊螺旋而下，田野很静，风并不慷慨。戴着斗笠弯腰劳作的农人，将每一滴汗珠都含在禾苗舒展的叶片上，炙热的阳光中和亲情的土壤连在一起，和蒸蒸日上的生活连在一起。田边生机勃勃的藤蔓爬满村庄的话语，怎么挡也挡不住后来人的豪情。那穿越崇山峻岭伸向山外有山的路，比父辈留下的嘱托还要深远绵长。随行的村支书告诉我，朝着村口的方向往前望，目光与山的尽头是海与日的故乡。我无法印证，也不愿印证，那是山里人对海的向往与憧憬，也是身处莽莽大山唯一可以安慰的坐标，我没有理由印证，因为我也是山里的孩子。

独立在骄阳下，树叶轻轻地摆动，微微带着些许明媚与忧伤，如水墨般的思念漂泊在时光的背后，摇落一季的惆怅。红色的思绪在草尖上跳跃，金色的阳光如锋利的琴弦，割破纤纤手指，把多情的目光刺伤。在这里，一声鸟鸣可以无端地惹笑满山的树，一阵犬吠可以斗急满村的鸡鸭，一阵风起，每一片树叶都会吟出一则则白茫茫虚飘飘的俚语。在这里，夏天如翻了又翻的书页，看了又看的花开，没有悱恻缠绵的情语，只在清浅的岁月里留下淡淡的体香。在这里，时光总是那样不急不躁，却洋溢着平稳的热烈；村民总是那样不想不怨，却透露着包容一切的淡定。

岁月嬗变，几十年悄然从上泥人的眼波里流过。弯曲小径不在了，老屋不在了，一片红色绕孤村的景象不在了，但它们却永远留在上泥人的记忆里。这里随便抓把土都渗透血迹，三尺厚的土地下埋藏着一段令人动容的历史。轻轻地撕下时间的纸片，炙热的阳光泼洒在草和庄稼的身上，带着血的气息。此时的村庄是寂静的，没有车的喧嚣，没有鸟的呼吸。突然感觉夏日的上泥就是一个天堂，一个唯有心灵可以抵达的天堂，它静静地沉睡在白柘山的怀里，似乎遥远得没有人可以抵达。山野上青葱的草和风就是天堂的舞者，风中穿行的是革命先烈低沉铿锵的旋律。歌和舞穿越时空，演绎成一个个触手可及的故事。也许，我的梦就在不经意间落在了上泥。

由于时间匆忙，我来不及实地走访红军渠、红军洞、埋人坑等革命遗址，但我从上泥村干部的深情回忆中，已深深感受到这片土地的温度。当我挥手告别村庄，一群鸟儿正欢呼着飞旋着钻入村后的密林里，幻化成游离浮动的光点。我想，一个流淌红色基因的村庄，一定拥有一个绿色的梦想；一个守望红色过往的村庄，一定拥有坚挺的脊梁。走在这片土地上，我有一种感觉，信仰并非海市蜃楼，它应该就如眼前的绿色，不仅生机盎然，而且鲜活亘远。

一水护村将绿绕

云起云飞，日出日落，又有几个年头没有去溪口走走了。近段时间每每站在窗外，望着层林尽染云淡风轻的东狮山，便会想起一水护村将绿绕的溪口，想去看看久违的炊烟渐起的村庄。溪口，依山傍水，既有枯藤老树昏鸦的想象，也有小桥流水人家的雅致，还有绵延竹海的浪漫，身临溪口温情的秋色中，一帘难以发芽的幽梦，也会长出翠绿翠绿的叶片。

走在玉山溪畔，一泓静静流淌的秋水犹如从《诗经》中逶迤而来。水清瘦，仿佛美人褪去了雍容的华服，换上了淡雅的素装。清冷秀逸的芦苇在浅水边轻轻摇曳，俯仰起合间沾满烟水气，丰盈浓浓的秋意。岸边芦花含羞而笑，将野地的清苦和宁静浓缩成亘古的沉默。永安桥的倩影在玉山溪的柔波中轻吟，弥漫满溪的旖旎风情恍若腼腆的淑女，飞扬中透着灵性之美，柔顺中隐含着媚态，她站立秋风中，吟诵采薇兼葭的篇章，歌咏明月汉关的诗句，让人忘了时间和惆怅，一如唐代戎昱的"野菊他乡酒，芦花满眼秋"。

踏着满地堆积的落叶，行走在秋风撵断的古道，拾起碎落一地的记忆。路旁沧桑的老树搀扶着颤颤巍巍的枯藤，伴着几声清脆的鸟鸣，拉长秋的背影。枝叶褪尽了青春的容颜，和着秋风的舞曲摇摇晃晃，一如微醺拄杖守望的老农。清幽的小草用心蘸满金黄的汁水，把端庄俊秀的正楷瞬间换成了龙飞凤舞的狂草，那暖暖的枯黄，犹如凡·高笔下的金黄，醒目动人，热情奔放。山坡上，竹林边，大路旁，悬崖峭壁间，野菊花随处可见，一丛丛、一簇簇生长在一起，点缀肃杀的秋，平添了几分生动。灰黄的云层，微凉的西风，伴随嘘寒问暖的炊烟，将溪口的深秋演绎成树树秋声，山山寒色。

一溪绿水皆春雨，两岸青山半夕阳。信步走在永安桥上，我仿佛看到六百多年前，溪口袁氏先祖海公一路向北，用脚步丈量着茫茫前路，用挺起的脊梁扛起生命之重。步履穿越千山万水，衣襟飘过清风明月的山林与田间，直到马匹驰入西风旷野的山东。面对那些风潇雨凄的山高水长，他只沉静于一抹浅笑，踏着一地的碎片走过来，豁然收获了一种与小桥流水人家截然不同的豪迈与骄傲。正是这种收获，使得溪口的欢乐不再一贫如洗。

都说，酒是一群人的孤单，旅途是一个人的孤单。当年，袁政心揣一缕光明，让孤单的行程有了生命；袁子卿守着"合茂智"茶馆，对南来北往的商旅发出"晚来天欲雪，可饮一杯无"的问候，让"橘红"走出一片天地。如今，也许村庄曾经的风物早已消失或改变了模样，但不变的是玉山溪氤氲弥漫的水雾，一样润湿了书中的老屋，画里的水乡。文字描述远不及眼见直观，水墨溪口里的老屋却真实得令人心醉。朴素、苍凉的村庄符号，让人对溪口多了一份遐想，对曾经的过往多了一份感慨。

田夫荷锄至，相见语依依。走在玉山溪旁整理一新的探花园，与一位荷锄的村民不期而遇，他停下脚步，对村庄过往如数家珍。相传宋末元初，朱姓人家最早在此聚居，一只天鹅飞到村后门的马脖岗，在田里产下了三枚巨蛋。一天，一位江西堪舆先生路过溪口，见天色不早，便借住马脖岗下的朱家。深夜天鹅发出咕咕的叫声，惊醒堪舆先生。第二天一早，堪舆先生告知朱姓人家，天鹅孵蛋会破坏村里风水，只要在田的下方建一瓷窑，每天开窑烧瓷，到时天鹅自然就飞走了。朱姓人家深信不疑，便召集族人开始建窑烧瓷。大概过了半年时间，在一个暮色苍茫的傍晚，一声巨响伴随天鹅的哀鸣，只见一个鹅蛋朝北飞向南广，一个朝东飞向磻溪，剩下一个从马脖岗滚落，瞬间没入朱家菜地里。若干年后，南广出了一位武状元，磻溪出了一位武榜眼，溪口出了一位武探花，自此以后，不知什么原因，朱姓族人渐渐搬离此地。对于传说的真伪，我不想也不愿过多探究，与其活在苍白清冷的山里，不如走在传说的故事中。因为，传说给了村庄生命，给了山厚重和沧桑，也给了后来人留下来的理由。

手抚爬满苔藓的古城墙，那一块块鹅卵石恍若岁月的精灵，见证了村庄的起起落落。我的脚步被厚重的古宗祠羁绊，"天赐纯瑕""望重成均""松筠柏操"等匾额记录着村庄的风雨过往。这些古桥、古城墙、古宗祠经过岁月的沉淀，穿越时空，成了与我相遇的经典。这些经典中有村庄最深沉的智慧，以及最有亲和力的温度。我想，也许有些事注定要被遗忘，也许有些人注定要被错过，正如风不会以同一种姿态掠过同一地方，但溪口人在这些经典中成就了自己穷理正心、修己安身之道。

"羁鸟恋旧林，池鱼思故渊。"当告老还乡的海公轻轻挥去一路迷离的风景，带着深沉的故土情结在溪口围墙筑城，不仅为了抵御水患和匪祸，更为了营造一方安身修心的净土。如今的溪口正心怀绿水青山的梦想，将生态红利一点点兑现给村民。溪口人坚信没有岁月静好，只有风雨兼程，他们深知命与其算，不如改；佛，与其信，不如修。

蒲头梯田

一

"一重山，两重山。山远天高烟水寒，相思枫叶丹。"当年南唐后主李煜面对清冷深秋的一声刺痛时光的哀叹，不仅留下怨秋的经典，也让我对秋多了一份憧憬。

每每在西风刷蓝天空，染黄野草的季节，我的脚步总经不住"一声梧叶一声秋，一点芭蕉一点愁"的诱惑，那个曾无数次想起，又无数次放下的名字，总在秋风乍起的夜晚，悄然爬上心坎。

清晨，站在第一缕阳光洗涤后的蒲头梯田，田野很静，风很轻盈，思绪随稻穗舞蹈，金灿灿的稻田却把多情的目光刺伤。走在梯田间，呼吸稻香和泥土香，温暖自心间流淌，愈走离心愈近。

梯田下晃动着的一顶顶斗笠，还有那斗笠下覆盖着的褶皱粗糙的脸，一如陶公的诗行，让你读懂岁月的沧桑。晨雾中，肩扛手提的老农赶着露水穿行于微笑的稻浪。在浪中，晨雾有些害羞，老农有点微醺，而我多了一份释然。

穿行松树林间，那从缝隙中洒落的阳光，犹如顽童在我的视线里跳跃。这些古松从时间的光中、从漫长的岁月中走来，经历了数不清的风雨雪后，依然枝繁叶茂屹立在村庄的四周，不仅见证了村庄历史的变迁，也记下了村庄岁月的过往。

走进梯田，仿若走进诗佛王维的世界，听凋萋林中滴下的鸟鸣声，看阳光移动青苔的背影，就如坐在流动的时间里，品尝"归来饱饭黄昏后，不脱蓑衣卧月明"的况味。

二

当若隐若现的村庄，一如犹抱琵琶半遮脸的含羞少妇，遁入山影与树影交相叠印的深处，刹那间遐想的空间被莫名的思绪占据，父辈口中的一重山一重人的哲理，在我眼前渐渐清晰。

当视线拽着思绪的风筝在层层梯田中游走，那缥缈的云雾将蒲头与天堂融为一体，在风的催情下，活了山村，醉了梯田。

一条条纵横交错的田埂将梯田打理得井然有序，有的似金龙戏珠，有的又像众星捧月。在村庄与梯田之间，羊肠小道如扁担，一头挑着梯田，一头挑着村庄，从昨天走到今天，走向村庄未知的明天。

不论白天或黑夜，总有厚实的脚板敲打着村庄与梯田的睡梦，那脚板是村庄生命的起点，而那稻浪翻滚的梯田，则是农人守望的梦想。

在村庄的臂弯里，暮色牵引着金黄，舒缓、柔情爬满蒲头宁静的峨眉。几缕炊烟飘过竹坞，几声鸡鸣犬吠散落村坊，农人晚归的脚步收拢起四周的光线，牧童的短笛抚平了满山的喧嚣。

涧草疏疏萤火光，山月朗朗翠竹长。翠竹拉长了蒲头的夜晚，萤火虫如山村夜的精灵，那一闪一闪的荧光，将村庄点缀得如痴如醉。山月朗照下，梯田如喝醉酒的村姑，睁着迷离醉眼，把我当成行吟的诗人。

170

三

梯田从山脚盘绕着直至山顶，层层叠叠，高低错落，偶尔缭绕的云雾，总让人产生梦里不知身是客的错觉。置身梯田，古松茂竹环绕山脚，涓涓溪水迂回东流。

一片梯田，无声，无影，无形，却把村庄站成最本真的姿态，留下一处灵魂可以安放的原乡。

茂林，流水，修竹，甚至是枯黄野草，以最纯真的告白守护着梯田，让我明白，在合适的时间遇见润肺养心的景，才能让彼此的相遇不留遗憾。

坐在夜色如水的梯田边等你，像有秋风从稻穗拂过，有诗句从山脊滚落，这些散乱的文字，犹如满地月光的碎片，任凭穷尽笔触，依然无法写出蒲头的诗篇。

静听，细看，遥想。在时间之外，在时间之内，你我曾是村庄放出的风筝，山路村弄是那根长长的线，一头连着渐行渐远的记忆，一头连着漂泊的漫旅，如果不常走就会成了断线的风筝，那就再也飞不高了。

四

一片梯田，纠缠着多少人旧日的情结。我想，蒲头的土地应该是黑色的，只有黑色的土地才是肥沃的，才能长出庄稼，结出故事。

漫步到稻穗弯腰喝水的地方，在梯田深处携带一截光阴，盈一抹领悟，你会发现，生活于我们，温暖，一直是一种牵引，轻回眸，处处别有洞天，云淡风轻。

蒲头的夜，来得似乎有些早，才擦黑就凉风习习，才转身就凝固了。

来不及挥手告别，车已行驶在蜿蜒的山路上，窗外偶尔闪过的灯火，总让我对"陶令不知何处去，桃花源里可耕田"产生了莫名的想往。

往后的日子也许村庄依旧，可梯田是否依然？夕阳下，曾经"暖暖远人村，依依墟里烟"的场景，不知还能在记忆里鲜活多久？

　　蒲头，这个似乎被遗忘的村庄却能流出诗意的泉水，活出自己独特的风景。在时间的指尖，只求一杯酒一轮明月，便让生活自在随意。

夜宿茶湾

茶湾村地处榴坪溪旁，位于老虎岗半山腰，自祖先落户以来，便流传有一首打油诗："茶湾，茶湾，五岗十三湾；眼看百米远，走上半天功；平地巴掌大，厝如挂灯盏；男娶老婆难，女嫁外村郎；一年十月饱，两月走他乡。"从诗中不难看出茶湾村的地理环境及群众生活状况，这是改革开放以前的事，如今的茶湾村早已是旧貌换新颜了。

在一个春意浓浓的周末，我又踏上茶湾这片土地。三月既是播种的季节，也是收获的时节，村庄氤氲在淡淡的茶香里。我独自走在村尾的风水林中，声声鸟鸣和着叮咚流水声时不时敲击我的耳膜。那高耸入云的松树，张开一双巨手，用绿色的胸怀迎接远方的客人。匍匐地上的灌木，悠闲享受点点洒落的阳光，枫树、野板栗、香樟、水杉等，和着风的节拍，轻轻扭动它们婀娜的身段。房前屋后毛竹环绕，桃李簇拥，杜鹃在山脚旮旯毫不掩饰自己的热情，用春天的颜色展示自己的魅力。梨树披着一袭白袍，宛如邻家待嫁的小妹，而不甘寂寞的桃树，喝着春风与暖阳酿造的美酒，那微醺的粉色，就像一位出水佳人。富有阳刚之气的毛竹，在春情的煽动下，抖落一身的春泥，或立山野，或站田间，或钻缝而出，或挤在灌木丛中，彰显生命的活力。

当夕阳西下，牧歌唱晚，袅袅炊烟次第升起时，沉寂一天的山村伴随铿锵的脚步声渐渐热闹起来，有的提着箩筐，有的挑着担子，有的背着竹篓，脸上荡漾着春一样的笑容。随着东家呼儿，西家唤女的声音响起，夜也拉上了薄薄的纱帘，村庄又进入一天最休闲的时段。许多吃完晚饭的村民，三三两两聚在村委楼的小广场上，话桑麻、说茶价、道东家。由于不胜酒力，几杯米酒下肚，我已有点不支，倚靠在二楼的走廊。缥缥缈缈的畲歌，跃过树林，跳过山涧，回荡在空旷的山野。远处的灯火把夜色越拉越浓，榴坪溪的流水，在夜里以咆哮的姿态释放特有的兴奋，村尾挺拔的松树，在月光的轻抚下，用自己的胸怀接纳风的馈赠。不知不觉中我也进入了梦乡。

不知何时我被一阵清香唤醒，看到我醒来了，在这里久候的几位老党员与我热情握手寒暄，没有虚假的套话，他们把我当作自己的家里人一样。一位老党员手里拿着一包自己加工的新茶叶，一定要我带回去尝尝，我不忍拒绝，因为我明白这一包茶叶的含义。手里拿着茶叶，五年前的一幕又出现在我的脑海中。当时福建省科技厅下派干部驻村，为了发展生产，选择在茶湾村种植推广金观音。刚开始群众不理解，一方面是群众想致富，但担心金观音市场价格波动，一方面是舍不得将已可以收成的旧茶叶品种进行改造。正在两难之际，我到这位老党员家里走访，希望他带头种植几亩，茶苗免费提供，每亩补助三百元。也许是我的诚心感动了他，他终于答应试种一亩。没想到当年的秋季金观音就可以打顶了，而且秋茶的价格一斤八元，是同期的旧品种茶叶价格的好多倍。这消息在村里炸开了锅，年底五十多户群众抢着预定茶苗，如今金观音成了该村群众的主要收入来源之一。

送走老党员和村民，已是夜深人静时分，我一个人走在公路上，除了狗叫声外，山村显得格外寂静。月光如母亲的手，轻轻抚摸大地的每一寸肌肤；风如孤独的舞者，在山巅、树梢、屋顶扭动它那婀娜的舞姿；夜莺如失眠的诗人，在黑夜里吟唱春的颂歌。我起身往回走，正好与来接我的村支书碰在一起，村支书告诉我，群众不善于表达，一包茶叶、几杯米酒虽然值不了几个钱，但包含他们深深的感激之情。

我也是农民的孩子，又何尝不知道他们的心意，他们可以用山一样的胸怀接纳你的不恭与错误，但他们不能用土地的诚实接受你的无为与虚假，他们善于用土地的哲理诠释生活中的一切，他们明白"知足常乐"这个理。所以，他们没有不切实际的要求，因为他们用自己坚实的脚板丈量人生的道路，路有多长，他们对生活的希望就有多长。

湾里的五月 ▎

有些事，总让你无法割舍；有些人，总让你无法忘却；有些经历，总在你的梦境里出现。曾经与湾里畲族村风雨同舟走过五年，期间历经的点点滴滴往事，就像村庄五月的细雨，时不时飘过我的天空；那些深深浅浅的脚印，虽然已被五月的雨季刷平洗净，但烙在心底的印记，却越来越清晰。

一

湾里的五月。

满村的绿色，笑弯了毛竹，压矮了樟树，仿佛地未老天未荒之前，就这么肆无忌惮地满山坡疯跑。

初次走进湾里的时候，正是"五月榴花照眼明"的季节。

那晚，我躺在四面透光的村委楼里，清晨被叽叽喳喳的鸟叫声催醒，睁开惺忪的睡眼，看到的是迎窗摇摆的绿色。隔着透明的玻璃窗，像画卷，像绿纱，像摩诘居士的南蓝田山麓。

靠在窗前，视线在层峦叠嶂的山峰外漂移，不远处彭马公路如一条飘带，从层层叠叠的山峦中飘来，蜿蜒缠绕村庄后，又恋恋不舍飘向他方。而村委楼后山上的成片茶园和玫瑰园，像易安居士的婉约词，像靖节先生的田园诗，总在风起云涌的五月，让人想起曾经失去的某些东西。

当阳光穿透绿色染就的雾纱，村庄立体的景致一览无遗呈现在你的眼前。一些不知名的小花点缀村庄通往交溪的小径，绿色在交溪的涟漪里荡漾，柔和的阳光在溪面上跳跃，犹如村庄顽皮的小孩。我想，此时如果笼罩一些云雾，交溪的涛声里一定还回响着岁月的低语，如果能下些小雨，交溪的桨声里一定还忽闪着晚归的渔火，就算是再阴霾晦暗的日子，这星星点点的渔火足以照亮村庄的夜空，温暖村庄的人们。

五月是村庄一年中最煽情的季节，喜怒哀乐写满村庄的上空，那没来由的雨，如同孩儿的脸，说来就来，没有前奏。此时阳光灿烂，一会儿就阴云笼罩。这雨就如村庄走亲的客人，来了又走，走了又来，似乎与村庄有着扯不断的渊源。

有时，雨一下就是三五天，淅淅沥沥，打湿了芭蕉，滴碎落红无数。持续不断的阴雨，像忧郁而又伤感的女子，总让人产生些许的不舍，也总让人忆起过往的一些尘事。而那些年在雨水里浸泡的日子，就像满山坡孤寂的野花，默默盛开，而后又静静凋谢。

最喜欢村庄雨落的黄昏，看橘色灯光温暖思念的情怀，隔着朦胧的烟雨细数心中的流年岁月。那雨还是沾衣欲湿的杏花雨，而风却已不是帘卷的西风。山上成片的茶叶抽长时光的背影，园中含苞的玫瑰和着雨滴侵入眉间，这雨滴如淡淡的惆怅，在朝朝暮暮的路上，不知为谁流下交溪去。

黄昏过后，应该就是夜晚了。雨夜没有月，自然也少了那份憧憬，但却很容易让我想起诗词做伴的那些夜晚。任凭绵绵细雨在窗外逍遥，七尺讲台成了挥洒岁月最温情的舞台，少了丝竹乱耳，没了案牍劳形，过着苦行僧的小日子，惬意地将他乡当故乡，这也许就是过往总比当下更加让人回味的原因吧！

雨一直下，容易使人产生视觉与情感的疲劳。但对于习惯孤灯下爬格子的人而言，浪漫的月夜过于矫情，远比不上这雨季来得缠绵。点燃一支烟，小酌几杯，带着迷离醉眼，看朦胧雨幕，那触景生情之处，便是多愁善感的人间，哪有比这更令人感到温暖的呢？

撑一把暖色调的雨伞，漫步弯弯曲曲的乡间小径上，听雨对伞的诉说，看花草对雨的眷恋。眼前这剪不断、理还乱的五月细雨，总觉得它像一面筛子，那些流下筛子的，便是诀别的过往，而留在筛子上的就是心中的那份牵挂。

玫瑰红陌上，香樟绿池边；翠鸟声声里，相思又一年。愿村庄的五月，千年百年，以这种任性，这份执着，这番绿意，一直这样温柔占据我的心扉。

二

五月的湾里，是一年之中最美的季节。

乍暖还寒之时，阡陌花香，娇媚的阳光踩着节气的步点，在农人断断续续的呼唤声里，催快了脚步，催发了花蕊。

五月的湾里，是一年之中最热闹的季节。

玫瑰绽放，茶园吐绿，毛竹葱郁。知性的细雨合着季节的旋律，在骤风疾雨般的犁耕锄舞里，耕绿了山坡，舞红了日子。

五月的湾里，是竹子尽情奔放的季节。

信步走在村里，房前屋后成了竹子的乐园。高挑的毛竹，谦逊听取土地的教诲；挺拔的雷竹，精神抖擞守护家园；宽叶的绿竹，默默绽放生命的色泽；低矮的杂竹，谦卑躲在山脚旮旯里，与不远处由竹子建成的门楼、吊脚楼、步行道、避雨亭等，浑然一体，相谐成趣。漫步其中细细品味，你就不难解读出竹子与畲族的密码。

"毛竹出泥节节老，做人几转少年时。"这是一首流传已久的畲族歌谣，毛竹不仅是畲族生产生活的必需品，也融入畲族同胞的血液中。走进湾里畲族博物馆，展现眼前的就是一篇篇毛竹无言的诗章。

也许是毛竹的生存环境与畲族的立地条件相似，也许是毛竹的生长过程与畲族秉承的为人处事原则相仿，也许是毛竹的无欲无求与畲族追求自然简单的生活相契合，也许什么都不是，仅仅是生存无奈的选择。

湾里五年的挂村，我常常被畲族群众知足常乐的生活态度、追求自然简单生活的率真人性所感动，不论是当年举村修路，还是如今的家园建设，他们从来没有提出过分的要求。这与他们作为民族图腾的凤凰何其相似。

据史料记载，凤凰其翼若干，其声若箫；不啄生虫，不折生草；不群居，不侣行；非梧桐不栖，非竹实不食，非醴泉不饮。凤凰远离尘嚣，遁居山野，追求生态自然，而湾里的祖祖辈辈就是秉承自然与人和谐相处的理念，用善良勤勉为民族图腾作最好的注脚。

三

我曾经在经度与纬度交织的时光中寻寻觅觅，那蓑衣遮盖下的深刻皱纹总让我惴惴不安。那黛烟朦胧的土地，总能把希望开满。那婉转的歌声，朝暮缭绕，唱醒了村庄。那略显笨拙的蝴蝶舞步，陶醉的是身心，诠释的是生活的真谛。

黄土泥浆的地，沾衣留香的风，如今全都钻进错落的竹楼里。站在村庄古树上搭建的风景台，视线随着玫瑰园的栈道铺开。从栈道两头走来的行人，一头连着村庄，一头走向阡陌。村庄有袅袅的炊烟，偶尔还夹杂几声鸡鸣犬吠，阡陌有新抽的芽针，深深草木，还有悠闲赏景的行人。

记忆里，这个一度封闭的畲族小村庄神秘得如山冈缭绕的云雾，看似有些失真，但又如此鲜活地在我的生命里跳跃。当各式花色的雨伞点缀村庄的山野，当婀娜的身姿犹如翩然而至的蝴蝶，轻轻从村庄的门楣掠过，款款飘向阡陌的寒烟深处，醉的何止是流年。

翠滴田畴，香飘津渡，桃源今在湾里处。作为湾里曾经的过客，自己轻微的脚步，一个不经意的停顿，便成了永恒，自己始料不及的遗憾，便成了岁月的印记。

现在的我已经离开这片土地，今日的阳光投下今日的影，寻不到一丝旧日的痕迹。当我扬起脸时，五月的雨渐渐飘过湾里的天空，而我的目光却在想望中无限跟随。

绿色湖头

"梦回人远许多愁，只在梨花风雨处。"离开楮坪一晃就是两年多，对这块土地有一种剪不断、理还乱的情结。每每在月上柳梢头时分，提起笔来想为它写些什么的时候，总觉得无从下笔，这种纠结与不安，常常扰得我寝食难安。也许是对它太过熟悉，也许是太想把心中的那份感受写出来，因而思维常在患得患失中搁浅。

在一个阳光明媚的周末，带着对这块土地的敬重与不舍，我悄悄走进了湖头。如果说柘荣的自然生态是一个园林的话，那湖头的自然风光就是一个小巧玲珑的精致盆景。它似不修边幅的隐者，自然温和中不失贲张的野性，它又像深藏闺中的小家碧玉，纯朴宁静中又不乏妩媚与活力，它如温润的璞玉，未经雕琢依然光芒四射。轻轻的脚步，踩着春的韵律，涌动的情怀，和着诗意的节拍，我用手抚摸阳光的脊梁，让思绪爬满木笔树的枝丫，在这样的季节与湖头相约。

六百多年前，湖头的先祖逢溪架桥，遇山开路，一路自北而来。也许是这方山水冥冥之中的呼唤，也许是骨髓里流淌着绿色基因的执着，湖头先人最终选择了这里繁衍生息。地无三尺平，房如挂壁灯，看似不怎么适合居家的地方，在一代又一代湖头人的用心经营下，倒成了另样风景。这里是绿色的天堂，什么树都可以肆意挥洒自己的激情，什么草都可以找到自己生存的空间，绿色写满湖头的脸颊，爽朗的笑声跳跃着绿色的音符，湖头的春天以各种不同的方式，大胆泼辣展现自己婀娜的身姿。

信步沿着小山涧走去，"水至清则无鱼"这句话似乎并不适合湖头。那涓涓细流仿佛被绿色染过，几尾不知名的鱼儿在嶙峋的岩石缝隙间捉迷藏，悠闲而不失淘气。水里氤氲着淡淡的绿意，还有泥土混合着花儿的清香，弥漫在微微润湿的空气里。走在杂草丛生的小涧边，那临崖绽放的杜鹃，雀跃枝头的鸟儿，还有满眼郁郁葱葱的青松，绿色在这里肆无忌惮地铺展，生命在这里以另类方式延伸。闭上眼睛，静静靠在岩壁上，听鸟鸣声声，那种"独怜幽草涧边生，上有黄鹂深树鸣"的意境，在你无限的想象空间里演绎。

如果说绿色是大自然送给湖头人的礼物，那么善于经营绿色，勤于耕耘绿色，用心保护绿色，便是湖头人回报自然、感恩自然的一种表现方式。走在湖头主村的公路上，映入眼帘的都是绿色，村民的房前屋后被知名或不知名的植物簇拥，连窄小的路肩也被红花檵木等占满。随行的村支书告诉我，绿色是湖头的生命线，也是湖头的优势所在，经营绿色也许经济效益见效比较慢，但能换来一方山青水绿，一份清新灿烂，更重要的是树立了一种绿色理念。

村支书看似一番轻描淡写的陈述却让我豁然开朗，也打开我记忆的阀门。记得，那是2008年的秋冬季节，由于与湖头相连的山林发生火灾，火势随时会蔓延到湖头的地界，乡里接到火险报告后，我们组织干部第一时间赶到了着火的山头，山上闻讯赶来的湖头村民已在清理隔火带，村里妇女小孩倾村而出，自发加入送水送食的队伍，那种举村投入救火的场景，至今深深刻在我的脑海里。正是这种视绿色如生命的情怀，持之以恒追求绿色的精神，才有了湖头生态和谐、生机盎然的清凉世界。

"为君醉绿劝斜阳，且向湖头留晚照。"酒不醉人，人自醉。当挥手告别湖头的时候，我发现一群绿色的精灵憨态可掬地飘舞在湖头的上空，连同我一起醉倒在绵绵的绿色里。我想，一个热爱绿色的村庄一定热爱生命和生活，其坚韧与顽强一如春风吹又生的野草，永远充满活力与生机。湖头人一代接一代的精心经营，收获的不仅是绿色富足的生活，还有一座四季常绿的精神家园。

"水满田畴稻叶齐，日光穿树晓烟低。黄莺也爱新凉好，飞过青山影里啼。"湖头人正迎着冉冉升起的旭日，在这块世代耕耘的土地上，用绿色抒写精彩，用朴实建设山清、水绿、天蓝、人和的家园，我衷心祝愿湖头的春色一年更比一年好！

家住前山

柘荣是一座"慢"城，少了大都市的那份浮躁与繁华，多了一份山区小县特有的宁静与安详。身处其中，舒缓与惬意时常无来由地漫过周身的每一个毛孔。也许正是这样的"慢"节奏，养成了小城人知足常乐的秉性，也成就了小城"长寿之乡"的美誉。

我常在晚饭后，漫步在龙溪两岸，仰望东狮山，感受它的巍峨雄浑，闲庭信步，静观杨柳婀娜的舞步，时不时停下脚步，看人与鱼嬉戏的一幕。"龙溪流过柳城中，空水澄鲜一色秋"的景致，常常让我忘了今夕是何夕。尤其在初秋的夜晚，沐浴习习的凉风，独自一人靠在彩虹桥旁，品味"天阶夜色凉如水，卧看牵牛织女星"的小城韵味，那种恬然与舒适令我无法把持。

说起小城，仙屿公园最具地标色彩，那突兀而起的"鳌头一岛"，让你不得不感慨造物的神奇。在郁郁葱葱的参天古树映衬下，一座始建于元至正年间，明崇祯十四年（1641年）重建，现为清代重修建筑的仙屿庙，若隐若现地矗立在山巅。庙中供奉着恩泽一方的马仙娘娘，它是小城人的"精神蒲团"。站在庙前，眼前霓虹闪烁，树影婆娑，摩肩接踵的人流将仙屿公园变成欢乐的海洋。我想，与其说当年选择这儿建马仙庙是机缘巧合，不如说后人在这儿建公园是英明决策，现代文明与历史文化在这里无声交汇，这也许是小城人用另外一种方式回报心中的女神吧！

顺着台阶往下走，华灯倒映着星月，人声交织着音乐。在这里没有职业、身份、年龄的束缚，只要你兴之所至，都可以踩着音乐的节拍，扭动着你或柔软或僵硬的腰身，用你自己的方式放松身心，享受生活。身处其中，连舞盲的我，有时也会萌生跳上一曲的冲动。

比起仙屿公园的热闹，地处前山小狮山脚下的三期公园，就显得格外的幽静与安闲。我也特别喜欢这种氛围与感觉，这不仅仅是因为三期公园离我家近的缘故，更重要的是与我的性格与心境接上拍。曾经有朋友不无羡慕地对我说，这里简直就是你家的后花园。其实，这何止是我的后花园，也是前山村人的后花园，更是小城人民的后花园。记得当时规划建设三期公园时，一些前山的村民不理解，他们并非不赞成建设公园，而是对脚下这块世代耕种的土地恋恋不舍。如今，面对一座集历史文化、休闲健身为一体的综合性公园时，前山的村民对决策者的魄力与眼光由衷产生敬佩之情，进而转化为支持小城建设事业的一种动力。

说真的，我无数次走过这里，也无数次被眼前的景象深深吸引。漫步在景观桥上，那点点霓虹灯光与天上星星相映成趣，桥下的龙溪如一位处子，在波光留影里静静地流淌。远看景观桥，它似一艘整装待发的彩船，载着小城人的无限憧憬与希望扬帆起航；它又似一道绚丽多彩的彩虹，将龙溪点缀得流光溢彩。这座极具现代感与视觉冲击力的景观桥，将仙屿公园和南岸的公园三期有机地连接起来，使南北两岸休闲文化广场成为一体，各个区域功能共享，同时也方便了龙溪两岸市民出行，成了小城一道亮丽的风景线。

走下景观桥，沿着左边新建的绿道徐行，柳梢如一双双多情的手，轻轻抚摸你的额头，一些知名或不知名的树木，将绿道紧紧拥入怀里，一条用花岗岩石材砌成的诗廊护栏，在不经意间带你走进一个唐诗铸就的诗情画意里。停下尘俗的脚步，借助朦胧的月色，细心品读一首首古诗，放飞想象的翅膀，让心灵浸染在唐风诗韵中，眼前幻化出"斜抱云和深见月，朦胧树色隐前山"的意境。

折身往右行走，一座占地数十亩的青少年体育活动中心拔地而起，室内灯火通明，乒乓球馆和羽毛球馆里，运动健身的人们挥汗如雨，他们正享受着运动带来的快乐。在体育活动中心前面建有两个灯光篮球场，每个晚上都有一群运动爱好者在这里一展球技。球场右侧是刚动工建设的五人足球场，预示着足球这项风靡世界的运动将悄然在小城兴起。迎着乍起的秋风，信步走向亲水台阶，与龙溪来一个零距离接触。用手掬一捧清水，把色彩与梦幻装进心里，让自己做一株龙溪里的水草，守护这片美丽的心灵净土。如果说，唐诗长廊是历史文化的沉淀，那么体育活动中心便是现代生活的演绎，在这里一动一静相得益彰，这就是这块土地人与自然和谐相处的真实写照。

有时，我十分庆幸自己是小城中的一员，常常陶醉在当初无心插柳的选择上，让自己拥有了一个仙境般的家居环境。都说，前山是小城的一块风水宝地，这话一点儿也不为过。这里没有车水马龙的喧嚣，却多了一份"稻花香里说丰年，听取蛙声一片"的田园气息。今天小城正以龙溪为纽带，仙屿公园、阳光名城、月河星城等犹如镶嵌在纽带上的一颗颗璀璨明珠，将小城装扮得如守在深闺等待出阁的新娘。前山也正借着"长寿之乡"的东风，朝着建设生态养生的新农村目标，以高昂的斗志迎接四方来客。我们有理由相信，前山的明天会更加美好，小城的明天会更加辉煌。

186

际头踏春

　　春节过后，淅淅沥沥的小雨总是不知趣地打湿一颗渴望春暖花开的心。身居水泥森林之中，拥挤的空间、刺耳的车声、单调的色彩让我不胜其烦，不胜其扰，不胜其愁。每到华灯初上时，那些呆板、生硬，甚至是有些冰冷的麻将声没来由地挤进耳朵，生生击碎了曾经多元、自由、和睦、温情的乡村文化，总让我产生一种"融不进的城市、走不回的故乡"的感觉。

　　又是一个周末的晚上，窗外雨声催急。被困在室内的妻子无助地站在窗前，嘴里数着敲打芭蕉的雨滴，突然说道："怎么阳光都变成了一种奢侈品。"我安慰道："也许苍天悯人，明天一定会给你一个惊喜。"话刚说完，际头的缪书记打来了电话，邀请我与妻子到际头走一走，我一口答应下来了。妻子听说去际头，一下子来了兴趣，而我久违的记忆匣子突然也被打开了。

　　记得20世纪80年代初期，我还在英山初中部就读，城里在我的印象中就是宽宽马路的代名词。至于什么是汽车，也仅停留在课本的认知上，当时唯一坐过的车就是隔壁阿福叔的手扶拖拉机。车在机耕路上行驶，摇摇晃晃的，犹如村里喝醉酒的茂公，一到爬上坡，就像挑担子爬岭的村民，累得直喘粗气。因此，大部分有事到城里的村民，与我们一样走山路，一则汽车在当时是稀罕物，二则手头拮据坐不起那玩意儿。但走路也有走路的乐趣，春夏季节花香与鸟鸣相伴，秋冬时节野果与雪花相随，尤其是夏天，每每到了际头，总要停下脚步玩上一会儿水。后来分配到英山工作，每年都要组织学生到这一带秋游。我始终以为，每个人都有一条属于自己的心灵驿道，不论岁月如何艰辛，只要春天永驻内心，人生一样四季鲜花灿烂。

"芳树无人花自落，春山一路鸟空啼。"第二天一早，恰好是一个云淡风轻的日子，我与妻子放弃了坐车，专挑山间小径行走。煦暖的阳光懒洋洋照在身上，不甘寂寞的鸟儿尽情地卖弄它们婉转的歌喉，路边不知名的小树默默收集每一份阳光的恩赐，用自己的方式回馈自然。面对此情此景，一向活泼的妻子也忍不住放缓了脚步，我闭上双眼，让自己的视线游离于小城的喧嚣，用心倾听小草与土地的私语，任凭泥土的清香抚摸我的每一根神经，似乎自己又被时光拽回千年前的桃源。

突然，不期而至的缪书记打断了我的遐想，我跟随他一起往村里走去。际头距县城仅 5 公里的路程，曾经是一个商旅往来的古驿道，随着时间的流逝，它也渐渐退出了历史的舞台，过往的繁华与荣耀随着奔腾不息的龙溪一路向东而去。只有那幽幽的古官道蜷缩于崇山峻岭之间，任随青苔肆虐疯长，远去的铿锵有力的脚步声，还有那悦耳的山间曲调，早在盘根错节的公路网中渐行渐远。零星分布在驿道旁的石头垒就的小屋，在风雨飘摇的岁月中只剩下残垣断壁，在每个风起的夜晚，悄悄诉说心中难以言状的失落与不舍。

龙溪流经际头，随着开阔平坦的地势，水流也显得格外温顺，这里似乎也成了龙溪的一个驿站。小心踩着琴键一样的垫步桥，水草在轻轻摆动婀娜的身段，几尾鱼儿如顽童一样自由嬉戏，时而浮出水面，时而躲进水草中。岸边的杜鹃花或立悬崖峭壁，或夹杂在灌木丛中，它风姿绝艳，灿若云锦，用奔放热情温暖着龙溪两岸。杜鹃花在山村是一种最常见的山花，它虽然娇艳，但并不羸弱，只要有一个栖身的地方，就能灿烂一方山水。它一如这片土地的主人，没有过多的乞求奢望，只有年复一年的默默绽放，用色彩点缀山野，用短暂的生命维护脚下的土地。

我沿着田垄往村中走去。刚刚冒绿的草儿如淡淡绒毛，涓涓细流还在回味雪花飘飞的浪漫，而农夫的脚步早已轻轻踩过春的额头，惊醒满山的色泽。寻找一处可以让心灵沉睡的处所，抛却或喜或忧的尘世纷扰，让思绪的脚步放缓，就这样静静地依偎在际头土地的怀抱里，任凭风舒云卷，日出日落。

靠在村委楼的走廊上，放眼漫山遍野的春色，心里产生一种想做"咸鱼"的奇怪念头。这种看似没什么卖点，价格也不怎么贵的"咸鱼"，虽然摆不上入流的宴席，却是老百姓桌上的常客，三餐不见，心里总有隐隐约约的怀念。我想，人生何尝又不是这样，多少人犹如"咸鱼"一样，一生在忙碌挣扎。人行进在山野中，心却在长天里漂洗，累了困了，寂寞了失落了，愁眼遥望这一方山水，心便打烊回家了。

杜鹃花开小东山

早就听说黄柏小东山的杜鹃花，可惜一直无缘亲近它，虽然无数次在梦里想象它盛开的景象，但也仅仅停留在曾经见过的杜鹃花开的场景，所以心中总有一种遗憾。今年四月里的一天，单位组织开展了生态文化调研活动，我有幸走进黄柏，走进小东山，近距离感受"最惜杜鹃花烂漫，春风吹尽不同攀"的盛况。

车在蜿蜒的乡村水泥路上行驶，窗外的绿色没来由钻进我的视线里，时不时从车外闪过的知名或不知名的花儿，让我目不暇接。车里同事的笑声恍如晚春的山野，灿烂又带点野性，这种轻松的氛围一下子拉近了彼此的距离。不知不觉中，车已停在小东山的寺庙前，打开车门，一阵泥土混杂着花草的清香，让我这天天窝在办公室的肺，来了一次彻底的清洗。

沿着黄土坡缓缓而上，放眼一座座山峦，你会发现，这里不是树木的家园，而是杜鹃花的天堂。满山满谷的杜鹃花开得红火、灿烂、奔放，此起彼伏，如海浪翻腾；铺铺展展，如锦绣画卷；烂烂漫漫，如仙子信步。站在高处往下看，杜鹃千枝万朵在献媚，密密丛丛在舞蹈，泼泼辣辣在摇曳，浓浓烈烈在张扬，交头接耳在私语。面对此景，我突然想起一首歌："若要盼的哟，春风来，满山开遍哟，映山红！"这首大家耳熟能详，曾经唱遍大江南北的"红歌"。我想，也许歌词的作者当年也在相同的季节，看

村庄到处如知己

到与我此时看到的一样的景色，而这种火辣辣的红与当年的红军多么的神似，也许正是这种神似触动了作者的创作灵感，为我们留下了这首不朽的佳作。

杜鹃花又名映山红，它风姿绝艳，灿若云锦，令人眩目，有花中西施之美誉。民间传说，杜鹃花从前原是个男孩，因为他的兄弟被后母虐待出走，他悲恸欲绝，泣血化成杜鹃花。唐朝著名诗人白居易曾根据此传说写了一首诗："杜鹃花与鸟，怨艳两何赊；疑是口中血，滴成枝上花。"诗人将花与鸟悄然融合，我认为，这与流传于我们闽东地区的有关杜鹃花的民间传说确有相吻合的地方。

相传闽东山区有两个相邻的村庄，两村中有谢豹与杜鹃两个后生，他们以贩盐为生。也许是职业相同，年纪相仿，两人成为无话不谈的好朋友。一天，谢豹因与人争吵，一怒之下错手打死了人，在行刑之前，杜鹃前往探监，谢豹说："兄弟啊，我有一事相求，你看我头发很乱，胡子拉碴，你替我坐一下牢，让我出去理个头，也好让我走得干净些。"杜鹃二话不说就答应了谢豹的请求。谁知谢豹这一走就再也没有回来，杜鹃成了替死鬼。杜鹃死后变成一只鸟，到处寻找谢豹。所以，每到春暖花开时节，在空旷的山谷，你常常会听到"谢豹死绝，谢豹死绝"的鸟叫声，那叫声凄凉、悲伤、哀婉，让人听后伤心欲绝。而谢豹走后，再也不敢回家，只好躲进深山，当他听到杜鹃的叫声后，羞愧难当，当场吐出鲜血。说来奇怪，那鲜血滴落到地上，瞬间长成了一丛丛灌木，开出了一朵朵鲜花。当然，传说也好，民间故事也罢，除了丰富大家茶余饭后的谈资，故事中所蕴含的哲理我们还要细细品咂。

说到杜鹃花，又勾起我对四月故乡杜鹃花的怀念。故乡的杜鹃花没有小东山开得这么多，这么热烈。如果小东山盛开的杜鹃花是大家闺秀的话，那么故乡的杜鹃花就是小家碧玉，它内敛秀气而又不失纯朴灵性。在寂寞山岭土坡、田间地头，冷不丁地冒出一支或一丛杜鹃花，给辛勤劳作的父老乡亲和长途跋涉的旅人注入了一针兴奋剂，所有的疲劳与枯燥刹那间跑得无影无踪。记得，周末上山砍柴，为了解渴，常常把杜鹃花采摘下来，去掉花蕊，取出花冠，塞进嘴里，轻轻一嚼，一股怡人的清甜丝丝缠绕舌尖，唇齿留香，久而不散。而一向爱美的邻家小妹，看到路边盛开的杜鹃花，便会随手摘下几枝，带回家插养在花瓶里，装点自己的闺房，也温暖一颗怀春的心。

"快到山顶看看，那里可以俯视福安境内。"同事的叫声打断我的绵绵思绪，沿着石砌的小径，一边用手机为春天留影，一边静静欣赏那可人的杜鹃花。你瞧，它状似喇叭，有的仰天长啸，似乎在唱响诱人曲调；它似红色的旋风，引来蜂蝶飞舞；它又如倒悬的铃铛，在风中摇曳，敲出悠扬之音；它更犹若身披锦缎的女子，翩翩起舞，条条花蕊就是纤纤素手直指苍穹。小东山的杜鹃花从来没有因为自己身居穷乡僻壤而怨天尤人，它总是风风火火地开放，无拘无束地站立着，它从不孤芳自赏，而是穷尽生命的全部，向人们展示自己最纯朴自然的美。

杜鹃花对于农村出生的我而言，既像是相识已久的朋友，又像是相知相爱的恋人，它总是以曼妙的身姿点缀我平淡的生活。我喜欢杜鹃花，不仅因为它是农村最常见又最平民化的一种花，还因为它那种纯净、温婉、炽热、奔放的韵味。它让多少身在异乡的过客，在每个孤单的漫漫长夜有了一份回忆，多了一种念想，也让生活在这个浮躁世界的我学会了淡然笃定，自信坚强。

当我步履蹒跚走到小东山之巅，迎面而来的视觉冲击让我有些把持不住，那种"高处不胜寒"的感觉一下子笼罩住我的全身。此时我才明白，"一览众山小"并非人人都可以做得到，它需要勇气与毅力，更需要一种兼容并蓄的情怀。当随行的同事告诉我，开满杜鹃花的山谷就是柘荣与福安的交界处时，我被眼前的景象所陶醉，也被大自然的神奇造化所震撼。这是自然赐予这块土地的礼物，也是自然对生活在这块土地上，精心呵护生态环境的人们的一种回报，我们真的没有理由不去保护它。因为这是我们赖以生存的家园，也是我们心灵的最后一块栖息地。

岭边亭

一

岭边亭村离城关很近，像一个盆景静静匍匐在东狮山山脚下。村庄门挨着门，院靠着院，不规则地排着百十户人家。房屋四周绿树环绕，说不上高大，倒也繁茂。每到夏天，那枝叶便恣肆地爬过院墙，漫过屋檐，探向空中，把整个村子裹成一团油绿。全村人便在同一绿荫下，传说马仙的故事，倾听树的喧哗，谈论着小城日新月异的变化。

走进这片绿荫里总给人一种错觉，不知是村庄置身于东狮山里，还是东狮山居住在村庄里。村庄人世世代代与山为伴，吃山产，喝山泉，住山屋，听山风，走山路，夜里还做山梦。在山的哺育下，小村人养成了山的性格、山的气质和山的风韵。喝酒要喝到比山高，说话要开声见喉咙，办起事来也有山的纯朴、山的执着。前些年，村里有些年轻人感到自己的偏僻、寂寞和贫乏，拉帮结伙、前呼后拥地走出这片绿荫，到外面去闯世界，去寻觅另一座更诱人的高山。于是村庄人的身影操着山味的乡音，出现在大大小小的城市。远离家乡的漂泊隔不开那浓浓的眷恋，即使身在异乡也抹不去心底的这片热土、这片绿荫。

回来了，他们终于陆陆续续回来了。漂泊的村庄人又回到家乡的故土，鸟鸣的旋律抚平了他们的疲惫和紧张，葱茏的绿意抚慰了他们的躁动和不安。他们又重新聚在那片绿荫下促膝而谈。不谈漂泊的艰辛和得失，只用家酿的米酒款待各自的见闻。从此偌大的世界走进了小村，乡情也变得深沉厚重而有味道。米酒下肚，浇醒了那股山的犟脾气，他们坐不住了，绕着村子走了又走，看了又看。回忆什么？寻找什么？村子变得既熟稔又陌生。于是，一个新的村庄在言谈话语中酝酿：如果这里建个茶叶加工厂，如果那里建个主题广场，如果那片荒山开垦出来种植茶叶……"如果"是个伟大的字眼，蕴含着无数美好的遐想，加上村庄人勤劳质朴的双手，哪一种遐想不会变成现实呢？

山敞开她的胸怀，似乎延伸漫溢到家家的窗前门口，来倾听村庄澎湃的脉动。村庄时而宁静，时而沸沸扬扬，只有那片浓浓的绿荫依然默默地裹着整个村子。噢，绿荫，还是原来那片绿荫吗？

二

村东伸出一条小路，窄窄的，左弯右拐，蜿蜒着把田野分开，最后爬上那道高高的山冈，山冈的背后就是东狮山的百丈岩。这条小路原来是条官道，路面由毛石铺就，如今有一段已被水泥路覆盖了。路旁是绵密的荒草野花，冬枯春荣。人与山的约会就是在这条小路上实现的。特别是村里那群孩子，只要说声上山去，便相呼相应地奔上这条路。于是，在他们身前身后，青蛙突然腾身跃起，蚂蚱在脚面上蹦溅炸营，被踩倒的碗花花顽强地挺起腰身，晃悠出一簇金黄。村民们感知山的变化，也最能响应山的诱惑和呼唤。那里有采不完的野菜、竹笋和笑声，他们深知人与自然的相处之道，山也给予他们丰厚的赠馈。

每当这时，山冈上便出现一位老人。他蹲坐在那里，面向小城默默地抽烟。于是山便凝成一幅苍茫的画面：青山连绵，拥成一片绿色的海洋，舔舐着蓝天。老人就坐在草丛中，露出古铜色的脸庞和黧黑的臂膀，汗涔涔的，在阳光下闪光。不时有蜻蜓飞来，敛了翅子，尝试着在老人肩头降落，大概是嗅到了汗味。老人一动不动，擎着尺把长的烟杆，吁出一口，望着小城和村庄。沙沙的树叶声掩盖了一切。直到橘黄的落日沉到他的烟锅下，也不见他起身离开。远望那古铜色的背影，在夕阳的照耀下，俨然一尊浑圆的雕像，岿然不动。

凝视，无言的凝视。是寻找遗失在大山深处的青春年少？是咀嚼自己一生的艰辛？还是回味村庄的变化？也许都不是，只不过出于一种习惯，一种依恋，或者是老人与山进行一种难以言说的对视和交流。

三

村庄不少人家新建了楼房，徽式风格，格外显眼。沈海高速复线沿东狮山山脚蜿蜒而过，不分白天黑夜，车辆川流不息。山边曾经的荒山长满成片的茶树，地里冒出一茬茬时新蔬菜。那日子真遂了百年夙愿：不愁吃穿，不愁住房，不愁钱花。还愁啥呢？噢，小村人还有自己的那份生活情趣和生活滋味。

于是，劳作一天的媳妇村姑学起城里人描眉搭粉，披红戴绿聚集在村广场，引来村里老人和小孩指指点点地围观。音乐响起，这些媳妇村姑一板一眼、有模有样地跳起了广场舞，几位经不住诱惑的老妇人也扭扭捏捏跟在后面跳起来，随着音乐节奏，或急或缓，或分或合，渲染出一派祥和红火的欢乐气氛。

前些日子，村庄开拍《龙井之上》微电影，全村人像过节一样，百十户人家齐出动，把拍摄现场围得水泄不通。看啊，喊啊，笑啊，个个笑弯了腰。剧组人员走了，村庄又恢复了宁静，人们依旧上山下地。可村庄人不明白，打了一辈子交道的茶叶，只听说可以用来解渴，谁知还能长出大把的故事，而且故事里还有一大箩鲜活的男欢女爱，还可以拍成微电影。

晚上，谁家又敞开大门，三五村民聚在一起，有人搬凳沏茶，拥挤在一片月光下。大厅里的彩电正演着节目，观众传递着戏谑的趣话。那份轻松休闲，连天上的星星也惹不住探出头来偷看，却一不小心掉进了茶杯里或老人的烟锅里。微风在板凳间流泻，抚摸着褶皱的老脸。顽童手拿遥控器，不安分换着频道，惹得几位想看戏剧频道的老人干着急。

荧屏上的画面一幕幕闪过，有山有水，有歌有舞。老人们也不再执拗，不再与孩子怄气，渐渐安静下来。偶尔还有老人呢喃道："楼房那么高，人像住在鸽子笼里，不难受吗？怎么没看见一丘田地，吃啥喝啥呢？鸡关进笼里养，那还叫鸡吗？"见没有人理会自己，老人变成了自言自语，慢慢心也平了，气也静了，还不时发出一些感慨。看着看着，老人脸上露出宽慰和舒心的微笑。

夜深了，人们带着惬意和舒畅各自回家，晚归的车鸣声拉长夜的脚步。小村睡了，甜甜地睡了，睡在东狮山温馨的怀抱中。梦里，那绿水青山层层叠叠堆积起来的温暖，仿佛东狮山绵绵不绝的绿色，结实地拥裹着村庄人的生活。

冬日铁场 ▌

　　如果双休日能约上几个趣味相投的文友，过上一天闲云野鹤的日子，那该是一件多么惬意的事情。如果还能遇上雪米敲打车窗的那份浪漫，再让内心演绎一回风花雪月的故事，那不知该羡煞多少文人墨客了。说来也巧，这样的事情就这么不经意间让我碰上了。

　　车在乡间蜿蜒的道路上行驶，雪米如顽皮的小孩，在车窗上跳跃，我靠在车窗旁，闭上双眼静静享受这份久违的问候。不知何时车已停在琼云观，走下车的瞬间，一股瑟瑟寒风夹着雪米迎面扑来。但寒意终究拗不过雪米的诱惑，站在空旷的山野，任凭雪米在褶皱的眉宇间欢跳，任凭刺骨的寒风在耳边歌唱，我与雪米就如初恋的情人，在这僻静的琼云观邂逅。

　　琼云观背倚天华山，面临巍巍南山，建设中的沈海高速路复线从山脚穿过，琼云观犹如襁褓中的婴孩，紧紧依偎在天华山的怀里。我徜徉于琼云观的厅宇楼阁，试图从布满尘埃的檐柱中解读它的过往，但只言片语的记载，真的让我有些失望。也许方外之人根本不在乎文字游戏，只有如我一样的俗人，才耿耿于方格里的世界；也许他们看中的是繁华过后的平淡，面对都市灯火的诱惑，依然默守最初的那份选择；也许没有任何原因，只要心静性和了，何处不是修为的场所。正当我浮想联翩时，随行的妻子打断我的思路，拉着我去"三教堂"。第一眼瞅这三个字，心里觉得

村庄到处如知己

198

怪怪的，踏入门槛仔细端详后，才恍然大悟。不敢说走过看过多少道观寺庙，但自认为了解了一些，突然看到道、佛、儒齐聚同一观中，还是有点始料不及。站在身边的妻子见我愕然的样子，说道："这就是和谐。"一语惊醒梦中人，是啊，道、佛、儒作为传统文化，繁衍生息了几千年，它们竞相绽放，相互补充，已成为中华传统文化不可或缺的一部分。我想，儒佛道在这里和谐相处，善男信女来此只是寻求精神上的慰藉，没人追根溯源，因为文化本就一家，又何必在乎分彼此。这正如社会，只有社会和谐了百姓才会乐业，经济才会发展，社会才会进步。

走出琼云观，驱车沿山路而下就到了铁场村。站在铁村造福新村前，郁郁葱葱的金龟山如一位慈祥的长者，用它的色泽装点村庄的四季，天华山就像村庄忠实的守护者，而村前建设中的高速路与县道，就如两条逶迤的飘带，舞动村庄的现在与将来。沿着村道往村口走，道路两旁成片的油菜正用执着与寒冬抗争，犹如生长在这块土地的人们，当春暖花开时，芬芳的何止是一方山水，不也一样芬芳生活。

"绿树村边合，青山郭外斜。"站在村口看铁场，真的让我产生时间与空间上的错觉，村口绿树环绕，小溪涓涓细流，旧村中的青砖黑瓦，古朴而不失生气，与粉刷一新的新村浑然一体，中间穿插阡陌交通，偶尔鸡犬相闻，一种世外桃源的感觉弥漫周身。我忍不住心中的好奇，问陪同的村干部："铁场不见铁，何来这村名？"村干部笑笑告诉我："谁说铁场没有铁，在天华山就留有铁渣，但不知是什么时代炼铁留下的，反正先祖迁居到这里就发现山上的铁渣了，也许村名就由此而来吧。"其实，村名就如人名，它只是一个符号而已，村民往往为了方便就地取材，因为村民知道，越是简单就越接近生活的本色，生活像门前小溪，细水长流才是真。因此，他们用勤劳的双手建设自己的家园，细心呵护这一方山水，用绿色擦亮四季，用蓝天碧、白云绕、花儿香留住乡愁。

铁场距柘荣城关并不远，也许是占有天时、地利、人和等因素，这个仅有五百多人口的小村庄，竟然拥有七家农业龙头企业和四家专业合作社。他们遵循祖辈留下的靠山吃山训示，没有肆意向自然索取，因此，他们不仅收获自然丰厚的回报，也滋润了自己的生活。走在铁场的土地上，我闻到了土地与青草的芳香，还闻到飘荡在铁场上空的书香。在这个雪米飘飞的冬日，我不仅延续了一段浪漫，也寻找到一个可以望得见山，看得见水，记得住乡愁的地方。

苏家洋碎影

从小城一路向西，连绵山峦如影相随，一座座山峰手拉着手，肩并着肩，以友好而善意的姿态向我展示绮丽。一向喜欢读山阅水的我一路走走停停，呼吸新鲜空气，聆听自然。这些山峦少了一份朦胧的韵味，也缺了一份诗词的深邃，可置身于大山的青葱翠绿里，我从心到肺有一种说不出的舒坦。车与飘逸的山风并驾齐驱，沿途农人挥汗锄禾的场景时不时映入眼帘，还有散发着青草泥土香味的庄稼，这些我们眼里的风景，便是村里人手头的生活。

"积厚流光，善礼清河开基业；耕云读雪，诗书鸿泽育才贤。"站在苏家洋晚枫亭外，身旁的千年古枫正张开胸怀接纳我这不速之客，眼前这副对联既是苏家洋村耕读传家的真实写照，也是村庄人弘扬基业的铮铮誓言。在岁月流转中，村庄人努力挽留眼中的美丽，延续着绿水青山的灵魂，以积厚流光的坚守，以耕云读雪的情怀，静静地依着窗，听风唱歌，看雨跳舞，任凭岁月风起云涌，他们手抚着时空碰撞的裂痕，怀揣一个永恒的符号，将村庄的过往深深地爱，细细地品，轻轻地藏。

苏家洋背倚巍峨连绵的水头湾山冈，仙岩洞与大洋岗山脉如一双巨臂，将村庄紧紧拥进怀里。一条小山涧将上下两个村连在一起，村庄四周铺满苍翠欲滴的原始次生林，总让我以为村庄不小心跌入绿色的温床里。

在这里，适合早起听鸟鸣声声，观云雾缭绕，吟诵晨光里的草木花香；也适合站在月下仙岩洞觅野趣，靠在巨人石旁看漫天星斗璀璨如梦境；更适合执子之手默许海誓山盟，抑或凭吊随风飘散的温纯恋情。其实，我最想在这里拢一川月色，听风过树梢孤独的倾诉，用地球的语言朝着山川呼唤，让绿水青山听懂我的方言。

"无事此静坐，一日当两日。"苏家洋的静是一种内在的气质，一如仙岩洞那片郁郁苍苍的原始次生林，不仅适合远观，也适合静品。在这里，青山沉默着滋养，村民沉默着守护。夕阳西下，一缕残阳穿过农家庭院，静静流淌在村边的树林间，宛如碎玉般闪烁着光芒，让人产生一种清凉之感。曾经不顾舟车劳顿，向往着外面世界的温婉细腻，如今走过千山万水，在千百次回眸过后才发现：最美的风景不在远方，就在眼前。它以空灵澄净的姿态，在我的心里晕开了一纸山水人文。

信步走进村里，一位上年纪的老者靠在墙边眯着眼睛，身边的随身听正播放越剧，那软糯绵细的腔调飘荡在幽长的小巷，这声音一下子揪住我的心，似乎又让我回到很久很久以前那个平静温暖的年代。"戏鼓响叮咚，尖帽两边通"，在 20 世纪七八十年代，那时农村文化生活极度匮乏，村里人往往会在正月期间请戏班唱上几天。村中有一个老戏迷，听到戏鼓声响，慌乱中误把短裤当帽子戴在头上，惹得看戏村民哄堂大笑。农村的土地滋养着这些俚语趣事，它不仅温暖了岁月的青烟，也丰富了一方山水。

一桥欢腾一溪涧。走进锦履桥，仿佛走进了旧时光。这座建于明永乐元年的廊桥，历经六百多年风雨洗礼，宛如一位饱经沧桑的老者，静静横卧在村庄的水尾，掩映在参天古树丛中，屋顶爬满了苔藓，它左手牵着古道，右手拉着仙岩洞，将村庄围得严严实实的。走在桥上，淡淡霉味如顽童肆意挑逗我的嗅觉，灰色的桥板和黑青色的砖瓦浑然一体，不仅厚重了村庄过往，也欢腾了一涧流水。在这里，你可以与花香合影，与绿树相拥，与满溪鲤鱼对视，还可以枕着小桥流水入梦……然后，在阵阵鸟鸣声中醒来，在一杯家酿米酒的清香诗意里，养足来自大山深处的浩然大气。

坐在锦履桥上，我看见一只燕子翩然穿梭于老屋小巷，它是衔泥筑巢，还是寻找去年遗落的愁绪？"无可奈何花落去，似曾相识燕归来"，看着燕子忙碌的倩影，一种莫名的伤感让我轻轻荡漾在晏殊多愁的诗句里，徘徊在细腻的情思中，飘坠在片片落红上。虽然四季轮回中，美丽仍会悄然归来，唤醒村庄沉睡的期待，可是，年年岁岁花相似，岁岁年年人不同，这似曾相识的归燕还是去年离巢的燕子吗？

苏家洋离城关有些远，一条新改建的村级公路将村庄与外界紧紧相连，曾经待字深闺的村庄也敞开她的胸怀，用绿色生态缩短城乡间的时空差距。每到周末或节假日，总有一些城里人呼朋引伴前往苏家洋，用他们的长枪短炮记录村庄的变迁，用他们猎奇的眼光捕捉村庄无处不在的美感，用他们深浅不一的脚步丈量村庄与土地的厚度；而村里人有事没事也总爱抬头往城里方向看，憧憬那高高的鸽子笼里有个自己的安身之所。唯有那些古巷老宅，依旧静静匍匐在深山里，只为守望一座祭奠乡愁的乐园。

山村的夜，是总也照不亮的黑。三五盏路灯如喝醉酒的老农，睁着迷离的醉眼，喘着若即若离的粗气，一点一点撕扯着夜幕。星星点点的灯火从老屋的牙缝中挤出，显得昏昏欲睡。几位农人在小店铺门口坐着，有一句没一句闲聊着，淡淡的云雾从山脚安静地升腾，犹如瘦弱的思念挂在村庄的门楣。虽然时间给了村庄答案，但仍需要在村庄的历史之树的枝干上，截取几圈年轮，找寻翠微处的纹路，进而窥探村庄从前的风云，感知村庄未来的旱涝。

当我开车离开村庄时，一个奇怪的念头闪过脑海。我想，乡村振兴既是机遇，也是一次挑战，改善乡村人居环境不应只是水泥的硬度和楼房的高度，也应保有乡村文脉的温度和乡愁的湿度。我虽然无法读懂水泥写就的篇章，也无力劝说水泥攀爬的欲望，但一如我们脚下的野草，一旦任其疯长，势必挤压了庄稼成长的空间，如果连草也懒得光顾土地，那叫庄稼情何以堪。当有一天，我们只能用花盆承载土地和村庄的残存记忆时，记得也在心里为它留个位置。

完店读秋

东岩感秋

刚从台风肆虐的季节中缓过神来，秋却已不期而至。小城的秋天来得特别迟，而步伐却迈得特别快，我还来不及梳理纷乱的思绪，季节的脚步已迈过深秋的门槛。对于一向视秋天为知己的我而言，总觉得秋天是最懂人情，最通人性，也是一年四季当中最让我心动的季节。

在这样的季节，我总会产生一种莫名的冲动与渴望，冥冥之中似乎有一种声音呼唤我，又似乎有一双无形的手，将我紧紧拽向秋天的原野。说来也巧，周末县文联组织完店采风活动，我毫不迟疑一口就答应了。那天天气格外晴好，天空犹如处子般宁静，显得又高又蓝。而点缀在山巅的白云犹如羊群，又如棉花糖，时不时飘过山巅，天空仿佛被海水洗过了，如羽毛一般的轻盈。

我驾车在那条熟悉的山路上蜿蜒爬行，扑入车窗的景色使我有一种似曾相识的感觉。那碧天白云，蛮荒的山，被秋霜洗黄的野草，俨然一位饰着金色丽纱的处女，裸露着奶黄色的胴体，在萧瑟的秋风中翩然起舞，展现着销魂的媚姿。沿路两旁，一夜秋风萧瑟，放眼尽是层林尽染，一片金黄。阳光下，车在这条路上穿行，别有一番秋的滋味上心头。

不知不觉车已到东岩，站在村口，迎面扑来久违的泥土的问候，让久坐办公室的我，忽然产生一种灵魂游离视线之外的快感。望着眼前的田野，仿佛刚刚经历了一场紧张的拼搏，田野从它宽阔的胸膛里透过来一缕悠悠的气息。大湾山和旗山峰有如水一般的清明，周边的树木和地里的蔬菜也开始在微风里摇曳，树叶变得从容而宽余。阳光虽然依旧明亮，却不再炙痛我的脊梁，也许是经历一季的拼争，终于乏力了，也许是卸下一季的背负，终于可以松口气了，它变得温柔、清澄了。

早已等候在村口的村干部迫不及待引领着我们朝旗山峰走去。站在山脚往上望，那曲曲折折的蜿蜒小径，犹如一条游龙，穿梭于丛林之中，不禁让我产生些许的联想。信步拾阶而上，小径两旁萋萋的芳草如顽童稚嫩的手，时不时拂过我的脸颊，一些知名或不知名的灌木，秩序井然等候我们的光临。我小心翼翼地踩在落满树叶的石砌小径上，生怕自己一不留神就会踩疼秋天敏感的神经。离开纷纷扰扰的人群，单独找一处僻静的地方，闭上双眼靠在古树旁，静静聆听秋天的声音，那声音来自落叶归根的淡定，来自风与阳光深情相拥的喜悦，来自土地分娩后的啜泣，似乎还有秋阳透过树叶缝隙的私语，那洒落满地斑驳柔和的光辉澄清而又缥缈，让你的身心瞬间放松下来。

当我喘着粗气，登上旗山峰巅，眼前顿时豁然开朗，"一重山，两重山。山远天高烟水寒，相思枫叶丹"的景象一览无遗。随行的村干部告诉我，这个地方曾是红军的岗哨，这里的群众为革命胜利作出过牺牲和贡献。我终于明白，为什么这里的秋阳如此火红，这里山峦的色泽如此鲜艳，你看那高悬在山巅的秋阳，不正是当年威武的红军战士？他们的鲜血溅在草丛中，渗入脚下这片土地，滋养着这方水土，也留下一方抗争的血脉。

阳光是时间飞翔的翅膀，它抚摸过的每一片山水，它亲吻过的每一株花草，在它转身离去的时候，总有一刹那极其绚烂的图景，让你感知它匆忙的背影，正如曾经经历峥嵘岁月的旗山峰。如今，时间的流逝虽然抚平了岁月的伤痕，但这里的每一道山梁、每一个土坎、每一棵草木都刻在东岩记忆的硬盘，既不能删除，也休想覆盖。

完店读秋

由于时间关系，还来不及细细品味东岩的秋韵，匆匆忙忙又驱车赶往完店。

当我的车缓缓停在完店村委楼前，迎面扑来熟悉而又久违的场景。几座摇摇欲坠的木屋如喝醉酒的老农，睁着迷离的醉眼，在秋风中瑟瑟发抖；几个发黄的木桶横七竖八躺在田间地头，懒洋洋蜷缩在秋阳中，如那年临走时的父亲，让我心痛又无奈；一台快散架的风谷机在一位老得掉牙的老农侍弄下，发出刺耳的响声，那声音如歌如泣，如母亲声声呼唤，轻轻敲在我的心坎上；还有刚从木桶里切出的地瓜粉，不规则地放在竹匾上，散发出阵阵泥土的气息；门前随意摆晒的花生、稻谷，无不写满儿时乡土的记忆。

我与妻子沿着田间的机耕路朝村水尾走去。任凭秋阳在发梢嬉戏，秋风在身上煽情，一向钟情于恬美山村的妻子，看到这白云飘、山色秀、水幽情的情景，忍不住发出幽幽的感慨："若能在这里拥有一座木屋，白天踏着秋阳的节拍劳作，夜里边品茶边听风与树的窃窃私语，啜一口清酒，枕着明月看星星，梦里一定能摇落满床的枫叶。"我虽没有妻子的这份浪漫情怀，但内心深处还是有些蠢蠢欲动。

站在空旷的原野回望村庄，两条山脉如一双巨手，将完店紧紧拥在怀里。四周郁郁葱葱的树木，丝毫感觉不到深秋的脚步，几栋依山而建的房屋，在秋阳的笼罩下，有些苍老孤独。也许是我们这些不速之客惊扰了这份宁静，鸡鸣犬吠声此起彼落，伴随袅袅炊烟，村庄似乎从沉睡中苏醒。

面对眼前的情景，耳边似乎响起一位诗人的吟哦："自古逢秋悲寂寥，我言秋日胜春朝。"不知唐朝那年的秋天，诗人刘禹锡第一次被贬郎州时，是否与今时今日的我一样，看见的也是这样令人无法释怀的场景。

愉悦的时光总是来去匆匆，转眼间就到了午餐时间，由于开车的缘故，不敢与同行举杯一醉，便草草填饱肚子离开了饭桌。绕过农户的房前屋后，独自坐在小涧边，静静品读完店深秋的美。完店的美在于清澈，小涧迈着不温不火的脚步，拽着水草缓缓流过，涧水清亮透彻，将天空漂洗得一片蔚蓝；完店的美在于色彩，近处枯黄的野草，远处苍翠的阔叶林，间或突兀一二株丹枫，加上白云蓝天，那种层次感和视觉美，犹如一幅多彩的水粉画在你的眼前铺开，让你仿佛置身陶公的世外桃源；完店的美在于理智，在这里你很容易产生"自喜渐不为人识"的卑微感，面对完店的自然风光，人生的宠辱得失被山风吹得很远很淡，一种从未有过的平静、微渺、坦荡、绵长充塞在心中。

也许时间带走了很多人和事，空间冲淡的些许记忆，谁也阻拦不住，正如当年完店的苦痛。完店的后人没有纠缠在过往的记忆里，他们知道，当山风吹散语言的骨架之后，平凡的生活也有许多空旷和透明。只要温情注视着这片土地，把先人的理想置换为温暖的生活情怀，一样可以守望一个蝉噪蛙鸣、日月流转的心灵家园。

残梦犹闻乡音近

所有美好的回忆，都搁浅在时光的沙滩，埋藏在灵魂的最深处，唯有乡音一直在我残梦的伤口幽居。我放下了天地，却从未放下乡音。在每个日日夜夜里等待，等时光苍老容颜，等岁月蹉跎腰身……

罚电影 ▌

记忆像腐烂的叶子，那些清晰嫩绿早已埋葬在时间刻度的前段，唯有铺天盖地的腐烂气味留在时间刻度的尾部。打开记忆的窗口，浏览岁月刻下的伤痕，突然发现，每一段记忆都有一个密码，只要时间、地点、人物、心境组合正确，无论尘封多久，那人那事那情景，都将在遗忘中重新拾起。

记得1977年，那时我才十来岁，"文革"的硝烟在偏远的农村尚未散尽，对于家庭成分比较高的我家来说，虽然我年纪幼小，无法领会批斗的淫威，但批斗来临时父亲那战战兢兢的表情，还有批斗后母亲那欲哭无泪的坚毅神情，至今回想起来，依然深深刺痛我那根敏感而又脆弱的神经。

由于四个姐姐出嫁了，父亲和母亲忙着赚工分养活我们，家里砍柴的重任自然就落在了我和哥哥的头上。那时的农村人口比较聚集，谁家都养有两三头猪，既是为了防不时之需和过年，也是为了防止浪费粮食。当时农村没有燃气灶，谁家都是靠柴禾过日子，因而稍近山头的柴草被割得精光，砍柴都要到十里八村外。一到暑假，每天天一亮，母亲就把我们从睡梦里叫醒。草草吃完饭，边磨刀边打盹，等母亲帮助我们整理好工具，我迷迷糊糊跟在哥哥后面，一路上磕磕碰碰，清晨的露水打湿了裤脚，等到了目的地，肚子里的两碗饭也所剩无几了。大家像打仗一样抢占地盘，我

残梦犹闻乡音近

和哥哥年纪小，只能往偏远的地方砍柴。突然哥哥发现，在我们下方百多米的地方，有一棵枯死的油桐树。这个地方我比较熟悉，山势陡峭，属于我们生产队的集体林地，平常无人涉足，我曾经陪父亲一起到这儿采过油桐籽。这棵枯死的油桐树夹在两株松树之间，不注意观察根本看不到，哥哥生怕树被别人砍走，连跑带跳直往枯死的油桐树那儿"飞"。我和哥哥花了九牛二虎之力，好不容易才把碗口粗的油桐树砍倒，去掉旁枝，连拉带拽弄到路上，哥哥力气大扛主干，走在前头，我挑两捆枝干，跟在后面。

路上，我心想，这回该让母亲开心一次了，每餐母亲煮饭，由于柴禾生青，浓烟熏得母亲睁不开眼，有了这些干柴，母亲煮饭就省事多了。

"你两个小兔崽子，给我站住！"快到村口时，突然一声呵斥把我吓了一跳，等我回过神来，村支书两手叉腰、凶神恶煞地挡住我俩的去路，两捆辛辛苦苦扛到村口的柴禾就这样被没收了。我俩不敢回家，一直坐在后门的黄土坡上，想找一个理由骗父母亲，到了晌午，肚子饿得实在受不了了，才硬着头皮回家。轻轻推开小门，看见父亲一个人蹲在楼梯口，一个劲地在猛抽旱烟，母亲坐在炉灶旁，我知道坏了，肯定被哪个"反对派"出卖了。父母亲显得异常平静，没有责骂我们，母亲看我们回家，长舒了一口气，边抚摸着我的头，边安慰我们说："没关系，人没吓着就好了，以后砍柴注意点。快点吃饭吧，菜都凉了。"但我明显感觉到母亲的手在微微抖动。

傍晚，我最担心的事情还是发生了，村里的高音喇叭响起来了，一遍又一遍嘶喊着我们偷砍集体油桐树的事情。那声音尖锐刺耳，并且带有炫耀的口气，至于其他方面的讲话内容，我根本记不起来，其中有一句话——罚放电影两场，深深刻在我的脑子里。当时根本不知道两场电影的概念，也不懂得两场电影对于当时的家里来说意味着什么。

当夜幕降临，空旷的村委楼坪地上已架起两根粗大的木柱子，一张白色的电影屏幕拉在两根木柱中间。劳作一天的父老乡亲像过节一样，早早吃过晚饭，扛着长凳涌向村委楼，少不更事的我也挤在人流中。那时的农村文化生活极度匮乏，人们天天在为一日三餐发愁，哪有心思想别的事情，能看上一场电影是莫大的享受。等到电影放映前，村支书又是照例一番说教，在我听来，语气比白天缓和多了，不知道是白天话喊多了，还是其他别的原因。村支书冗长、枯燥的训话，在乡亲们稀稀拉拉的掌声中，终于结束了。

我清楚记得那一夜放映电影的片名，第一片是《南征北战》，另一片是《牛角石》，至于内容，一点印象都没有。等到影终人散，我一个人还躺在村委楼的墙角呼呼大睡，直到父亲找到我。回家后，可能是前面睡足了，我躺在床上翻来覆去睡不着，隐隐约约听闻父亲与母亲的低语声，中间偶尔还夹杂着叹息声，这种声音持续了一个多月。

后来，每每上山砍柴，母亲总不忘叮嘱我注意的事项，我的确再也没让母亲担心过，哪怕一根松树枝，我都不敢砍。随着年龄的增长，我才渐渐了解，那两场电影足足扣去父母亲一个月的工分，为了弥补我俩"犯"下错误的损失，父母亲利用整整半年的晚上时间给生产队编织草鞋。据说，那棵枯死的油桐树，当天晚上就成了村支书炉灶里的灰烬。

现在，电影这一承载那个特定时代的大众文化载体，已逐步淡出农村娱乐的舞台。随着时代的发展和科技的进步，电视等多媒体娱乐设施走进了千家万户，人们足不出户就可以欣赏到丰富多彩的娱乐节目，但无形中也拉开了人与人之间的距离，农村那种夜不闭户、路不拾遗的纯朴民风，还有万人空巷，点着火把、打着灯笼赶场看电影的盛况，成了记忆中最后的绝唱，淹没在农村发展的滚滚洪流中了。

在以后的岁月里，我步入过很多都市的电影院，也看过许多的影片，但总挥之不去那罚电影的情景，父母亲无奈的叹息声依然在我耳边清晰回响。母亲那从容淡定的眼神，从不向生活低头的态度，无时无刻不在提醒我。我要感谢那段苦难的岁月，它让我学会许多，明白许多道理，使我在今后的岁月中少走了许多弯路。

回家·断章

村　口

村口朝东，家乡人的心也朝东，朝着水流的方向。

村口是一座村庄的门户，它是一条时光的桥，活在一代又一代人的记忆里，看到村口就看到家的感觉定格在历史的框架里，成了一幅画。

萋萋芳草傍村口，时间成了村口的敌人。那些被脚板磨光的青石，孤苦守望每个日出日落，偶尔夜归的零星灯火，成了村口最后的恋人。

带把雨伞邂逅村口，雨打芭蕉，枯叶萧条，在两条路相交的地方，村口就这样躺在那里。秋风拂过樟树，如歌如曲，恍若艄公从溪面传来的久违的旋律。

站在村口，陪乡愁一起老去。

村　庄

村庄像我的母亲，老得迈不开腿。初冬的阳光也变老了，步履蹒跚，柔弱无力，被风一吹，如母亲一样踉跄。

沿着青石小径，几座破旧的木屋或斜或立，随时都有倒下的可能。苔藓爬满了曾经裙裾飘飘的窗棂，孤独与沉静，只有村庄才能真正读懂。

残梦犹闻乡音近

几位耄耋老人挤靠在一样苍老的廊凳上，浑浊的双眼望着村口的方向，陈芝麻烂谷子的往事在脚下的土地生根发芽，终有一天伴随他们埋进深深的土里。

穿过幽深小巷，残垣断壁站出村庄绝唱的风景，几缕淡淡的炊烟悠悠扬扬，如含蓄的乡愁在谁家的屋瓦上飘荡。屋后的柿子睁着血红的眼睛，为老去的村庄哭泣。

走出村庄，乡愁成了他乡的孤魂野鬼。

土　地

土地活在记忆里，跳跃在父亲挥舞的锄头尖，生长在母亲断断续续的故事里。

眼前的土地曾经被我解读出甘蔗、黄豆、红薯、稻谷，还被我读成诗行、明月、清风、醉意。曾经土地是村庄的生命，也是父亲的兄弟，那里长满希冀与期待，也写满艰辛和无奈。曾经为了寸土西家争吵东家挥棒的故事，连同爱与恨，全都扎进这一方土地。

随便一把黄土都能拧出乳汁的土地，再也不长故事。疯狂的野草如肿瘤，吞噬土地的肌肤。无数次被感动牵挂的秋收场景，被我封存进乡愁的方格里。

来去匆匆的脚步，总在母亲不舍的余光中渐行渐远。

曾经熟悉的土地深深埋进父亲的坟茔里。

渡　船

渡船老了，已经载不动满船的愁绪。

枯叶飞扬处，如淡淡的云雾一般，慢慢从眼前滑过。站在渡口，好想再去坐趟渡船，渡我到对岸，寻找擦肩而过的摆渡人，当年的笑靥，是否错过秋红的缱绻？愁悒的神情，是否在蛛丝般纤细的季节里熔炼出今生的安详？

人生如渡船，沧桑的年华刻在眼角，爬满渡船的褶皱。回首时，总不愿触及心里最柔软的地方，怕来不及拂去自己眉间的哀伤。

当有一天，时间静止在我遥望的目光中，我怕沾满红尘手，描画不出阳光下那一溪的鱼香。当纤柔的足迹轻轻叩开那一径微寒，蓦然发现，今日的忧伤却仍然停在曾经暮色苍茫的渡口上，那日复一日等待的岁月倒影，依然在渡口的微波中荡漾。

"帆带晚烟依草岸，雁迷残日下芦田"的场景，总是有意无意走进我的脑海，犹如捧在掌心的露水，被时光洒落在过往的某个清晨。而那些清澈透明的心事，常在微雨的季节，随风飘零我的前世今生。

此去故园应酒熟，菊花开遍老屋前。听说故园的菊花依旧年年盛开，而我却再也回不去，再也闻不到熟悉的酒香。

我的灵魂与孤老的渡船，一并困在渡口的沙滩上。

露天电影院

"城市里再没有露天的电影院，我再也看不到银幕的反面，你是不是还在做那时的游戏，看着电影的时候已看不见星星……"听着歌手郁冬演唱的《露天电影院》，我仿佛回到那一段剪不断理还乱的岁月。

记得 20 世纪 60 年代初期，村里曾建过一个会场，逢年过节演演戏，偶尔也放映电影，但大多时候是开村民大会。后来，会场被几个生产队隔成了仓库。在离会场不远处有一块山坡地，村里组织群众硬是削平了这个山坡，整出一块大平地，上面立着一个简易的篮球架，白天这里是年轻人活动的场所，夜里便成了村里的露天电影院了，它离我家就百来米的路程。

在电影《少林寺》风靡全国的那一年，听说《少林寺》也要在村里放映了，一大早村里就派阿增大叔去县城里挑放映机。别看这活累，在那时能干上这活是一件很有面子的事，很多村民抢着干。为了先睹为快，我和几个小伙伴早早在村尾守候，两眼紧紧盯着小路的尽头。正午时分，远处一个模糊的身影跳入我们的眼帘，不一会儿工夫，阿增大叔挑着放映机走到我们跟前。阿增大叔看到我们，故意把头抬得高高的，还不许我们碰担子，我们可领会不了这么多，屁颠屁颠跟在后面，也学着阿增大叔的样子。入村后跟班的小伙伴越聚越多，那个场景至今刻在我的记忆深处。

当夕阳收起最后一抹余晖，平时空无一人的会场坪充满了小孩的嬉闹声。两根柱子不知何时已悄然立在会场坪的一端，白色的银幕在宽阔的会场坪上显得格外突出，一台放映机惹得人们心里痒痒的，放映员阿福在一群孩子的簇拥下在会场坪中央调试放映机，一些等不及的小伙伴早早搬来家里的小板凳争抢最佳观影位置，连晚饭也顾不上吃了。

一向摸黑干活的村民提前放下手里的农活赶着回家，有的村民嘴里还含着饭，肩上扛着凳子，一个劲往会场坪跑，生怕来迟了就找不到好位置。周边十里八村的群众像赶集似的蜂拥而来，一个可以容纳两千多人的会场坪被塞得满满的。

夜色越来越浓，初冬的风肆无忌惮在拥挤的人群里来回穿梭，湛蓝深邃的夜空一丝云儿也没有，几颗星星似乎也想看电影，在天空不停地眨着眼。突然，一束光线越过头顶，伴随激昂的乐曲响起，电影《少林寺》的序幕徐徐拉开了，人群一下子静了下来。由于个头矮，我拼命地往前挤，总算找到了一块地，虽然离银幕很近，但没有人遮挡。坐在我身后的是铁福伯，他可是村里的"武打迷"，听说早年拜师学过武，年轻时由于争强好斗，身上还留有不少疤痕，如今虽然上了年纪，但爱武的性格一点也没变，有时还喜欢在孩子面前露上一手。那时候我们都很怕他，又想从他那里学会一招半式，也好在小伙伴面前炫耀一番。

随着电影情节的不断深入，武打的场面也越来越激烈，大家的表情时而喜悦，时而紧张。突然，"咔嚓"一声响，坐在我身后的铁福伯不知是太投入了，还是爱武的痴性发作，夹在两腿间的火笼竟然被他硬生生夹扁了，可他还两眼直溜溜盯着银幕，直到木炭灼伤了小腿他才发现。还有一对邻村小夫妻，妻子也许太激动了，一双手竟然将丈夫的手臂抓了青一块紫一块，害得丈夫好几天拿不动锄头。最有趣的莫过于我们这些小家伙，电影的内容一点都看不懂，一到电影换片的时候，现场学起了武把式，一板一眼颇有几分架势，惹得村民哄堂大笑。电影中的主题曲尤其受欢迎，当天电影结束后，五音不全的大哥兴奋得在房间里哼个不停，如果没有父亲的斥责，估计大哥第二天就下不了地了。

农村露天电影院不仅是孩子们尽情玩耍的地方，也是年轻人表达爱意的最佳场所。据说，那天夜里会场坪上演了多对男女手牵手的故事，小小年纪的我也有一次递纸条的惊险经历。那是我家对面的星仔，他看上了邻村的翠儿。那晚翠儿也来村里看电影，也许是翠儿长得太漂亮了，也许是翠儿的母亲放心不下女儿，母女俩始终手牵手在一起。星仔没办法接近翠儿，急得不得了，只好跑回家里写了一张纸条，让我把纸条送给翠儿。我不懂得翠儿长得啥模样，星仔怕我递错纸条，偷偷躲在人群里，用一把小手电给我引路。我跟随手电筒的亮光走，等靠近翠儿身边时，由于太过紧张，我没有看清对象就将手里的纸条递出去了，没想到纸条递到了翠儿母亲手里。

"你这有人生没人养的兔崽子，竟干这见不得人的事！"翠儿母亲一边骂，一边用力撕纸条，人群炸开了锅，等我反应过来，自己已被四围异样的眼光包围了，翠儿羞涩得低下头，我还懵懂地四处张望。

"赶紧走啦，再不走就走不了。"翠儿焦急的催促声一下子让我清醒过来，我猛一用力，往人堆里一扎，一会儿工夫就没了人影，身后留下翠儿母亲喋喋不休的骂声，还有一些围观者不怀善意的哄笑声。事后，我被母亲狠狠骂了一顿，所幸翠儿最终与星仔走到了一起，我递纸条也便成了他们恋爱的小插曲。

难忘的还是电影放映完，赶来看电影的周边村民举着火把，打着手电筒，队伍蜿蜒盘旋于羊肠小道，如一条游走的巨龙，火光照亮了天空，也惊起栖息的鸟儿。那委婉的山歌对唱，在寂静的夜里，显得格外清脆空灵，它永远定格在青山绿水之间，藏进记忆的匣子里。

如今偶尔回家，我还会选择在月上柳梢头时分，前往荒芜的会场坪转转。那里早已成了村民堆放柴火的场所，坪畔的小山涧水流依然欢快悦耳，坪上的小草从石头的缝隙里钻出，执着展示生命的顽强，两块条状的石头孤零零躺在月光下，那绑银幕的勒痕依旧清晰可辨。

一个人只有经历了才知道，生命原来是一个不停飘移的过程，你我走过的每一个地方，也许都将成为驿站，你我相交的每一个人，也许都将成为过客。那些深刻在心里的东西，早已在时间的沉淀中，成为另一道风景。这正如远离我们生活的露天电影，城市的 3D 影院虽然奢华，却容纳不下乡村闲散的气息，小小的电视屏幕虽然可以演绎世间的恩怨过往，却难以表达那份惬意与和谐，更滋长不了那种野趣。

农村露天电影院给我们这一代人带来了无尽的欢乐，也在我们的记忆里播下思念的种子。而农村这块沃土，它以兼容并蓄的胸怀接纳草根文化的繁衍生息，以温和谦逊的性格延续民族文化的血脉，以朴素无华的情感记录沧海桑田的变迁。

"我家楼下的空地是一个电影院，在夏天的夜晚它不再出现，如今的孩子们已不懂得从前，那时候的人们陶醉过的世界……"我枕着优美的旋律入眠，梦里还会出现看电影的情景。

月 半 山

据说，当年吕洞宾游历凡间，一日途经月半山，恰好刚下过一阵大雨，黄土泥泞，吕洞宾不小心摔了一跤，心里窝着火，又遇到内急，便想就地解决，顺手扯了一把锯齿草，不料手被割了一道口子，鲜血直流。吕洞宾这下可就动了仙气，顺口骂了句："月半山，一道弯，先出小喽，后出官；月半山，进来肥嗒嗒，出去一把骨；月半山，黄土屎，会长茅草不长锯齿草。"仙口一开，从此月半山看似不怎么肥沃的黄土地，竟然种什么庄稼都长得特别茂盛，山上真的连根锯齿草的影子也找不着，月半山下的村庄一直以来衣食不愁，就是出不了一个像样的读书人。

月半山位于闽东偏远的一个小集镇，地处柘荣与福安交界处。月半山有了传说，周边十里八村的群众自然就多了一座顶礼膜拜的神山，每逢初一、十五善男信女来来往往烧香许愿。可这山实在没有群众想象中的石洞或石缝可以用来点香参拜，于是便将山上一棵老樟树作为对象，后来有信奉者多方筹资在树的不远处建了一座宫庙，在里面供奉上吕洞宾的雕像，从此大人多了一处信仰参拜的地方，我们小孩子也多了一个玩耍与拿供品当零食的好去处。

月半山与村庄处在一大片良田的两旁，我一直固执地认为，这片良田就是村庄赖以生存的心脏，月半山郁郁葱葱的树林犹如一个天然氧吧，更像是村庄的肺，村里的房子依山脚而建，宛如一个个剽悍的士兵，日夜守护着月半山。几百年来，三者相依相伴，和谐共处，目睹生活在这儿的村民的喜怒哀乐，共同见证了小村庄的历史变迁。

月半山状如刚出山顶的月亮，另一半深深埋在山里，它浑圆而不失线条，水润又不缺乏色泽。山脚种满了一丘丘茶树，半山腰是梨树、桃树、李树，山顶则是毛竹与松树，山的两侧是油茶林，层次感特别分明，远望它像一面倾斜的铜镜，它照亮村庄的日子，默默收藏村庄的过往云烟。

月半山是我童年的乐园。当春天姗姗来迟的脚步轻轻踩过月半山秀丽的额头，慵懒一冬的梨树伸展开它瘦削的枝叶，用雪白的花朵昭示春的活力；不甘寂寞的桃树摇摆它那婀娜的身姿，用粉红的脸蛋为大地送上最初的祝福；李树显得特别害羞，悄悄张开稚嫩的双手，为季节送上御寒的绿衫；山顶的毛竹、松树似乎也被感动了，踏着风的节拍，唱起春的赞歌。我们总在这样的季节把时光搓成快乐的长绳，在月半山尽情地跳跃，把金色的童年藏进月半山的每一旮旯，欢乐的笑声洒遍月半山的花草树木。

快乐的日子总像箭一样飞逝，转眼又到黄叶纷飞、硕果挂满枝头的初秋时节。桃树脱下衣裳，准备赤膊与冬来一场决战；李树留恋地扭动枝条，想与秋来一段深情的告别；只有梨树俯首呵护着累累果实。我们最盼望这时候来一场台风，那成熟的果实如冰雹一样直往树下砸，幸好底下都是柔软疏松的黄土，掉下的梨子只是磕破了点皮。嘴馋的我们早早躲在茶树丛中，趁梨树主人还没来捡落果之前，一个个早就肚圆腰鼓，就算被淋得浑身湿透，可大家一点都不在意。记得一次在走田埂时，一阵大风刮来，瘦弱的我一个趔趄，连人带梨一头栽进了田里，慌乱中弄丢了一双新买的拖鞋，事后凭我怎么找也找不着，以致整个秋天光脚丫，还招来父母一顿训斥。事后，母亲神秘告诫我，月半山是一座神山，山上的果实都是用来供奉神仙的，不能随便去采摘，今天掉了一双鞋，是神仙对你的警告，以后千万不能再干这蠢事了。我将信将疑，从此以后心里对月半山多了一份敬畏，再也不敢一人上山游玩。

参加工作以后，偶尔回家，我还会在月夜独自一人沿着月半山窄窄的黄土坡漫步。茶园依旧，梨树老了，再也挂不住果实，桃花还年复一年，用它的执着宣告生命的存在，只有那座宫庙，随着时间的流逝，香火倒是越来越旺。

我静静地站在空旷的山巅，回望山村的点点灯火，孩提时的玩笑声渐行渐远，而现代文明的脚步越走越近，挤压得山村透不过气来，窒息了月半山的肺部，踩碎了一地月光，那拔地而起的钢筋混凝土丛林，撕裂山村跳动的心脏。看着面目全非的村庄，我不知道应该高兴还是悲哀。我隐隐约约听到山村无助的呻吟声，仿佛看到绿色远离，黄土流淌，清风悲鸣，明月落泪的情景，一阵清风吹散山村所有的记忆。

月半山啊月半山，你是山村的母亲，你一半活在地球的襁褓里，一半长在云端的月亮上，虽然我在他乡找到了栖身之所，但精神却在永远流浪。曾经一尘不染的你，如今也低下高贵的头颅。等到有一天你老了，流干了泪水，谁来陪伴你走完最后的一段路程？

桃园拾趣 ▌

桃子成熟的季节，站在村口的古树底下，远远就能闻到淡淡的桃香。漫步在桃园里，孩童欢快的脚步在桃树林里跳跃，乡亲丰收的笑容里，溢满甜甜的桃汁。那挂满枝头的桃子，如犹抱琵琶半遮脸的少女，羞涩中透露着丰腴，又如一盏盏小灯笼，点亮了山村。

我出生在闽东一个偏远的山村，那是一个商贸活跃的小集镇，村里流传一句话："窄窄街道像扁担，一头挑着渡头溪，一头挑着月半山，站在村口喊一声，街头街尾听得见。"这句话形象勾勒出山村的外貌。改革开放初期，一到传统节日，窄窄的街道被挤得水泄不通，挑柴的、赶集的、做小买卖的，讨价还价声从街头传遍街尾。

当夕阳收起最后一抹霞光，热闹一天的山村渐渐恢复平静。晚饭后，劳作一天的父老乡亲三三两两坐在门前的青石板上，抽着旱烟，摇着麦秆织成的扇子，说农事、话东家，山村呈现出一幅怡然自乐的图景。记得儿时农闲季节，偶尔还有评书先生来村里讲评书，全村男女老少齐聚街中心，台上评书先生口沫飞溅，一颦一笑、一举手一投足，把故事演绎得活灵活现，台下听众随着醒木起落，时而哄堂大笑，时而怒目圆睁，时而潸然泪下，时而神情紧蹙。这时候常常是大人们最容易放松警惕和最大方的时候，我们趁机要上一二分硬币，买一小盅瓜子，三五结伴偷偷钻进后门山的桃树林里，或捉迷藏，或打野仗。但大家最想听邻居小勇讲城里的故事，因为全村只有他一家吃"公家饭"。小勇爸爸是镇里的武装部部长，好几回我都看到他腰上别着手枪，那枪比我们自制的木头枪气派多了。村里人见到小勇爸都是远远躲着，一副毕恭毕敬的样子。小勇的两个姐姐都嫁给城里人，所以听他讲城里的马路、城里的"铁牛"，城里花花绿绿、琳琅满目的商品，以及他爸爸时不时露出的手枪，成了我们当时最大的乐趣与享受。

村里这个桃园属于第九生产队，实行生产责任制后，村里收回管理，由村支书的伯伯看管，由于他爱管闲事，又什么事都懂一点，村里人给他起了个"半八"的绰号。到了桃子将要成熟的时候，整个果园就禁止小孩进入，许多时候我们只能站在茶园，远远瞅着那还有些生涩的桃子。据说，半八是一个评书迷，又嗜好酒，酒我们可买不起，所以只好天天掰着手指头，盼着数着评书先生到来的日子。记得有一回，我和"死党"小松嘴馋得受不了，硬着头皮向半八要桃子，可他不论我们怎么求都不给，我们一边诅咒哪一天他摔了或病了，一边绞尽脑汁想办法。突然，小松很神秘地告诉我，他可以回家偷酒换桃子。小松父亲开个小酒坊，平日里存酒的地下室朝街方向的大门不上锁，小松的妈妈端一条凳子坐在那里，想偷偷进去那是很难的。地下室还有一个小门通往菜园，由于比较偏僻，白天很少人往这里走，门内用一根手腕粗的木棍顶着，门是用松树皮钉成的，留有缝隙，恰好可容小孩细小的手自由伸出。我们轻轻移开木棍，悄悄潜入地下室，找一个空酒瓶，胡乱往里灌满酒，然后一路往山上小跑。半八真抠门，一瓶酒竟然只换六个桃子，而且全是挂不住的青果，啃起来有点酸涩，还害得小松挨了一顿打。

这件事让我俩整个暑期过得特别郁闷，总想找个机会好好治治半八。终于让我们逮住一次机会。在一个月色朦胧的夜晚，趁半八全情投入听评书的时候，经过事先踩点，确信桃园没人看管，我们分批悄悄摸进桃园。胆子大的负责望风警戒，个子小的留在桃树底下捡桃子，个子高又能爬树的负责采摘桃子，分工一结束，大家分头进入岗位。突然，"哎哟"一声惊叫撕破桃园的寂静，几个来不及爬上树的小伙伴不由自主地停下脚步，惊恐地四下张望，以为碰到了蛇。几个小伙伴壮着胆子往声音发出的地方靠近，只见一位小伙伴手上全是鲜血，借着朦胧的月色，大家这时才发现每棵桃树的上半段主干全被荆棘缠绕。我们气得直咬牙，难怪半八在村口碰到我们时神情怪怪的，原来他还留着这么一手。正在大家一筹莫展的时候，一位小伙伴不知从哪里找来了一根竹竿，大家轮流一通乱打，把气都撒在桃树上了，桃子像雨点一样直往地上掉，弄得满地都是桃子。大家把裤兜装得满满的，跑到后门山的茶园里，由于没有水清洗，桃子往身上擦擦就啃了。

月光拖着疲惫的身影躲进淡淡的云层里，风儿像顽皮的孩子不知疲倦地在茶园跳跃，没精打采的路灯把黑夜越拉越长。评书先生的醒木声伴随母亲的呼叫声，如一把利刃撕开山村的夜幕，我们打扫完胜利的果实，腆着浑圆的小肚皮，蹑手蹑脚溜进被窝里。当脚踩青石板发出的铿锵声渐行渐远，迷迷糊糊中，我被一阵肚子痛惊醒，一个晚上来来回回折腾了五六次。母亲翻箱倒柜，又是米醋又是仁丹找来给我吃，直到天亮了我才勉强睡着。第二天，几个小伙伴和我一样耷拉着脑袋，大家心里明白，可谁也不敢哼一声。大家躲在茶园里，远远望着半八在桃园里挠头抓腮的模样，一夜肚子疼的气也都消了。

桃园里的趣事定格在历史的瞬间，岁月的痕迹犹如门前的小溪，随着流水汇入滚滚洪流。每当夜深人静时分，独自坐在平台遥望远处黑黝黝的山峦，我总会想起那一段无忧快乐的日子。那时候物资虽然极度匮乏，但精神层面却是富足的，回望曾经走过的苦难岁月，才真切感受到快乐其实无处不在。正如当年的我，一个青涩的桃子、一小盅瓜子就够我快乐一个夏天，回忆一辈子。

走不出的思念

　　长年离家在外，思乡之情就如一杯家酿的米酒，让我常常无法把持。每当夜深人静时分，打开记忆的匣子，喜悦、失落、伤感总会在波光迤逦的岁月里沉淀。回眸时光刻刀留下的印记，蓦然发现，思念的心伴随一份"近乡情更怯，不敢问来人"的煎熬，悄然爬上心坎。

　　今夜，窗外淅淅沥沥的小雨敲打着玻璃，站在窗前，遥望故乡的方向，让思念的青藤恣意疯长。记得夏季，大雨捆住稚嫩的双脚，我坐在门前檐栏的"桥凳"上，一边为邻家陈伯捶背，一边听陈伯讲山妖的故事。陈伯说，老虎岗有一块大岩石，每当雨过天晴，山妖就会在岩石下玩耍。山妖个头不高，常以小孩的模样出现，它身上有一件掩人耳目的衣裳，一般人看不见它。山妖喜欢作弄小孩，一旦被山妖掳走，眼睛、耳朵、鼻孔会被泥土塞满，人会变傻了。说完之后，陈伯还会举临近村某某小孩被山妖掳走的例子。陈伯绘声绘色的描述令我们既担心又好奇，生怕某一天到老虎岗砍柴一不小心被山妖掳走，又向往拥有一件山妖的外衣，以后与小伙伴捉迷藏，谁也赢不了我们。可惜，山妖没看到一回，而那件神奇的外衣总在梦里出现。

　　不知多少回，因为太专心听陈伯的故事，连脚上的人字拖鞋掉进门前小山涧里也没觉察到，等到大人提醒了才慌里慌张打着赤脚，冒着瓢泼大雨，沿着小涧边追拖鞋。由于小涧蜿蜒穿梭于村中，又受踮步、拦水渠的阻隔，我们常常在村尾就能赶上。小涧流到村尾这一段，呈倒喇叭形，出水口仅一米多宽，水流又比较平缓，因而十有八九会被我们捞着。

有一回，雨下得特别大，小涧水涨得特别猛，连我们赖以拦截的踮步、拦水渠也被大水淹没了，一双刚买的人字拖鞋被水冲走了。少不更事的我在村尾这一段等候，拖鞋没捞着，人倒掉进了水流里，幸亏被路过的村民一把拽起。惊魂未定、全身湿透的我不敢回家换衣服，偷偷躲在废弃的灰楼里。等到母亲找着我，已是夜深人静时分，我蜷缩在乱草堆中，早已呼呼大睡了。母亲虽然没有打骂我，可也没有再买拖鞋给我，整个夏天我打着赤脚，以至于脚底长出了一层厚厚的茧。从此以后，每次下大雨，坐在檐栏的"桥凳"时，我都把拖鞋先脱了，拖鞋再也没掉过，可坐在那儿，心里空落落的，总感觉缺了点什么。

夏天的夜晚，那是梦放飞的时段，总令人无限神往。那时没有电风扇，更没有空调等现代降温电器，父亲用麦秆编织的扇子成了我夏天最好的伙伴，既可驱热，又可赶蚊子，还可以当坐垫。由于白天太阳的炙烤，低矮窄小的房间闷热异常，为了消暑，大家搬出竹床，沿街摆放。我家兄弟多，一铺竹床只能几个兄弟按天轮流着睡，没轮着的时候，只能用"店门板"当床铺。店门板只有30厘米宽，躺在上面一不小心就会掉到地上，父亲生怕我们摔下来磕着石板，就在底下铺上一层厚厚的稻草，好几回第二天醒来发现自己躺在稻草上。

最难忘的还是夏天的月夜，天空湛蓝湛蓝的，月儿如多情的少女，迈着婀娜的脚步，从月半山羞涩走来，云儿如顽童，与星星玩起捉迷藏的游戏，风儿如葛朗台一样吝啬。大人小孩坐在门前的门板或竹床上，或许为了打发时间，不知从什么时候开始，我居住的上街住户有了一个不成文的规矩：每天每户选定一个代表讲故事。我清晰记得隔壁阿福哥第一次讲故事的情景。他在门板旁放上一壶凉茶，脱掉上衣，脖子上挂着一条毛巾，微闭双眼，一副很陶醉的样子，惹得我们心里痒痒的。一切准备就绪，只听到一声吆喝："众位看官，今天我讲曹操八十万大军下江南。"大家一听可来劲了，往常都是讲鬼怪神妖，听得心里起毛，晚上睡觉时将头蒙得紧紧的，今天总算有点新的玩意。

230

"话说当年曹操率领八十万大军一路奔驰南下，路上那是尘土飞扬，只听见战马嘶鸣，马蹄声、行军脚步声，轰隆隆、轰隆隆……"正当大家拉长耳朵，聚精会神听时，怎么没有了下文？阿勇忍不住问："半天了，怎么还在轰隆隆？"阿福终于停了下来，呷了一口水，说道："你想想，八十万大军，要走多长时间。"大家一听，刚提起的兴趣一下子就没了。以后大家见到阿福就称呼他为"雷公"，这绰号一叫就是三十多年，以至于村里人都忘记了他的真名。

等到月上石牛岗，整个村庄笼罩在银白色的世界里。远处的山峦披上霭霭的白纱，近处的田野成了萤火虫的乐园，不甘寂寞的蛐蛐躲在草丛中，用它并不和谐的嗓门把夏夜越拉越长。一向文静的山涧迈开叮咚的脚步，踏着夜的节拍，和着此起彼伏的鼾声，唱响了合奏曲。月亮将头偷偷伸进一扇扇打开的房门，带着偷窥的喜悦，轻轻抹平匆匆的足迹。贪婪的小黑虫，也在这样的月色下，取消蓄谋已久的计划，只有不知趣的蚊子，在血足饭饱之后，还在耳边炫耀它的功绩。"噼啪、噼啪"麦秆扇不停地拍打着，没拍死几只蚊子，倒成了夏夜的另一道风景。

曾经家挨家、户连户的檐栏，随着一把大火告别它的舞台，昔日大家坐在门前纳凉聊天的一幕成了绝唱。也许是母亲真的老了，总想找个人拉家常，于是，就在大火过后的老宅基地，请人搭建一个简易的檐栏，每到掌灯时分，邻近一些上了年纪的乡邻不约而同聚在这里，聊家常，话岁月，说过往。我偶尔回家也会陪着母亲坐在门前的檐栏下，听时光走过的声音，静静品味故乡的沧海桑田。我知道，母亲想用檐栏留住那段岁月，延续那份回忆。

今天，我又站在这块既熟悉又陌生的土地上，母亲声声的呼唤还在耳畔回响，儿时甩硬币、捉泥鳅、偷摘桃子、玩过家家等往事，一幕幕浮现在眼前。走在幽深的小巷，"儿童相见不相识，笑问客从何处来"的感慨时不时地涌上心头。其实，每个人都会有一段难忘的经历，曾经苦难潮湿的岁月给予我很多，现在虽然远离了家乡，但那份心灵的坚守，我也许一生都走不出。

陈年旧事

怀念是什么？怀念是故乡山上的野杨梅，是门前蜿蜒流淌的小溪，是山谷里凌风怒放的杜鹃，是山巅缥缈的云雾，是岁月里最欢快的音符，是母亲脸上绽开的笑容，是父亲坟茔上的小草……不管走多远，也不论年龄有多大，那酸甜的味道，总在每一个霓虹闪烁的午夜，溢满我的心田。

记得小时候，每到寒暑假，为了分担父母亲的生活压力，砍柴成了我们这些穷人家孩子的任务。每天一大清早，我和一群小伙伴背着柴刀，扛着挑柴的"枪担"，枪头挂着捆柴的绳子，跟在大人后头，生怕一不小心落下。一路上连奔带跑，好不容易到了目的地，大人顾不了我们，尽往深山柴多的地方走，我们跟不上，只能在大路的旁边砍些疏而短的茅草或芒萁。

那时的乡村谁家都养有猪，柴火的使用量非常大，一到秋收结束，农村男女老少就上山搬柴火，正如农村俗话所说，仓有粮，灶有柴，锅里热腾腾，年就有了着落。砍柴是力气活，来不得半点投机取巧，也许是孩子的天性，也许是为了活跃沉闷的砍柴气氛，每次大家都会玩一种扔柴刀的游戏。大家先每人砍一小捆柴火，再用三段树枝搭成一个三脚架，大概离三脚架十米处，画出一条横线，然后推选一人做东，事先折好长短不一的芒萁梗，依次抽取，按照由长到短的顺序，大家轮流用柴刀扔，谁扔倒了三脚架，每人一捆的柴火就归他。得到柴火的小伙伴负责去采摘野果，扔输的人只好埋头拼命地砍柴，以弥补浪费的时间。柴火我是一次也没扔到，倒是经常因为扔柴刀，落在了砍柴队伍的后头，好几回父亲还到半路来接我。母亲不知内情，以为我身体瘦弱，砍柴累了，还特地炖了两个鸡蛋给我补身体，这在当时，尤其穷人家里，算得上是一种破例的待遇。

记忆里，寒暑假每天起床的第一件事，就是推开窗户看天气，每天巴不得下雨，只要天公作美，下起了小雨，我们就用不着上山砍柴了。闲下来的伙伴们聚集在一起，那时的娱乐很简单，快乐也一样很简单，一团泥巴可以玩半天，捏泥人、制烧锅、做碗具、过家家等，忙得不亦乐乎。有时还会从家里顺手拿上一些黄豆、小麦或咸鱼干，在自制的烧锅里放些木炭，再架上一片铁片或瓦片，由于掌握不了火候，经常出现烧焦的现象，但谁也管不了那么多，抓起来就往嘴里送，那种扑鼻的香味，至今回想起来还余味绕舌。由于家里兄弟姐妹多，大人根本顾不了我们，只有到吃饭的时候，才会放开嗓子喊上几声。这时不管我们手上多忙，玩得多么投入，谁也不敢耽搁一下，毕竟肚子饿的滋味不好受。一旦过了吃饭时间，父母亲橱柜一锁，剩下只有自己急的份了。而且农村人坚信一个理，农家的孩子像小狗，饿上一两顿没什么大不了的，不像现在的孩子这么娇贵，父母亲要想尽办法哄孩子吃饭。

说到吃的问题，印象最深的是马铃薯配地瓜米。一到马铃薯收获的季节，每餐煮上一大锅，一人一大碗，除了逢年过节，平常很难见到鱼和肉。记忆中最热闹和丰盛的伙食，当数生产队时期春种秋收轮流煮饭的时候。记得每年家里都会轮上三四回，每到这一天，母亲早早就起床了，我也跟着下了床，姐姐帮助洗菜、淘米、切菜，我帮助烧火，等到饭菜准备差不多了，父亲和哥哥分头负责通知。当时生产队的伙食是一人一餐一斤米，四荤六素一汤，外加一道马铃薯煮面，每张八仙桌排得满满的。等到二十多号生产队劳力都上了桌，我和哥哥就坐在楼梯上，眼睛紧紧盯着大木饭桶，瞅着满满的一桶饭渐渐变少，心里急得不得了。终于一个个饭饱离桌了，我第一个从楼梯跳下来，第一反应便是看木桶里剩下多少白米饭，至于荤菜就别想了，倒是马铃薯煮面还会剩下一些。这一天对于那时的我来说，比逢年过节多了一份期待，不仅不要干活，还可以饱餐一顿。

说到穿衣的问题，父母亲可愁白了头。记忆里最深刻的是"靶子"裤，就是裤子的屁股那一块容易磨穿，在磨坏的部位里面垫上一块颜色相近的布料，请裁缝师傅帮助缝补，也许是为了美观，裁缝师傅将磨损的部位钉成靶子的样式。更多的时候是穿"传递裤"，也就是哥哥穿过的旧而短的裤子传给我，我再传给弟弟穿。记得每年的正月初一，我总是守候在母亲的身边，等待母亲缝制崭新的"劳动布裤子"。所谓的劳动布，顾名思义就是专门用于缝制劳动制服的布料，它耐磨、不容易脏，而且相对比较便宜，也是农村穷人家首选的布料，至今我的箱子里还压着一条这样的裤子。前年上高中的孩子见着了，还很羡慕地说，老爸真时髦，那个年代就穿牛仔裤了，我一时哑然失语，一种说不出的酸涩感如鱼刺鲠在喉咙。

我常想，时代在发展，我们的物质生活发生了翻天覆地的变化，我们尽一切可能为孩子创造良好的生活学习环境，用物质人为地筑起一道孩子成长的栅栏，用我们的成才标准扼杀孩子的天性，也让传统的教育贴上功利的标签，让丰盈的精神世界离我们越来越远。我们总希望找到被文明遗忘，但却依稀残留于我们内心和骨髓的那一点点纯真，它是那样寂寞，不是被岁月默默尘封，就是被匆忙的视线延伸到另一空间。也许正因为珍贵的东西封存于内心，所以我们在偶尔看到苦难时才会被感动，才会产生感慨，才会不由自主地对我们那个时代产生追忆，对曾经沧海桑田的童真、美丽有所怀念。

古渡口

　　村里谁也不知道古渡口始建于什么年代，反正在这一代人的记忆里，阿一就是渡口的摆渡人。村里没有人记得阿一的真实姓名，因为与同龄人相比，不论个头、力气、干活，样样他都排在第一，因而为了方便，就顺口叫上了。十五岁开始，阿一接过摆渡的活，风里雨里整整干了六十个年头。听说，当年阿一在船舷点燃两根红蜡烛，以清风明月为媒，以溪流鱼儿为伴，以渡口榕树为证，把不足十八岁的新娘子娶上船，在小小的渡船上度过新婚之夜。

　　古渡口位于水陆交通要塞，是周边十几个村的村民外出的必经之地。渡口两岸是绵延的青山，一条溪流从遥远的峡谷一路奔腾而来，到了这里，随着地势平缓，溪床宽阔，水流也渐趋温柔舒缓。渡口两边有周厝、渡头溪两个小村庄，来来往往的商贾村民常在这里歇脚喝茶，因而一些简易的茶肆酒楼就应时而生，有点像湘西的吊脚楼，一家挨着一家。小村庄的人厚道，知道什么钱能赚，什么钱要不得，诸如客人口渴讨碗水喝，或借你的锅灶下碗面条之类，那是万不可向客人收钱的，说明你家人缘好、人气旺。久而久之，渡口的两岸便成了十里八村信息汇聚的中心，艄公阿一俨然就是最为权威的信息代言人。那时农村信息闭塞，交通落后，因此，谁想了解邻近村的情况，只要问阿一就可以了，谁家儿媳生娃，谁家婆媳不和，哪村走了老人，哪户人家生病，连谁家走失了一条小狗，谁家母猪下了几只崽，他都一清二楚。

阿一是从邻近村抱养的，八岁的时候，养父母先后离他而去，他是吃村里百家饭长大的，所以只要谁家有事叫他帮忙，他二话不说就到了，村里人都没把他当外人看。在那个经济十分困难的年代，摆渡的活可算得上是香饽饽，虽然一年忙到头剩不了几个钱，但至少衣食无忧，况且为远方的客人摆渡一次，客人都会扔上五分或一角钱。周边的十个村，按户每年补贴五元作为阿一的工钱，每到年关那几天，也是阿一一年里最忙的时候，白天不能耽搁手里的活，只好晚上挨家去收取，遇到一些实在拿不出钱的人家，他从不追讨，许多人家都是用粮食、牲畜、鸡蛋或别的东西来抵工钱。

农村摆渡的时间没个准，谁家有急事，不管什么时候叫，也不管几个人，只要有需要，他就摆渡。为了方便村里人，他干脆在渡口旁搭建了一个小木屋，里面就摆放一张床，锅灶安在船上。一到农忙季节，也是他一年里最清闲的时候。离渡口最近的是小梅家，家里只有父女两人，小梅父亲腿脚不便，重农活干不了，阿一一有空便帮助小梅打理农活，晚上忙完家里的活后，小梅常常一个人跑到阿一的船上，一边帮助阿一洗衣服，一边听他絮絮叨叨讲东家话西家。累了坐在船舷歇歇，困了靠在船边打个盹，没人喊过渡的时候，阿一将船沿着岸边往上游慢悠悠地划，小梅坐在船尾，一轮圆月从山顶探出头，将一缕月光洒向平静的溪面，凉爽的夜风如恋人一般温柔而不失端庄，悄悄将旖旎波光铺满小船四周，夜莺孤单的叫声在溪面上晃悠悠地飘荡，远处星星点点的渔火朦胧在薄薄的水雾里。阿一将船靠到岸边，把事先放好鱼饵的竹篓轻轻放进水里，等到竹篓微微抖动，迅速提起，里面小鱼小虾在活蹦乱跳，两人沉浸在捕鱼的愉悦里。夜色越来越深，月亮如顽皮的孩子，不知何时躲进了高耸的大山里，游累的鱼儿在水的温床里进入了梦乡，小梅父亲的呼唤声在水面上轻轻地飘荡，阿一摇着橹，小梅哼着小调，日子就在惬意与散淡中，随着涓涓细流走过山巅，钻进榕树底下的小屋里。

第二年，小梅的父亲走了，带着最后的依恋，在一个风雨交加、伸手不见五指的午夜，留下一座摇摇欲坠的破木屋，撒手撇下十五岁的小梅走了。村里人放下手里的活，东拼西凑筹齐丧葬费，按照农村风俗习惯，在小梅嘤嘤的啜泣声里，父亲被送进了大山里。走的人走了，活着的人一样要过日子，在阿一的张罗下，小梅在渡口的古榕树旁摆了一个小摊子，从此榕树底下多了一处供过往行人纳凉歇脚的地方。至于是先有渡口，还是先有榕树，没人说得清楚，反正村里人知道，它就这么顽强生长着，枝干撑开如一把巨伞，阳光透过层层绿叶，斑驳洒落在青石板上，细长的根须随风轻轻摆动，树丫布满了鸟巢，到了深秋时节，树上结满细小的果实，每天大风过后，树底下落满果实，这儿变成孩子的乐园。

树叶绿了又枯，枯了又绿，渡口客人来了一茬，又走了一茬，谁也不懂得哪一天小梅住进了阿一的小木屋里，没有人追问原因，也没有人猎奇好事，正如鱼儿与水一样，鱼儿不在水里生活，难道活在土里？农村没有人讲究繁文缛节，仪式、场面当不了饭吃，两个苦命人走在一起，在村里人看来，就像地里的庄稼熟了就该采摘一个道理。以后，渡口多了一道风景，阿一在船头摇橹划桨，小梅在船尾撑篙掌舵，日子在一划一撑间飘过水面，走过树顶，融进氤氲的水雾里。

都说，十八的女人一枝花。这话用在小梅的身上一点都不为过，那副水灵灵俊俏的模样，惹得过往客人忘了上岸，船上也多了一些调笑的声音。每每这时候，阿一都会嘿嘿傻笑。在阿一的眼里，女人嘛还不都一样，冷了暖暖炕头，饿了锅里有饭，衣服脏了有人洗，袜子破了有人缝补，到了年纪生娃，跟家里养的那群鸡一样，除了打鸣下蛋，又变不了凤凰。虽然有时也有野狗之类的好奇动物跑到鸡群里来，也不过像走亲戚一样，兜了一圈就溜，鸡群还不是照样干自己的活，过自己该过的生活。

一天，村里来了戏班，就在榕树边上的庙宇里，锣鼓一响演开了，而且一演便是七天。铿锵的锣鼓声伴随婉转的唱腔时不时地飘到船上，撩拨得小梅心慌慌的。阿一见状就催小梅也去开开眼界，小梅在戏台边找了个位子。正戏还没开始，庙宇里闹哄哄的，小梅夹在人群里，显得与众不同，一头乌溜溜的黑发梳成一条长长的辫子，一件红色对襟紧身短袄，两个红扑扑的脸蛋，一双乌黑明亮的眼睛，还有胸前一对丰满的小山峰，那婀娜的身段、凹凸有致的线条，活像六月山里熟透的桃子，浑身散发出艾草一样的清香。许多来看戏的邻村后生尽往她的身边挤，连戏台上扮演关公的武生，因为看她的缘故，竟然走错了台，忘了唱词。

七天时间里，小梅忘记了白天与黑夜，也忘记了在船上等她撑篙的阿一，没有人知道小梅在想什么，更没有人知道发生了什么事。戏班走后的那一天，小梅一个人呆呆坐在榕树底下，用手中半截枯树枝在细软的沙子上画了涂，涂了画。没有人在乎小梅画什么，村里上了年纪的人都明白"人生如戏，戏如人生"这句话。当天夜里，细心的人们第一次听到渡口小木屋传来的争吵声，还有女子的哭泣声。在农村夫妻吵嘴，哪怕动动手，那都是再正常不过的事，夫妻就如同在一个嘴里的牙齿与舌头，牙齿咬破舌头是常有的事，没人见过舌头破了就不与牙齿同在一个嘴里，所以也就没有人去劝架，更没有人去了解因什么事吵架。村里人坚信一个理，夫妻没有隔夜仇，床头吵，床尾和，只要第二天太阳一出来，就什么事都没有了，夫妻还是夫妻。

当村里的炊烟次第升起，脚踩青石板的声音揉碎山村慵懒的清晨，寂静的渡口又恢复平日的喧嚣，村里人惊奇发现，渡口站满了过渡赶路的客人，小木船却像一个委屈的孩子，孤零零搁浅在沙滩上，小木屋的门敞开着，随着风吱呀吱呀地响，里面被子叠得整整齐齐，离小屋不远的地方，阿一俯卧在沙滩上，身边都是空酒瓶。这一天，阿一埋着头，不说一句话。夜里，发着高烧的阿一躺在小木屋里，嘴里嘟囔着：小梅就像这溪里的黄甲鱼，天天泡在平静的水里，闷了烦了，总向往水流湍急的源头，等到有一天累了困了，她一定还会游回来。人们到这时候才知道，小梅走了，犹如当年她的父亲，一点声息都没有。有人说小梅是跟一个戏子走的，有人说是跟一个过路客跑了，也有人说是跟邻村看戏的后生私奔了，还有人说是阿一帮她撑的船，没有人向阿一问起，正如当年他们结婚一样。

小木船破了修，修了破，日子在阿一的酒壶里酝酿，岁月在他的额头刻下深浅不一的痕迹，平静的水面偶尔也有黄甲鱼游过的身影，但绝不是阿一盼了四十多年的那只黄甲鱼。日复一日，空闲时阿一总是风雨无阻坐在榕树底下，浑浊的双眼望着对岸那条弯弯曲曲、不知通往何处的石板路，人们知道他在等什么，也知道他永远等不回那只黄甲鱼了，但谁也不想点破，人活着有一份期待，生活总会多一个盼头。

又过了十几年，在渡口下游的不远处架起了一座大桥，从此再也没人坐阿一的渡船了。渡口被一丛丛的芦苇包得严严实实，承载阿一无数快乐的小木船也完成了它的历史使命，没精打采地躺在榕树下。没有摆渡的阿一真的老了，每天拄着拐杖，一个人坐在朝夕相伴的"老伙计"身边，诉说六十年的风风雨雨，诉说他的小梅，诉说渡口的一件件琐事。

一天夜里，躺在小木屋里有些微醺的阿一，隐隐约约听到有人喊摆渡，那声音飘忽、绵柔、婉转、绰约，如一缕细密的水波，又如一根柔软碧绿的水草、更像渺渺记忆里的小梅，阿一急匆匆披上破棉袄……第二天，早起收网的村民在榕树底下的破木船里发现了阿一，他脸上带着微笑，手指着对岸，安详地闭上了双眼。

出殡的清晨，天空飘着毛毛细雨，从周边村自发赶来许多送行的村民，队伍排成一条长龙，没有鞭炮声，也没有抽泣声，谁也不想惊醒他，村里人把他埋在渡口的上方，面朝他一心牵挂的远方。第三天，在渡口的对岸，一位满头白发的老婆婆静静地凝望着芳草萋萋的渡口、小木屋、古榕树，还有榕树底下的小木船，有人说，那就是阿一亲手放走的"黄甲鱼"。

夜话故乡龙

  沿着榴坪溪往下走，在柘荣县楮坪乡马蹄岩村与福安市上白石镇沙坑村交界处，也就是榴坪溪与交溪交汇点，有一口待字深闺的龙井。龙井四周青山环绕，郁郁葱葱的树木染绿一潭龙井的水，一帘瀑布仿佛从天而降，在阳光的照耀下幻化出一条绚丽的彩虹，与潭面升腾的水雾连在一起，令造访者有如临仙境的感觉，也给龙井增添了不少神秘的色彩。

  唐代诗人刘禹锡在《陋室铭》中云："山不在高，有仙则名；水不在深，有龙则灵。"这话不假，故乡父老对龙井的喜爱，除了龙井优美迷人的自然风光外，更主要的还是源于祖祖辈辈口口相传的关于故乡神龙的传奇故事。还记得上小学的时候，那时刚好是20世纪70年代末，也是物质生活与精神生活最为匮乏的时期，大人下地干活了，我和伙伴闲着无事可干，就用田间的稻草扎成长长的一条草龙，学着大人舞龙的招式，年长的在前面舞龙，年幼的跟在后头，时间就在我们一板一眼的舞动中流逝，欢声笑语永远定格在晒谷场，成长的烙印深深刻在青石板上。

  记得每年秋收后，村里都举行隆重的布龙仪式。布龙的陈师傅是土生土长的本村人，布龙前，他先用清水净身，再到村旁的龙王庙里上一炷香，然后便开始忙活布龙了。其实布龙所用的材料很简单，就是竹子和红布。选用上好的竹料切成长条形竹片，将竹片扎成圆筒状，再用铁线将木

残梦犹闻乡音近

棒绑在圆筒竹笼上固定住，这样一节龙身就算做好了。制作龙头可是个细致活，没有三至五年的火候可不行，龙嘴的宽度、下颌的灵活度、龙角的长度等都是极有讲究的，需要按照一定比例，否则就会影响整条龙的外观。待这些工序完成后再盖上事先制作好的红布，一条龙就算完成了，布好整条龙大概需要一个月时间。

据说，故乡所布的龙与其他地方的不一样，它只能布七节，一旦布九节，龙身就会焚毁。邻家八十多岁的老伯，至今说起第一次舞九节龙焚毁的情景，还心有余悸。此后，七节龙成了故乡龙的标志，至于什么原因，无从考究，也无人去考究。等到龙布好后，选个黄道吉日，村里推选一位德高望重的长者主持祭拜仪式，祈求来年风调雨顺、村泰民安，又以这种简朴的方式邀请神龙出潭。祭拜仪式一结束，舞龙队便挨家挨户巡舞。故乡的舞龙极有讲究，从神龙探龙井、跃龙门、钻龙洞、出龙潭，一直到神龙摆尾、戏龙珠、抢龙珠，整个舞龙过程有时静若处子，有时动如闪电，一招一式间无不透露出原生态的韵味，将故乡神龙演绎得惟妙惟肖。神龙每到一处都要用鞭炮迎接，这一时节又恰逢春节，为农村增添了不少喜庆气氛，沙坑神龙也因此在周边县市声名鹊起。

相传，当年村里有个姓郑的放牛娃，天天赶着一群牛到龙井坡地上放养。在离龙井三十多米远的上游溪床旁边，有一块长约二十米、宽二米的岩壁，放牛娃每天风雨无阻用手里的柴刀一点一点凿，整整三年的时间，一条栩栩如生的龙出现在岩壁上，就是缺一双龙眼。一天夜里，放牛娃做了个梦，梦里一位老者告诉他，明天午后三时，有一个人会送给他两粒黄豆，说完老者便在梦里消失了。第二天，放牛娃早早就来到了岩壁前，临近午后三时，突然天空乌云密布，狂风怒号，豆大的雨点劈头盖脸倾泻而下。暴雨中，一位背微驼、衣衫不整的老者拄着拐杖向放牛娃走来，放牛娃一见暴雨中艰难行走的老者，赶忙脱下身上的蓑衣，取下头上的斗笠给老者，老者从身上摸出两粒黄豆，叫放牛娃赶紧摁到岩壁的龙眼位置上。此时，溪水暴涨，岩壁的龙尾已被溪水淹没，放牛娃一个箭步跑到岩壁前，将两粒黄豆用力摁到龙眼处，只听一声巨响，一团烟雾霎时弥漫开来，刻在岩壁上的石龙忽然间游动起来，龙尾卷起放牛娃腾空飞去。这就是传说中沙坑龙的由来。

故乡父老对龙的感情还隐含在另一段传说中。据说在清朝乾隆年间，有一年清明节，浙江泰顺的白龙仔祭祀引发暴雨，一时山洪暴发，到处一片沼泽，村中长者聚集商议对策，有人提议祭拜龙井，以求神龙显灵，保护一方苍生。村里推选了几位身体壮、胆子大的后生挑供品到龙井祭祀，仅一炷香的工夫，只见龙潭中巨浪翻滚，一会儿一道红色的亮光从龙潭破水冲天而去，顿时天地一片昏暗，空中白色的闪电与红色的闪电缠斗在一起，并伴随着震耳欲聋的雷声。大概过一刻钟，白色的闪电渐渐消失，持续的暴雨也骤然停歇了，一时间云开日出，村民倾家而出，欢呼雀跃，奔走相告。此后，每每清明祭祀期间，只要红色闪电一出现，白色闪电就自然消失了。村里人为了纪念故乡神龙渐渐有了这么一个习俗，每年清明节前一定要到龙井烧香祈祷，既表达对神龙的敬畏怀念，又祈求来年风调雨顺，村泰民安。

如今，布龙的陈师傅带上他的制作绝活走了，村里略懂祭祀和布龙仪式的人几乎没有了，加上农村青壮年劳力大量外出和一些娱乐设施的普及，制龙和舞龙的习俗也渐渐淡出村庄后人的视线，唯有那优美的传说还在茶闲饭后，在三月电闪雷鸣的夜晚，偶然被故乡父老提起。作为一个游子，每每在异乡灯火灿烂的午夜，总会想起那段悠悠往事，布龙师傅专注的神情，庄重的祭祀仪式，热闹的舞龙场景，系在草龙上一串串的欢乐……常常在眼前晃动，一丝感慨漫过思乡的樊篱。农村这块沃土孕育了中国古老文明，多少非物质文化遗产在历史的演变中等待我们后人去传承、挖掘、弘扬，但愿民间这些艺术奇葩能在广阔的农村大地结出新的硕果。

小街深处麦芽香

　　说实在话，这条窄窄的街道，我走了无数遍，它逼仄、窄小、拥挤，连你想喘口气的空间也没有。匆匆的步履，踩碎古老的梦幻，忙碌的身影，复制着年复一年的故事，物是人非，小小的街道以悲情的方式，包容与接纳周边高楼的挤迫，以风的姿势，梳理过往云烟飘过的痕迹。

　　今夜，不知源于何种原因，在凄风与苦雨的交织中，我独自撑着一把小伞，走在幽冷潮湿的小街深处。也许是夜太深，也许是阴冷的雨天，喧哗与繁忙随着夜幕走进浓浓的梦乡，富有节奏的雨滴，轻轻地敲打在青石板与雨伞上，像一首催眠曲，把冬夜越拉越长。偶尔走过虚掩的店门前，从狭小的门缝透出的一线亮光里，隐隐约约看到三五个上了年纪的老人，或坐或挨或靠，挤在一张年代久远的柜台前，一盏昏昏欲睡的电灯发出一丝懒洋洋的光线，老人手里拿着暖手袋，两腿间夹着火笼，有一茬没一茬地聊着，时光在一闪一闪的炭火里燃烧，悠悠往事在龙溪里静静地流淌。

　　突然，一种熟悉的麦芽糖香味在小街弥漫开来，香气氤氲着水汽，淡淡笼罩在古老的溪坪官道上，一间临街而立的小糖铺，以独特的方式和传统的技艺，延续与诠释唐末以来的风风雨雨。这里没有喧闹的叫卖声，一切的繁华与躁动，似乎融入了麦芽糖的清香里。都说，酒香不怕巷子深，这话用在麦芽糖店里一点不为过。从不张扬的小店就没少过顾客的光临，也许是出于怀旧，也许是剪不断理还乱的情结，麦芽糖已融入贲张的血脉，时间越久越发清香，就如同脚下的官道，早已刻进小城人的记忆里。我伫立小店前，看着柔软滚热的糖浆经过冷水的稍稍冷却，在制糖师傅的手里犹如变戏法似的，时而细如纤绳，时而薄如蝉翼，时而揉作一团，原本米黄色的糖浆顷刻间变成了白色，然后将其放在撒好熟米粉的案板上，根据顾客的口味需求，里面放进一些花生、芝麻等，再搓成大小均匀的糖绳，圈成一卷。整个过程全开放，购买者不必担心食品安全问题，正是味正香醇，才引来一拨又一拨的回头客。

看着制糖师傅熟练精湛的手艺，闻着熟悉清淡的麦芽糖香味，我的思绪一下子又回到了20世纪80年代初期那段艰辛的日子。那时改革开放的春风吹遍了大江南北，地处偏僻的家乡也沐浴在这场浩荡的春风中，禁锢多年的农村手工艺人以敏锐的嗅觉迅速抢占发家致富的高地。一向老实巴交的父亲，在母亲的鼓动下，战战兢兢地操起久违的旧业，在沿街的自家门前开起了小糖铺。父亲制作麦芽糖的手艺可是祖传家业，当年爷爷就是靠这发了家。一到寒假，由于人手不够，十三岁的我成了父亲的小帮手。当时农村乡土文化很活跃，地方戏、提线木偶戏、布袋木偶戏、评书等在农村十分流行，偶尔还有电影上映，这时节是农村最热闹的时候，也是我和父亲最繁忙的时候——白天帮助父亲制作麦芽糖，夜里陪父亲到周边村卖糖。我清楚记得，当年很多大人小孩围着麦芽糖担子转的情景，一些小孩花上一二分钱买一小截麦芽糖，偷偷躲在墙角，那种偷着吃的幸福样，比麦芽糖的香味还令人垂涎；一些年轻人花上五分钱剪一段麦芽糖，放在箩筐边缘轻轻一敲，麦芽糖断成两截，然后两人比麦芽糖截断面的洞的大小，谁的洞小谁付钱，一旦敲出大洞，那种高兴劲比起今天的彩票中奖还快乐。

等到曲终人散，已是夜深人静时分，我在前面提着风雪灯，父亲挑着糖担子，坑洼不平的山路在脚下延伸，不眠的星星在头顶上眨着惺忪的睡眼，不甘寂寞的寒风在呼呼地吼叫，偶尔传来野兽的怪叫声，撕裂寂静的山峦，吓跑了我的睡意，父亲看到我害怕的样子，连忙安慰我："没关系，野兽不敢来，它怕麦芽糖的香味和亮光。"那时那地的我，父亲就是我的天，因此我深信麦芽糖的这种特殊功能，事后还在小伙伴面前炫耀了一番，小伙伴对我信服得不得了。

岁月在麦芽糖香里酝酿，快乐在麦芽糖里越拉越长。父亲靠制作麦芽糖养活了一家人，度过了艰辛的岁月，并且送我上了中专。其实，我心里明白，父亲一直希望我继承他的手艺，最终我还是让父亲失望了，现在回想起来，我还能感受到父亲的无奈与失落。虽然没能如父亲所愿，将祖传的手艺发扬光大，但对麦芽糖那份依恋与挚爱，总会在夜深人静时分溢满胸膛，这也许就是我经常走进这条小街的缘故吧！

我常想，麦芽糖不就是人生的缩影吗？它用糯米与麦芽经过多道工序的炼制加工，最终才提炼出甜甜的麦芽糖，这犹如人生，只有历经磨难，你才会感悟生活的真谛，才会体会到生活的甜美。麦芽糖中蕴含幸福的哲理，其实幸福很简单，与钱的多少没有关系，与你生活的环境也没有关系，生活的每一细节里都渗透幸福的影子，只要你摆正心态，做一个生活的有心人，一步一脚印，踏踏实实过好每一天，幸福会相伴你永久。

回望乡村

竹斗笠

从山野丛簇中走来，灿然开放于乡间山脚旮旯。

风里来，雨里去，总能晃出满地的农事芬芳。

从铿锵的脚板中，从蜿蜒的田塍上，从鸡鸣犬吠撩开的晨雾里，岁月读你，读出庄稼咸涩涩的味道。

长在农耕文化的《诗经》里，写在父老乡亲的头顶上，乡村读你，读出喜怒哀乐的表情。

轻轻一扇，扇出一片清凉，随手一放，放出一个空间。一顶竹笠，一串故事，农家读你，读出日晒雨淋的生活。

编进日光的经，编进月华的纬，编成田野上跳跃的音符，梯田里金黄的挂历。亲近农家的额头，亲近皱纹里的汗滴，就能数清乡村的年轮。

山　歌

如山路十八弯，弯弯绽出的各色各样的野花，缤纷着乡村的季节，抚慰着乡民的心绪。

吮吸了土话俚语，仿如炊烟的触须，袅袅伸入乡村的每一寸土地。

牵绕出晨雾中的匆匆脚步声，东家呼儿西家唤女的嘈杂声，烈日下劳作的汗滴声，夕照荡漾的牧笛声，溪涧洗衣的絮语声，月光下蒲扇的拍打声，还有深夜里村庄的喘息声……

蓬勃山歌，写满乡村四季，如一抹金黄的颜色，点燃生活的激情。山歌飘过峰谷，绕过小涧，摇曳出一片芬芳的稻香，散发出欢乐的乡土气息。

循着山歌，循着山路一样多姿旋律的曲径，你就可以走进乡村枯倦的情怀，走进农事的青翠或萎黄。

听着山歌，你就可以听懂年少暗恋的烦恼，听懂乡村颠沛磨成的卡带，听懂父辈们老松般的忧郁和深沉。

这些色彩斑斓的山花结出的果，就是这辈子看不厌的风景，嚼不尽味儿的乡愁。

老房子

一个耄耋老人，坐在门前的一块石头上，活在老房子的孤寂里。

名字，湮没在岁月的风尘中。

一扇关不紧的木门，一如他松动的牙，怎么也咬不住淌过的光阴。

门楣上的春联，已让时光撕咬漂白，恍若他双鬓稀疏的白发，总也挡不住老去的年华。

那些熟悉的跫音，曾经满院的笑语，不知何时，已融进门前落叶与月光下的虫鸣里。

门前，与他一样苍老的梨树，留不住过往的童谣。看着稚嫩的脚步，跟随年轻的背影，一起追逐车笛，在岁月的转角渐行渐远。

满脑的旧事，只能与土地呢喃；满眼的期盼，只能对阳光述说；满腹的思念，只能与清风明月倾吐。

守着裂檐的蛛网，网着蹒跚的夕照，听着送殡的唢呐声声，等着为自己吹响的那一刻。

山 花

一路山花绽放，不知顾盼着谁的叮咛，馨香着谁的岁月，又温暖着谁的行程。

六月的石榴对蜂蝶的承诺，似乎显得太沉，沉过缄默的东狮山。山中的油桐对季节的承诺，似乎显得太长，长过逶迤的龙溪。

还有不知名的山花，以卑微的姿态，穿越绿色的固执，以摇曳多姿的鲜妍，生动了乡村的风景。

乡村的夏天，就是这样不符合逻辑，不讲理，却总能让乡村活得心平气和。

放眼满山绿意阑珊，虽说有些黯然生冷，但那是魂牵梦萦的原乡。

山花镀亮了犁铧，镀亮了田畴，镀亮了季节边缘的脚印，也一样镀亮了散发泥香的憧憬。

古戏台

一块空地，一座庙宇，便是一个戏台。

寒来暑往，演绎一幕幕如戏人生。

乡野季节的风，吹走高亢或低沉的唱腔，吹落满村喜悦与期待。

多少善恶忠奸，多少爱恨情仇，多少曲折磨难，在看戏人的喜怒哀乐中，在丝弦管乐的江山里，过往，消逝。

黑白轮换的岁月，压矮台脚。时代变迁的号角，淹没锣鼓的呻吟。

谁说得清，台上演戏者自锣鼓背面，走了多远。谁又能说得清，台下看戏人自情节深处，悟了多少。

戏台下，年少的热闹、喜悦或好奇，在叫卖的瓜子糖果声中，兜兜转转，在摩肩接踵的人堆里，释放、奔腾……

大树下，年长的赞叹、嬉笑或怒骂，在吧嗒吧嗒的水烟筒里，明明灭灭，在门前的饭碗沿边，生津、添味……

渡　口

一声低沉呼唤，可曾滞缓迟归的脚步。

竹竿轻轻一点，可曾点散离乡的愁绪。

盛满牵挂的行囊，能否压得住一场生活的漩涡，彼岸闪烁的光晕里，是否还有温馨的絮语？

渡口依旧，曾经的橹桨已划不动水花，叩不响几多晨岚夕照。

逝水漂去的离愁或叮咛，一如渡口疯长的芳草，淹没来时路。唯有呼唤或手势，织成四季的风景，定格在朝来夕往的渡口。

一篙船歌，摇曳岸畔花开花落的日子。一个回望，苍白乡村日出日落的期盼。一声呼唤，拉长山高水远的等待。

长橹一把，丈量溪流的悠悠岁月。可量得出，故乡与他乡的距离；又可量得出，心与心沟壑的间距？

不是渡口荒了，渡船老了，桨橹腐了，只是载不动太多的愁。

门前小涧

　　我家门前有一条小涧，一米见宽，涧底由大小不一的毛石铺就，涧边由鹅卵石砌成。它宛如村庄的血脉，在临街而立的房屋间流淌，而后在村口形成一道瀑布，汇入渡头溪。小涧水清冽，终年不枯竭，与村庄相依相伴走过无数个春夏秋冬。

　　在村庄与田野之间的一段小涧，由于少有人涉足，水草长得特别丰茂，加上离村庄有一定距离，自然成了泥鳅与小鱼嬉戏的乐园，也是我和小伙伴捉泥鳅戏水的最好场所。据村中最富捉泥鳅经验的茂叔讲，夏天中午，尤其是雷雨即将来临前，这一时段水里憋气，泥鳅都想出来透透气，于是，我便约上几个小伙伴，提着土箕，拿着"T"字形的木桶，到小涧捉泥鳅，经常泥鳅没捉着几条，倒被水蛇吓得无处躲藏。大人当然没指望我们的泥鳅能端上桌，但也不反对我们捉泥鳅，父母亲心里清楚，农村的孩子不管走多远、飞多高，泥土永远是他的根，而那涓涓细流的小涧，就是乡愁流淌的血脉。

　　记忆中，小涧最热闹当属傍晚时分。女人挽起裤脚，撅起屁股，用劲地搓打满是泥土与汗味的衣裳，她们似乎想把清澈的涧水洗进褶皱的衣裳里，让粗糙的衣裳线条变得如水一样柔润，然后将阳光的香味装满衣裳的每个口袋，连同心情一起明亮温暖起来。晚归的男人们则光着膀子，穿着裤衩站在小涧里，一边擦洗身上的汗味与泥浆，一边顺手抓一把涧边的茅草仔细擦洗锄头，他们宁可亏待自己的女人和孩子，也从不亏待身边的老伙计，因为他们坚信老伙计有灵性，只要将老伙计洗得干干净净，让它好好歇上一宿，明天它和主人一样精神抖擞，来年的生活就有了着落。

当每家的屋顶冒起缕缕炊烟，东家呼儿西家唤女的声音拉严村庄的夜幕时，一盏盏无精打采的电灯次第亮起，在每一扇敞开的柴扉缝隙里，你可以闻到那熟悉的味道，那种属于农村、属于那个特定年代的味道，那是小屋长着地衣的霉香，是稻秆垛发出的腐香，是刚从地里扛回的芒萁的清香，是烧谷壳时四处飘扬的烟香，是薯米和着马铃薯的饭香……所有这些味道夹杂在一起，搅乱了小涧的夜晚。大人饭饱之余，坐在小涧边上，一边扑哧扑哧抽着旱烟，一边有一句没一句地聊着农事。我常常独自坐在小涧边的廊凳上，听脚下小涧如佩环相击、昆山玉碎的流水声，看远处翠峰叠嶂，云雾缥缈。此时，月半山在云雾里若隐若现。我常想，是不是时光的影像折叠着藏进月半山的怀里，云雾与月光特地用柔和的光线造一个光和影的长廊，让我在每一次的探求中不会迷失方向。

席慕蓉曾说过，时光是一匹白色的绢布，我们都是在时光里刺绣的人。现在的我虽然已经离开这片土地，但时光的绢布总让我对一些东西无法疏离，无法阻止它在一些未知的时光里，将我送入千丝万缕的牵连。我知道，哪怕岁月偷换了底片，但梦境里时不时出现的小涧、流水、青石板，还有含羞开放的金针花，都犹如一位位跋山涉水而至的故人，总在梦境里绽放温柔的微笑，让我的缕缕思绪在小涧里跳跃，也让我获得一份身在红尘之外的沉静与释然。

"独怜幽草涧边生，上有黄鹂深树鸣。"在故乡每个水灵的春天，年少的我总喜欢挑细雨飘飞的黄昏，独自一人穿过土墙灰瓦成就的幽深小巷，踏着平平仄仄的诗行，带着如丁香般女子的忧愁，行走在满眼春色的小涧边，虽然没有葱郁的深树，也少了黄鹂的鸣叫，但那没来由疯长的幽草，连同青青岸柳，拂面而过的温柔，却让我的脚步变得轻盈。总爱站在小涧边看那几座孤零的老厝，那褪了色的木拱与横梁，爬满青苔的斑驳墙体，藤蔓缠绕的窗格，似乎曾经的故事就在门楣上跳跃，而那些故事似乎从未走远。

如今对故乡的记忆，就如同小涧边的青石小路，总在午夜梦醒时分，蜿蜒流淌于周身的血脉中。曾经的欢乐笑声，在一场没有任何预兆的大火中，连同村庄所有的精华，瞬间变成漫天飞舞的灰烬，门前的小涧从此在水泥的格子中艰难爬行，灵动与婉约定格在那一年的秋天，清澈的灵魂伴随落叶，成了母亲余后岁月的唠叨。而后那一片田埂长满了水泥森林，门前的小涧张着干涸的嘴巴，成了蚊子苍蝇滋生的温床。我知道曾经的乡村已经回不去了，正如门前的小涧已无法返回当初的涓涓细流，复归那静若处子般的宁静。

当母亲声声呼唤，将我拽入熟悉而又陌生的村庄，月色下站在小涧边，一曲悠悠二胡声，不知从哪家飘出，却吹出满村的惆怅。此时，我无力用词语描述村庄的记忆，只能沿着颓废的墙角，悠长的小巷，在忽明忽暗的灯光下，寻找那份不知何时丢失在转角的天真。那一刻，或许村庄久远的韵味和清淡的月色，才会在枯竭的心底泛起温暖的涟漪。

乡野稻香

"从别后，忆相逢。几回魂梦与君同。今宵剩把银钰照，犹恐相逢是梦中"。思念如晏几道的词，总在窗外西风乍起的季节，游离乡野的郡望之地。当陌上阡头的孩子望断了最后一只南飞雁，当门前的石榴被摇曳得片片枯黄，当一场秋雨催开了彼岸花，我在酒杯里，似乎看到摇摇晃晃的故乡，在酒杯之外，似乎闻到缥缥缈缈的稻香。

故乡的梯田，比不上龙脊梯田的气势，元阳梯田的风情，加榜梯田的韵味，但它有炊烟袅袅、梯田层层的生动画面，缥缈云雾笼罩带子丘、碎田块，在罗隐传说的滋润下，平添了几许人文、野性、古朴美。

"西风乱叶山边树，秋在稻田羞涩处。"每每柿红稻黄的金秋，我与妻子都会如约走进故乡的梯田，面对先人历经千年精心雕刻的杰作，这一刻再华丽的辞藻也显得苍白无力，再精巧的长枪短炮也会让思维犯困。那从半岭山腰倾泻而下的梯田，面与面交叠的美丽，线与线交汇的神奇，线与面交融的感叹，让我读懂了"当年不肯嫁春风，只待秋来做新娘"。

沿着福温古道往上走，山脊两侧铺开层层梯田，金灿灿的稻谷飘散着醉人的芳香，翻腾着滚滚金波，好像灿烂的彩霞抖落在田间。远处笔直的松树点缀其间，活像一把把张开的绿绒大伞。近处羞涩的野菊花胆怯地躲在梯田中，一如邻家羞答答的小妹。秋风四起，在光和影的作用下，斑斓的色彩包裹着浓郁的气息，在流动线条的催动下，犹如一幅波澜壮阔的油画！

　　站在熟悉的古道，依稀看见当年稚嫩的脚步，蹒跚追逐青春年少的梦想。走在窄小的田埂，仿佛看见当年瘦弱的身影，晃悠承受着生活的磨砺。如今，曾经风月的故园孑然默立在萧条桑柘处，曾经喧嚣的古道早已定格成记忆的风景，唯有眼前的梯田依旧春来发芽，秋来成熟，朴实地生长在这片土地上，留住一段天真无邪的岁月，一片萦绕心中的稻香。

　　"稻花香里说丰年，听取蛙声一片。"村庄若隐若现散落梯田中，少了一片辛弃疾的蛙鸣，浓了王维的几许稻香。夕阳下，稻穗如喝醉酒的父老，扯着一袭晚霞当被，来不及解下金黄的腰带，便枕着几缕炊烟入眠。

　　母亲催促的电话将天边的晚霞惊醒，晚霞的红艳与天空的蔚蓝相交融，成就了世上最好的胭脂，铺洒在梯田秀丽脱俗的面庞，衬托出梯田无双的妩媚。一钩残月和蔼地望着村落和田野，梯田上弥漫着一片薄薄的轻烟，山野如同坠入梦境。

　　当我驱车告别故乡时，知趣的秋风正怯怯冲洗着交溪的秋夜。我想，也许每个游子的心中都有一块梯田，那些梯田虽然远离了我们的视线，但它藏着我们走过的路、读过的书和爱过的人，那田里还长着我们的根脉和乡愁，不论我们走多远，飞多高，它至少应该是我们心中的原乡。

走进乡愁 ▌

　　早春时节，我与妻子一道回家看望年迈的母亲。吃过午饭，妻子陪母亲在门前一边洗菜，一边唠些家常。我由于插不上话，便独自一人沿着新建的水泥路往村里走，想去看看曾经就读的学校。这里曾是我滋生思念的地方，也是我此生最温暖的心灵驿站。每每回忆起它，我的耳边便会响起拜伦的诗句："宫殿沿着运河边慢慢消失，音乐不再在耳边长敲，这些日子已经过去，只有美丽长存。"是啊，随着岁月的流逝，曾经的学校也慢慢消失了，那琅琅甚至有些嘈杂的读书声，早已封存进记忆的匣子里，那些无忧无虑的日子已经过去了，只有那缕淡淡的美丽的乡愁，还时不时飘荡在心头。

一

　　说是学校，其实是村中陈氏的祠堂。也许是祠堂坐落在村里最偏僻的地方，环境适合读书；也许是祠堂后方的一条蜿蜒山脉，村里人认为是龙脉所在，孩子在这里读书，将来肯定有出息；也许是村中根本找不到第二个这样的场所，只好将就作为学校罢了。祠堂的格局与其他地方并没什么两样，祠堂四面被黄土夯实的土墙包得严严实实，门前有一堵被风吹雨淋、显得很年迈的土墙，上面爬满了各种青藤，远看就如一面绿色的帘幕。在土墙与大门之间，有一块六七十平方米的场地，这既是通往洋坪尺的道路，也是低年级上体育课的场所。沿着七级石砌的台阶而上，来到祠堂的下厅。下厅由木板隔成三间，左右两间是一、二年级的教室，中间作为过道。穿过下厅天井的走廊，再往上走五步台阶，就到了上厅。据说，上厅堂主要用于供奉陈氏先祖的灵位牌，到我上学的时候，厅堂里的灵位牌早就没有了。

我记得很清楚，当时的上厅堂用竹条隔成三个教室，中间的一间作为五年级的教室，左边是三年级教室，右边是四年级教室。透过竹条的缝隙，能清楚看见隔壁同学的一举一动，后来老师用旧报纸糊上，虽然填补了缝隙，但无法堵住嘈杂的声音。所以，上课时老师为了不相互影响，往往采取复式教学，一个班级授课，一个班级写作业，剩下一个班级预习。每到这个时候，语文科的郭老师便会手持一竹鞭，来回在教室里走动，一则监督我们预习，再则就是防止班上的捣蛋鬼将本已伤痕累累的课桌又添上新的伤痕。因为当时我们是男女生同桌，为了划清界限，免得课后给其他同学落下话柄，大家都会在课桌的中间画一条线，只要一方肘部越过中间线，另一方的拳头便会毫不客气地落在肘上。因为当年与我同桌的女生个头力气比我大，最终吃亏的总是我，为这事我一直到小学毕业都没有和她说过一句话。

这样的学校生活直到我上小学三年级的时候才有了改变。学校新来了一位林老师，人长得黝黑壮实，学生看见他都很怕。他来到学校不久，就组织三年级以上的学生从大队里要来了一大堆的稻草，课间女教师领着女生剁稻草，男生则跟随林老师轮流抬土，将剁好的草混杂在黄土中，然后倒入水搅拌。林老师带头与学生一道踩土，把踩熟的土倒入事先准备好的简易模型中做成一块块方砖，待方砖晒干，他亲自动手砌墙隔教室，免得我们在冬天的寒风里受冻，也免得我们上课经常走神。

今天，站在长满蒿草的陈氏祠堂门前，土墙依旧，人已非昨，一丝暖阳漫过周身，而脑海里突然冒出张爱玲的一句名言："我们再也回不去了。"我想，我们回不去的何止是岁月，不也还有那种渐离渐远的乡愁吗！

二

那时，总觉得秋风一起，寒意就有点咄咄逼人。为了取暖，一到下课时间，我们就玩起"油行挤"。所谓的"油行挤"，就是找一堵墙，一个挨着一个用力往前挤，这可能就是小孩子世界里的抱团取暖吧。虽然暂时解决了冷的问题，可怜那件补了又补的百衲衣，在外力与粗糙墙体的双重作用下，早已是千疮百孔了，曾经因为"油行挤"，不知道挨了多少回母亲的竹鞭子。虽然竹鞭子的滋味并不好受，但那冷冷的感觉总在上课时从脚底直透心里，于是课后便几个人偷偷躲在学校厕所的角落里，捡来一些枯树枝生火取暖。一次由于上课铃声响起，大家来不及灭火，差点将学校的厕所烧了，那结果便可想而知了。

后来，生火取暖是再也不敢了，但好动的天性总会驱使我们寻找快乐。不久我们又玩起了"攻守"。这游戏很简单，不需要什么道具，只要在一块场地上画"工"字形的图案，守方站在横线里，攻方通过横线时，不能被守方碰到，如果从起点到终点顺利往返便算胜利了。有一回，我所在的三年级与四年级玩"攻守"游戏，由于持续被攻方取得胜利，一向争强好胜的我脸上有些挂不住了，拉扯攻方的衣服时动作用力有点大，硬是把四年级一位同学的衣服扯破了。到了晚上，这位同学的母亲带着他一起来我家，任凭母亲如何赔礼道歉也无济于事，最后母亲含泪赔了五元钱，当时的五元钱，相当于父亲一个月编草鞋的收入。每每想起这件事，脑海中总会浮现出母亲那无助的眼神，至今依然令我惴惴不安。

说起秋冬的乐趣，莫过于学校旁边的一片小树林。它距学校仅百米，树林里长满了一些知名或不知名的灌木，其中有种果实长得与板栗一样，只是小些而已，我们俗称"米栗"。米栗的果实外面被刺裹得严严实实，一过霜降季节，果实会自动爆裂掉落地上。还有一种土话叫"山木贞"的灌木，一到初冬时节树上挂满了紫黑的果实。一到下课时间，大家撒腿往灌木林里跑，年纪小的同学在地上或草丛里找米栗，年纪大的同学偷偷爬上树折山木贞的枝。山木贞的果实酸里带些甜，但吃多了排便就困难了，我曾经因为吃山木贞闹过这笑话，所以，现在看到这种植物的果实，心里还有些后怕。

童年的快乐很单纯，就如门前涓涓细流，只要没有断流，小涧流水一样欢快。哪像今时今日的我，人在长河中行走，心却在长天里漂洗，常常揣一本《论语》在胸口，愁眼遥望尼山月。

三

最难忘的还是那些年的夏天。当时的农村由于受"文革"末期的影响，学校上课也不正常，老师为了打发时间，常常把我们拉到山上劳动。记得当时，大队给了学校一片茶园和一片荒废的土地，学校就把这块地作为我们的劳动实践基地，地里主要种些小麦，春天学生上山采茶，夏天下地割麦，秋冬除草播种。对于诸如我这样的懒学生，巴不得天天泡在地里，既可省去做作业之苦，弄不好还可捞个劳动积极分子当，我就是因为这个原因，在三年级的"六一"节终于戴上了梦寐以求的红领巾。

夏天真正的乐趣还在于水。渡头溪、水来床等大溪我们是不敢去的，不仅是年纪小水性差的缘故，还因这两条溪人多嘴杂，一不小心被老师或家长逮着了，竹鞭与罚站的滋味那可不好受。于是，午饭过后，偷偷约上三五个小伙伴，将书包悄悄放到教室里，故意打开书和作业本，然后沿着学校墙角往西垄潭而去。西垄潭说白了就是一个十来平方米的小水塘，水深只到腰部，四周被杂乱丛生的茅草遮挡得严严实实的，站在路边不认真看根本发现不了。为了避免被老师发现，我们把衣裤藏在草丛里，光腚钻进水里，有的双手抱住石头，双脚狗爬式拼命打水；有的站在水中，头往水里一扎，不到五秒钟就将头伸出；有的靠在潭边打水仗，常常因为玩过了头，错过了上课时间，被老师罚站便成了家常便饭。有时为了躲过老师和家长的惩罚，我们玩完水后，故意把泥巴往身上抹，但老师和家长自有一套办法，除了捕捉我们游移不定的眼神外，还会用指甲在我们身上一划，只要身上划过的地方呈现浅白颜色，便断定我们偷偷玩水了。这办法很灵验，十有八九被逮住，以至于我后来从教，也是用这个办法来鉴定学生是否瞒着我去游泳。

在反复品尝水与竹鞭的滋味后，最终还是扛不过疼的威胁，玩水这事暂时搁浅了，但好动的天性始终让我们无法停下追求快乐的脚步。于是午饭过后，三五成群往后门山上寻找属于我们的那一片自由天地。有时到绿竹丛里捉竹马，把捉到的竹马先用竹叶裹紧，外面再涂上一层田泥，然后放到火上慢慢烤，等到田泥烘干开裂，去掉田泥竹叶取出竹马，一股清香扑鼻而来，放到嘴里轻轻一嚼，脆中溢香，那滋味哪怕到今天回想起来依然唇齿生津；有时到茶树底下摘村里人俗称的"地梨"，地梨的果实颜色紫中带些黑，味道甜里带些酸，吃完后满嘴黑乎乎的。如今村里的孩子压根就不懂得地梨，也许是琳琅满目的水果诱拐了孩子的胃口，或许是日益丰裕的生活让孩子渐渐远离了土地的馈赠。

记得有一年暑期，正是番石榴成熟的季节，我和几个小伙伴趁中午阳光最毒，大人都在家里偷眯的时候，悄悄溜进了番石榴园地，将背心塞进短裤里，不分大小摘了就往兜里塞，等到实在塞不下了，慌不择路就往草丛里钻。由于这片番石榴园地刚好在村道对面，这天中午，一只狗将一位村民的一块猪骨头叼走，狗在前面跑，村民在后头追，嘴里还不断嚷着："再跑就打断你的腿。"我们误以为被发现了，赶紧扔下番石榴，撒腿就往村里跑，等到发现不是喊我们时，番石榴却不知被扔到哪里了。类似这样的童年趣事可以装满记忆的皮卡，虽然知道负重前行困难重重，但我总舍不得卸下，只为了享受那种来自童年的深远而常在的情味。

正如一位哲人所说，时光还在，只是我们走得太快。一路走来，一路风景不断，可我总会有意无意地翻阅这段岁月，不是为了拷问历史，只想自己仰望云天时，心中还能保留一份美妙的期待，不至于让匆匆步履扰乱内心的平静。不论今后时光如何流转，也不管身处何地，只要星光依旧闪烁，自己依然能够读懂内心一种陌生而温和的声音，依然能被那份记忆感动。

后 记

乡土，慢慢地飘散去了，随着风，流着泪，吟着无声的歌……它，曾是我们这一代人的睡梦、乳汁、命脉。我们对它的爱，是那样醇厚清香、生机勃勃。曾几何时，乡土却在一种无形的张力中被扭曲，被撕裂。

对于出生在农村的我来说，乡土是熟悉的，又是陌生的。脚下这片生我养我、几近被挤干的土壤，虽然已经不再肥沃，不再留人，不再"传统"，但它一直以来是我的风花雪月，也是我心中柔软的情结。总想对正在隐没的乡土尽一份微薄的力量，用自己干涩孤独的文字为乡土留住一些美好，这种美好哪怕正在慢慢消失破碎，但它却是我们的可以安放青碧碧灵魂的原乡。

对于闲中岁月，每个人的打发方式各不相同，而我喜欢把自己扔给乡村，习惯把文字埋进土里，热衷用情感漂染青山绿水，只为给乡土一些安慰和梦呓。同时，也给自己一个写作的理由，一份亲近乡村的勇气。这些年，每到周末或节假日，常常和妻子一头扎进渐行渐远的乡村里，品着土地的味道，汲取泥土中深埋的文化营养，努力让自己不至迷失方向。

今天，将自己这十几年断断续续涂鸦的70多篇乡土文章汇聚成册，由于个人水平问题，这些文章还略显稚嫩，但总算给自己的过往岁月一个交代，也给一路走来无数关心鼓励我的同志们一个答复。

　　值此《闲中岁月》出版之际，感谢福建省作家协会会员、宁德市行政服务中心原主任李步舒先生拨冗为本书作序，感谢柘荣县第二小学吴慧溢老师的精心校对，感谢宁德市工会副主席杨德星同志的鼓励，感谢柘荣县文联主席缪芝山同志、柘荣县委党史方志室主任陈起兴同志的支持帮助，原谅我不能一一列举各位朋友的名字，但愿本书的出版能够传达对他们的深深谢意！

2020 年 8 月